光文社文庫

文庫書下ろし／長編時代小説

# 夜叉萬同心 風雪挽歌

辻堂 魁《かい》



光 文 社

この作品は光文社文庫のために書下ろされました。

# 目次

北
東
南
西
鐘ヶ淵
大橋
隅田村
千住道
三河島
田端
日暮里
小塚原
隅田川
寺島村
駒込
谷中
日本堤
金杉上町
新吉原
今戸町
千駄木
白山
下谷
鷲神社
山谷堀
今戸橋
小梅村
浅草寺
東叡山寛永寺
根津権現
東本願寺
御薬園
小石川
本郷
中堂
幡随院
広徳寺
阿部川町
浅草花川戸町
吾妻橋
伝通院
不忍池
新堀川
田原町
竹町ノ渡し
三間町
菊坂町
池之端仲町
下谷広小路
御徒町
並木町
駒形堂
春日町
湯島天神
蔵前
水戸徳川家
牛込
森田町
御米蔵
神田明神
外神田
向柳原
神田川
天王町
牛込御門
小石川御門
水道橋
浅草橋
柳橋
神楽坂
御竹蔵
昌平橋
筋違御門
和泉橋
柳原土手
両国広小路
本所
番町
田安御門
組板橋
雉子橋御門
一ツ橋御門
神田橋御門
内神田
馬喰町
回向院
両国橋
竪川
市谷御門
清水御門
小伝馬町
今川橋
日本橋
新大橋
常盤橋御門
北町奉行所
小名木川
室町
江戸橋
江戸城
半蔵御門
呉服橋御門
南茅場町
仙台堀
深川
南町奉行所
西之御丸
材木町
日本橋
永代橋
組屋敷
八丁堀
鍛冶橋御門
京橋
富岡八幡宮
霊岸島
桜田御門
永田町
西本願寺
石川島
数寄屋橋御門
越中島調練場
山王日枝神社
新橋
築地
佃島
溜池
幸橋御門
汐留橋

# 序　洲崎

青ねずの羽織《はおり》が洲崎《すざき》の土手道に見えたとき、鈴ケ森《すずがもり》の空の果てに日が沈んだ。
入日《いりひ》は、鈴ケ森のまだ青みを留《とど》めた空に茜染《あかねぞめ》を残し、青ねずの羽織とでっぷりとした体軀《たいく》に着《つ》けた桑染《くわぞめ》の着物を、束《つか》の間《ま》、朱色《しゅいろ》に耀《かがや》かせたあと、洲崎を夕方のほの暗みにくるんだ。

夏の終りの海風が、土手道の松林にそよぎかけ、洲崎の海辺に飛び交う鴫《しぎ》が、

ほいぴぴぴ……

と、日の終りを名残《なご》り惜《お》しんで鳴いていた。

青ねずは、洲崎弁天《べんてん》からすでにだいぶ離れ、土手道沿《ぞ》いの平野川《ひらのがわ》に架《か》かる平野橋へ差しかかっていた。

その平野橋の下に繁茂《はんも》した背の高い水草の間に、一艘《そう》の茶船《ちゃぶね》が船体をひそませていた。茶船を覆《おお》う竹網代《たけあじろ》の掩蓋《えんがい》の丸い屋根が、水草の上に見えていた。

海辺の鴫は土手道を飛び越え、平野川の水草の間でも餌《えさ》の小魚を漁《あさ》っていて、一羽の鴫が、茶船の艫《とも》に止まった。船頭《せんどう》の姿は見えなかった。櫓床《ろどこ》に櫓が、艫の板子《いたご》には棹《さお》が寝かせたままになっている。

鴫が板子の様子をうかがっていると、掩蓋の出入口に垂らした筵《むしろ》を払って男が出てきたので、鴫は慌てて飛びたった。

掩蓋から出てきたのは、菅笠《すげがさ》をかぶった長身痩軀《ちょうしんそうく》の二本差しだった。褐色《かっしょく》の着物に紺黒《こんくろ》の平袴《ひらばかま》を着け、板子に片膝をつき、土手道をくる青ねずの羽織へ、菅笠の下の潤《うる》みを帯《お》びた眼差《まなざ》しをしばしそそいだ。

その青ねずの大島町《おおじまちょう》の貸元《かしもと》の岩ノ助《いわのすけ》は、平野橋の下に一艘の茶船が泊まっているのを、二本差しが出てくる前から気づいてはいた。

粗末《そまつ》な茶船で、竹網代の掩蓋と出入口に垂らした筵が見えていた。大川端《おおかわばた》あたりの船宿《ふなやど》の船でないことはすぐに知れた。

木場《きば》で働く職人や、洲崎弁天の参詣客《さんけいきゃく》目あてに、平野川や夕方の木場の堀川《ほりかわ》を流している舟饅頭《ふなまんじゅう》か、と訝《いぶか》った。次第に暗みを増す土手道に、通りかかりは岩ノ助ひとりで、ここら辺で客を引くのは難しいだろう、と思った。

そのとき、掩蓋の筵を払い、菅笠をかぶった侍風体《ふうてい》が出てきたのだ。

入日のあとの、闇に包まれるまでにはまだ間のある刻限に、舟饅頭と戯《たわむ》れている侍風体を、岩ノ助はちょっと憐《あわ》れんだ。どうせ、貧乏御家人《ごけにん》の部屋住みか、どっかの下屋敷《しもやしき》に勤番《きんばん》する三一《さんぴん》に違いねえ、ぐらいにしか思わなかった。

男は才覚と度胸だぜ、ど岩ノ助は、掩蓋から出てきて水草の陰に見え隠れする侍風体のもたつく様子に、うす笑いを浮かべた。

別段、怪しまなかった。

侍風体はもたつきながらも、背の高い水草を分けて、艫から平野川の堤《つつみ》へひと跨《また》ぎし、土手道にあがってきた。そして、着物と袴を叩《はた》いて埃《ほこり》を払った。褐色の着物も紺黒の平袴も、いかにも身分のなさそうな地味な装《よそお》いだった。

しかし、菅笠を目深《まぶか》にかぶって顔を伏せ気味にし、平野橋の袂《たもと》から岩ノ助のほうへとぼとぼと歩んでくる様子に、瘦身《そうしん》ながら、かなりの長身と若い年ごろが見てとれた。背丈は、でっぷりと肥《こ》えた大柄な岩ノ助より高そうだった。

岩ノ助は、侍を前に見かけたような気がした。

ふと、あの若侍は先だっての、と思い出したとき、若侍も岩ノ助に気づいてとぼとぼ歩きを止め、菅笠を軽く持ちあげ、会釈《えしゃく》を寄こした。

岩ノ助は、黙って通りすぎるわけにもいかず、若侍に近づくと、やはり立ち止まって桑染の膝に手をそろえ、若侍に辞儀《じぎ》をした。

二人には二間半《けん》（約四・五メートル）ほどの間があった。菅笠の下から、薄い眉《まゆ》と潤んだ眼差し、通った鼻筋と強く結んだ薄い唇《くちびる》、そして、どこか具合が悪そうに見えるほど蒼褪《あおざ》めた細面《ほそおもて》が、岩ノ助へ向けられた。

「これは大島町の岩ノ助さん、今、お戻りですか」

若侍が、細面に作り笑いを浮かべて言った。

「ああ、お侍さんは殿山《とのやま》さまにお仕《つか》えの……」

岩ノ助は、愛想笑《あいそわら》いをかえした。

若侍の名前は思い出せなかった。堀江町《ほりえちよう》の下《くだ》り塩問屋《どんや》・秋田屋富助《あきたやとみすけ》は深川大島町の岩ノ助の賭場《とば》の定客《じようきやく》だった。北町《きたまち》奉行所の殿山竜太郎《りゆうたろう》は、秋田屋富助が《お出入り》を願っている年番方《ねんばんかた》の古参与力《こさんよりき》である。

秋田屋富助は大島町に、秋田屋の寮《りよう》と称した瀟洒《しようしや》な住居を建て、妾奉公《めかけぼうこう》の女を住まわせていた。二階家のその寮の普請《ふしん》が成った折り、豪勢な仕出し料理をそろえ、門前仲町《もんぜんなかちよう》の芸者《げいしや》をあげて、内々の祝宴を開いた。

祝宴には、秋田屋富助と日ごろより親密な交際のある客だけを招き、その中に与力の殿山竜太郎もいた。

岩ノ助は秋田屋富助に、「大島町のことなら」と手伝いを買って出て、一家の子分らを指図《さしず》し、客の案内や寮の周辺の警固《けいご》などにあたった。

その折り、町内の顔役《かおやく》という名目で、秋田屋富助が間に入って客に挨拶《あいさつ》をした。町方《まちかた》与力の殿山竜太郎にも、やくざの身ながら目通りが許された。あのときの宴席で、殿山の従《したが》えていた供侍《ともざむらい》が、名前は知らないが、この若侍だった。

それから、お栗《くり》に吉祥寺《きちじょうじ》門前の腰掛茶屋《こしかけぢゃや》を持たせて間もない先々月ごろ、吉祥寺門前の往来《おうらい》でも、いきなり、「岩ノ助さん」とこの若侍に呼びかけられた。長身痩軀の、礼節をわきまえた大人《おとな》しげな様子がかえって目だって、岩ノ助は若侍の顔を忘れなかった。

と言っても、名前は知らず、知りたいとも思わなかった。どうせ三一侍、と相手を軽んずる気安さがあった。

「お侍さん、これからどちらへ」

どうでもよかったが、訊《たず》ねた。

「主人の使いで、弁天さまの別当所《べっとうしょ》に拠所《よんどころ》ない用ができ……」

「さようでございやすか。この刻限にご苦労さまでございやす。お気をつけて」

いき違いかけた岩ノ助に、男が小声で言った。

「あの、このことは主人に内分《ないぶん》に願います」

「えっ？　ああ」

と、平野橋の下の水草に隠れた茶船へ目を向けた。

平野川の川面は、暮れつつも、まだ十分見分けられた。茶船の掩蓋から、男と女が顔をのぞかせていた。

「お侍さん、わかっておりやすって。では」

へっへっへ……

岩ノ助は男へ目を戻し、せせら笑った。にやにやしながら、いき違った。

そのとき、刀の鍔《つば》の鳴る音がかすかに聞こえた。

すれ違った刹那《せつな》、若侍はふり向き様《ざま》のすっぱ抜きに、岩ノ助の首を背後から刎《は》ねた。

声をたてる間も与えなかった。首は暮れなずむ洲崎の空を飛んで、道端の草むらへ転がった。

首なしの胴体《どうたい》が膝を折ってくずれ落ちていき、斬り口から噴《ふ》きこぼれる血が、しゅうしゅう、と音をたてた。

若侍は、土手道の前後を見廻した。鳴が洲崎の海辺で変わらずに鳴き騒いでいたが、あたりには人影ひとつなかった。平野橋の下の茶船へ、目配せをした。掩蓋からのぞいている男と女は、土手道を呆然《ぼうぜん》と見あげていた。

首なしの胴体は俯《うつぶ》せに倒れ、赤黒い血が土手道に見る見る広がっていった。

岩ノ助の涼《すず》し気《げ》な絽《ろ》羽織の裾《すそ》で、刀身《とうしん》の血糊《ちのり》をぬぐった。刀を鞘《さや》に納め、それから俯せの胴体を仰《あお》のけにした。温《ぬく》みの残る懐《ふところ》に手を差し入れ、唐桟《とうざん》の財布を抜きとった。財布はずっしりと重い。

それを自分の懐に隠し、土手道から平野川へくだりかけた。茶船の船頭が艫に這《は》い出て、震える両手で棹をにぎりしめ、いつでも船を漕《こ》ぎ出せる用意をした。

ところが、若侍はすぐには平野川へくだらなかった。

何を思ったのか、道端の草むらに転がっている岩ノ助の首を両掌《りようて》で拾い、胴体の先の血溜《ちだまり》の中へ、まるでとり外した木偶《でく》の首のように並べた。岩ノ助の首は、白目を剝《む》いて自分の骸《むくろ》を睨《にら》んでいた。

若侍は笑みを浮かべ、胴体と首に合掌《がつしよう》した。

たまらず、茶船の船頭が土手道の男へ、声を殺して呼びかけた。

「早くしねえか。何やってんだ」

掩蓋の筵の隙間から顔だけをのぞかせている女は、土手道の男を見あげ、震え

ていた。合掌をする若侍の、菅笠をかぶった頭上に暮れなずむ夕空が広がってい
た。海辺の鴫が、高く低く舞って、あたりに危急《ききゅう》を報《しら》せていた。

## 第一章　三一侍《さんぴんざむらい》

### 一

意外な抜擢《ばってき》と、それが受けとめられたのも無理はなかった。えっ、そうなのかい、と傍輩《ほうばい》らは訝った。あいつには重荷だろう、まだ若すぎるぜ、そうだよな、定廻《じょうまわ》りをさせるにはあんまり練《ね》れてねえし、とその話が出ると決まってそんな言い合いになった。

萬七蔵《よろずななぞう》が、三十五歳で北町奉行所の定町廻り方に就《つ》いたときだった。

一体、町奉行所の定町廻りの同心は定廻りと呼ばれ、南北両町奉行所に六人ずつが配属になり、江戸市中をそれぞれ分担して巡邏《じゅんら》する役である。

江戸の町家《まちや》はいろいろ巨細《こさい》な事情がからみ合っており、定廻りは慣れたうえにも慣れていないといけない。二、三年勤《つと》めたぐらいではひよこも同然、背中に胼《ひび》をきらしたほどの経験を積んだ者でなければ上手くいかない、と言われている町方同心三廻りのひとつである。

寛政《かんせい》から享和《きょうわ》に変わったその年（一八〇一）の三月、北町奉行・小田切土佐《おだぎりとさの》守《かみ》は萬七蔵を定町廻りに抜擢した。

「ああ見えて、萬は案外これが上手いからな」

傍輩のひとりがごま擂《す》りの仕種《しぐさ》をして、ひそひそ笑いに顔を歪《ゆが》め、

「聞いてる。萬は下には強く上にはからっきし意気地《いくじ》なしらしいってな」

「そうそう、あの形《なり》で金に細かいが、袖《そで》の下《した》はでけえとさ」

あはあは、ふむふむ……

などと、ひそひそ話に花を咲かせるのだった。

その辻斬《つじぎ》り事件があったのは、春がすぎてそんな陰口《かげぐち》もほどなく聞かれなくなった享和元年の夏の終りだった。

富ヶ岡八幡《とみがおかはちまん》の大鳥居《おおとりい》から東へ八町《ちょう》（約八七〇メートル）の、弁才天吉祥寺《べんざいてん》門前へいたる、里俗《りぞく》に洲崎と呼ばれる一帯の、平野川と海辺を分ける土手道で、大島町、蛤《はまぐり》町《ちょう》、中島町界隈《なかじまちょうかいわい》を縄張りにする貸元の岩ノ助が辻斬り強盗に遭《あ》った。

岩ノ助の亡骸を見つけたのは、入舩町《いりふねちょう》の、《どぜう蒲焼《かばやき》おくだ》の出前持ちの井吉《せいきち》だった。

ねじり鉢巻《はちま》きの井吉が、入船町東隣の木場町の客に蒲焼を届ける途次《とじ》、右手は蘆荻《ろてき》の覆う洲崎の海辺、左手は川幅十間（約一八メートル）の平野川の川面が弁才天へと真っすぐに延びている土手道をとって、平野橋へ曲がりかけたとき、宵《よい》の鉛色《なまりいろ》の暗みに包まれた前方に、黒い岩塊《がんかい》のような影を認めた。

ありゃなんだ、と井吉が提灯《ちょうちん》を向けて近づくと、提灯の明かりが仰向けに横たわった一体の亡骸と、土手道に広がった夥《おびただ》しい赤黒い血を照らし出した。

亡骸は、羽織着流しを着けた男だった。亡骸の傍《かたわ》らの赤い血溜の中に、胴体から離れた首が、ちょこんとおかれていた。

「はああっ」

井吉は提《さ》げていた岡持《おかも》ちを、思わずとり落としそうになるのを持ちなおし、後《あと》退《ずさ》りながら宵の暗みに叫び声を張りあげた。

「人殺しい。人殺しだあ」

死臭《ししゅう》を嗅《か》ぎつけて蠅《はえ》が集《あつま》っているらしく、気色の悪いうなり声のような羽音が聞こえるのみで、宵のその刻限に通りかかる人影はなかった。

平野川の対岸は、深川の広大な木置場と、普段から人気《ひとけ》の乏《とぼ》しい大名の下屋敷が土塀《どべい》を並べていて、飛び地になった入船町と木場町の町明かりからも、かなり離れていた。

声が届かなかったのか、人気のない下屋敷や明かりの見える町家から、人の出てくる気配はなかった。

南側の海より吹く潮風が、井吉の叫び声を弄《まさぐ》るように、海辺の蘆荻をさわさわとそよがせ、暗い沖には、漁火《いさりび》がはやぽつりぽつりと浮かんでいた。

「誰か、きてくれよ」

井吉は、今度は心細そうな声を投げ、周りを見廻した。途端《とたん》、海風にひゅっとうなじをひとなでされ、首をすくめた。恐ろしさと気味悪さに、それ以上は耐えられなかった。

「大変だ大変だ……」

大声でわめきながら、踵《きびす》をかえして宵の暗みの彼方《かなた》へ走り去った。

半刻《はんとき》（約一時間）後、定町廻り・萬七蔵が、御用聞《ごようきき》の嘉助《かすけ》、嘉助の下《した》っ引《ぴ》きの弁吉《べんきち》、梵天帯《ぼんてんおび》股引《ももひき》草鞋《わらじ》に木刀を差し、御用提灯を提げた廻り方中間《ちゅうげん》の太助《たすけ》を従えて、平野橋の袂より東へ数間の土手道にきたとき、北御番所の当番方同心・菱《ひし》田貫助《だかんすけ》が、すでに出役《しゅつやく》していた。

若い菱田は、中間小者《こもの》を指図して骸《むくろ》の検視《けんし》にかかっていて、自身番《じしんばん》の提灯をかざした入船町の町役人《ちょうやくにん》らが、その周りを囲んでいた。

数個の提灯の赤茶けた明かりが、土手道に横たわる骸と、傍らにかがんだ菱田の黒羽織や中間小者らの姿を在《あ》り在りと映しているのが、周りを囲んだ町役人らの足の間に見えた。

中間が骸にしつこく集《たか》る蠅を追って、骸の上で手を大きく左右にふった。

土手道の向こうにもこちら側にも、また平野橋にも人だかりができていて、その中に、十数人の着流しのやくざ風体が険《けわ》しい顔つきで固まっていた。

「どいたどいた」

と、七蔵がやくざ風体を分けていくと、中に顔見知りを見つけた。

「おや？　おめえ、どっかで見かけたな」

七蔵が先に声をかけた。嘉助が七蔵に続いて言った。

「岩ノ助んとこの若頭《わかがしら》じゃねえか。確か、千吉《せんきち》だったな」

「こりゃあ萬さま、嘉助さん、お役目ご苦労さまでございやす」

千吉は肩をすくませて七蔵と嘉助、それから弁吉、太助に頭《こうべ》を垂れ、拳《こぶし》で頬を伝う涙をぬぐった。

「おめえ、泣いてるのか。仏《ほとけ》は知り合いか」

「うちの、お、親分が……」

千吉のくぐもった声が途《と》ぎれて、咽《むせ》ぶのを怺《こら》えた。

「なんだとっ。仏は岩ノ助かい」

嘉助が声を凄《すご》ませた。千吉の周りのやくざ風体らが陰鬱《いんうつ》な顔を見合わせ、ひそひそ声を交わした。

「旦那《だんな》、大島町の貸元の岩ノ助ですぜ」

嘉助が七蔵にそっと言った。七蔵は土手道の骸のほうへ目をやって頷《うなず》き、

「あとで話を聞くから、おめえら、ここにいるんだぜ」

と、千吉へ見かえり、周りの男らを見廻した。

七蔵らが雪駄《せった》を鳴らして近づくと、それに気づいた町役人らが、「お役目ご苦労さまでございます」と、囲みを開いた。菱田が骸にかがんだ恰好《かっこう》のまま顔をあげ、

「萬さん、早いですね」

と、会釈と素《そ》っ気《け》ないをひと言を寄こした。

うるさいのがきた、という顔つきだった。

「番所に戻ったら、洲崎で首を斬られた仏が出たって騒いでた。ここら辺はおれの分担だ。とんぼで飛び出してきたのさ。これかい」

仰のけの骸の頸《くび》から流れ出て地面に広がった血溜が、一尺半（約四五センチ）ほどで途ぎれた中に、黒目を入れる前のだるまのように、白目を剝いた岩ノ助の首があった。頰の余った肉が力なく垂れて、げっそりしていた。

七蔵がだるまのような首に掌を合わせ、嘉助と弁吉、太助がそれにならった。それから、黒羽織の裾を払って背中の帯へ差した朱房《しゅぶさ》の十手《じって》を引き抜き、岩ノ助の首の前にかがんだ。

「仏は大島町を縄張りにしている岩ノ助です」

菱田が言った。

「首は仏が見つかったときから、こんなふうになっていたのかい」

「そうですよ」

素っ気なく言った。

「ってことは、賊《ぞく》がこんなふうにしていったってことか。嘉助親分、血が点々と草むらのほうへ続いている。弁吉と太助で草むらのあたりを調べてくれ」

「へい、承知」

嘉助と弁吉、太助が点々と残る血痕《けっこん》をたどっていき、土手の草むらに顔が触れそうなほど腰を折って、周辺を探り始めた。七蔵は続いて、菱田が従えてきた中間と小者に指図した。

「おめえらは、この周りに仏となんぞかかり合いのありそうな物が残されてねえか、丹念に探るんだ。仏と賊が争った足跡とかな。町役人は提灯を三つ残して、あとは一緒に周りを調べてくれ。踏み荒らさねえように、そうっとだぜ。それから、見物人をもう少しさがらせろ」

七蔵が現場を仕《し》きるように、二つ三つ素早く指図を出し、みながそれぞれ動き出したので、菱田が、なんだよ、この現場の当番役はわたしだよ、と言いたげに口元を少々への字に曲げた。

七蔵は菱田の不満顔にはかまわず、岩ノ助の首の前から胴体のそばへ、かがんだまま横歩きに移動し、腹の丸い胴体を挟んで菱田と向き合った。

「で、菱田さんの見《み》たてはどうなんだい」

「仏の財布がありません。岩ノ助は賭場の貸元ですから、財布にはたっぷり金が入っていたと思われます。賊は懐の金を狙って岩ノ助を襲い、一刀の下《もと》にばっさりと素《そ》っ首《くび》を落とした。ほかに疵《きず》は見あたりません。やくざの匕首《あいくち》では、こうはいかないでしょう。相当腕利《うでき》きの、おそらく侍の仕業《しわざ》と思われます。着物もあまり乱れていませんし、争った形跡もありません。それに、これを見てください」

菱田は、腹の太い胴体の一本独鈷《どっこ》の博多帯《はかたおび》に残されている莨《たばこ》入れと根付《ねつ》けを十手で指した。

「値の張りそうな莨入れと根付けが手つかずということは、ゆきずりの追剝《おいはぎ》の仕業ではなく、端《はな》から岩ノ助の財布にたっぷり金が入っていることを知っている者の仕業と思われます。賊は、岩ノ助と顔見知りに違いありません」

「ふむ。岩ノ助の賭場の定客の、腕利きの侍の仕業というのはあり得るな」

「侍なら、無頼《ぶらい》の浪人者《ろうにんもの》ですかね」

「そうとは限らねえ。賭場には江戸屋敷の勤番侍だっているし、公儀直参《こうぎじきさん》の旗本《はたもと》御家人の客もいるさ。案外、町方がいたりしてな」

「ええっ、まさか」

「まさかだ。だが、あり得ねえわけじゃねえ。首の斬り口を見てみな。綺麗な斬り口だぜ」

七蔵は、仰向きの骸の頸を十手で指した。

「仏の頸の右から左へ、横に払っている。こうだ」

と、十手を刀のようにふって、首を落とす仕種を真似《まね》た。

「つまり、賊は仏の後ろからこっそり近づいたか、あるいは、すれ違ったところをふり向き様、ためらいもなくすっぱ抜きにしたかだな」

「すれ違ったところをふり向き様なら、岩ノ助は賊を怪しまなかった、ということになりますね」

「そうだ。菱田さんの見たて通り、賊は相当の腕利きだ。たぶん、岩ノ助はてえが首を落とされたことも知らずに、あの世いきだぜ。これじゃあ、悲鳴をあげる間もなかっただろう。うん？　そうか。仏は洲崎弁天のほうから、富ヶ岡八幡のほうへ向かっていたところを、背後から首を落とされた。だから、前へ俯せに倒れて、首はそこの草むらへ飛んだんだ。俯せになった胴体を仰向かせ、懐の財布だけを抜きとった。胸と腹に垂れた血に、土がついてる」

首と胴体は、西のほうを頭にして土手道に並んでいて、着物の胸から腹に垂れた血が土で汚れていた。

「なるほど」

「それから、草むらへ飛んだ首を拾って、こんなふうに並べた。と……」

七蔵は十手を帯に差し、胴体の肩を持ちあげ、血のついた着物の襟《えり》をくつろげた。肩から着物がはずれ、龍の刺青を入れた背中に、刺青とは違う生々しい紫《むらさき》の斑点《はんてん》がいくつも浮いていた。

提灯をかざしている町役人のひとりが、「わあ」と、気味の悪そうな声をあげた。菱田も、七蔵が胴体に直《じか》に手を触れるのを見て、顔をしかめた。

「骸はしばらくたつと、身体の下のほうに血が溜って、こんな斑点が浮くんだ。仏にもよるが、早いときは四半刻《しはんとき》（約三十分）もしたら、くっきりと見え出すのさ。この色具合だと、仏になって半刻から一刻（約二時間）かそこらかな。とすると、岩ノ助が仏にされたのは、夕方の七ツ半から六ツ（午後五時から六時）の間になる。まだ、暗いって時分じゃねえが、洲崎弁天の参詣客がそろそろ途ぎれる刻限だ。仏を見つけたのは誰だい」

七蔵は仏の着物をなおし、周りを見廻した。

「井吉です。入船町のどじょうの蒲焼おくだの、出前持ちです。一応、話は訊《き》きましたが、あそこに待たせております。井吉、こい」

菱田は、平野橋の袂で人だかりにまじっている出前持ちの井吉を手招いた。

着流しを尻端折《しりはしょ》りにねじり鉢巻きの小男が、ひょいひょい、とした足どりで駆け寄ってきた。

「おめえが、仏を見つけたんだな」

七蔵は骸の前にかがんだまま、井吉を見あげた。

「へい。木場町へ出前を届ける途中、そこの平野橋を渡りかけたとき、仏さんの黒っぽい影が見えやした」

「どじょうの蒲焼のおくだは知ってるぜ。堀川の対岸は、永代寺《えいたいじ》門前東町《ひがしちょう》だな。平野橋を渡って木場町へ向かう途中ということは、岡持ちを提げて、堀川沿いに土手道をきたわけだな」

「さいです。薄暗くって、何だろうと近づいてみたら、首と胴体の離れた仏さんで、もう吃驚《びっくり》したのなんのって。腰が抜けそうで」

「仏の恰好は、このままだったかい」

「へい。白目を剝いたこの首が、こんな様子で離れた胴体を睨んでおりやした」

井吉は気色悪そうに、白目を剝いた首から顔をそむけて言った。

「見つけたのは、何時ごろだ」

「夕六ツに、四半刻ばかし前だったと思いやす。入船町へ駆け戻り、首を斬られた仏さんが出たって自身番に飛びこんで、町役人さんらを案内してここまで戻る途中、本所横川《ほんじょよこかわ》の六ツの鐘が聞こえやした。間違《まちげ》えありやせん」

「仏を見つけたとき、その前でもあとでも、誰か見かけなかったかい。助けを呼んだんだろう。別に怪しいとか、そういうのじゃなくても、通りかかりとか、ここら辺のお屋敷やら、町家のほうから人影が出てきたとか」

「それが、大声で叫んだんですが、どういうわけか、そのときは人っ子ひとり出てこねえし、通りかかりもおりやせんでした。あっしはもう、それ以上ひとりで仏さんのそばにいるのは我慢できなくて、入船町へ駆け戻って、自身番へ飛びこんだんでやす」

「堀川沿いをここまでくる途中では、顔見知りでもそうでなくても、誰かとすれ違ったとか、そういうのはないかい」

「あっしを追いこしていったのも、すれ違ったのも、覚えがありやせん。町内のお店《たな》のご主人に、どうもってぐらいの挨拶はしやしたけど。ただ、洲崎の土手道は夕方のまだ明るい時分でも、人っ子ひとり通らなくなるってえのは、珍しいわけじゃありやせんので。夕方になったら、男のあっしでも、ここら辺をひとりで通るときは、あんまりいい気持ちがしやせん。そうそう、町役人さんらを連れて戻ってきたとき、野良犬が骸の周りをうろうろしたり臭《にお》いを嗅いだりしておりやして、町役人さんらがしっしっと追っ払ったんでやすが、気色悪いったらありやせんでした。見かけたのは、そいつらだけですかね」

ふむ、と七蔵は首を海のほうへひねった。

とっぷりと暮れた洲崎を、夏の終りの星空が覆っていた。土手道のずっと先の夜空に、何匹もの犬の鳴き声が聞こえた。骸の周りから追っ払われた野良犬かもしれなかった。骸の周りには、蠅の羽音がつきなかった。

野良犬と蠅が、下手人《げしゅにん》の面《つら》を見たかもしれねえってか。

七蔵は思った。

寛政の初めごろまで、富ヶ岡八幡の鳥居から洲崎の弁天までは、洲崎の茶屋というぐらい茶屋が軒《のき》をつらねて、賑《にぎ》わっていたあたりだった。弁天の境内《けいだい》からは江戸の海が一望《いちぼう》でき、東に房総《ぼうそう》の遠山《とおやま》、南は羽田《はねだ》や鈴ヶ森、西は江戸城の御殿の甍《いらか》や木々が望め、北には筑波山《つくばさん》もかすかに見える景勝《けいしょう》の地である。

春の終りごろは汐干《しおひ》遊びが盛んで、江戸市中より大勢の人出があった。

ところが、寛政三年（一七九一）の九月、前夜からの大雨が続いた翌日の巳《み》の刻（午前十時）ごろ、高汐《たかしお》が洲崎一帯を襲い、弁才天の拝殿《はいでん》と別当所、吉祥寺門前町と入船町の町家と多くの住人を海に呑みこんだ。高汐は、行徳《ぎょうとく》から船橋《ふなばし》あたりまでの塩浜《しおはま》や家々を潰《つぶ》して、昼ごろに引いた跡には、家も人もすべてが消え去っていた。

寛政三年の高汐以来、弁才天の参詣客は少なくなった。門前町のかつての賑わいは影を潜《ひそ》め、およそ十年の歳月がすぎていた。

と、宵闇にまぎれた平野川の対岸のほうから、提灯の明かりを頼りに、二人のやくざ風体が大八車《だいはちぐるま》の車輪を騒々《そうぞう》しく鳴らして、平野橋に近づいてきた。

「危ねえぞ。気をつけろよ」

二人は平野橋の人だかりへ荒っぽい声を投げつけ、大八車をがらがらと引いて橋を渡り、土手道にたむろしている男らのそばへ大八車を停めた。町方の検視が済んだら、岩ノ助の骸を運ぶために引いてきたらしい。

「わかった。また訊きてえことが見つかるかもしれねえから、もうちょっといてくれ」

七蔵が大八車から骸に目を戻すと、

「あの、つまんねえことですが……」

と、井吉がほんのちょっと気にかかる口ぶりを寄こした。

うん？　七蔵は顔をあげた。

「ここまでくる途中、追いこしたのもすれ違ったのもおりやせんが、大川のほうへいく舟饅頭は、一艘、見かけやした。舟饅頭が珍しいわけじゃねえんですが、暗くなりかけても、まだ夕方の明るみが残っておりやしたんで、舟饅頭の商売が始まる刻限にしちゃあ、ちょいと早えなと思いやした」

「堀川を舟饅頭が通るのを、途中、見かけたんだな。おまんでございって、船頭が客引きしてたのかい」

「客引きを、してたわけじゃありやせん。ただ、艫の船頭を見かけたことがありやす。箱崎《はこざき》の永久橋《えいきゅうばし》の船泊《ふなどまり》によく泊まっていて、客がきたら、三俣《みつまた》をぐるっとひと廻りが三十二文《もん》でやす。古ぼけた竹の網代の掩蓋も、見覚えがありやす。ここら辺も流すのかと、思いやした」

「詳《くわ》しいな。馴染《なじ》みかい」

「そういうわけじゃ、ねえんですが。へへ……」

「永久橋の船寄せか。船頭はどんな男だ」

「どんなって、冴《さ》えねえ間抜け面の、色の黒いじじいですよ。たぶん、四十かそこら辺の」

「四十ぐらいなら、じいさんってほどじゃねえな。名前は?」

「名前なんぞ、知りやせんよ。仲間じゃねえんですから」

「客は仲間じゃねえか。女は」

「これも同じ年ごろの婆《ばばあ》です。こっちは、干柿《ほしがき》みてえな面のね」

七蔵は、提灯の明かりが映る黒い川面を見やり、鼻で笑った。

「確かに、六ツ前の刻限にここら辺を大川のほうへ流してたなら、誰か怪しげなのを、見かけたかもしれねえな」

菱田へ向けると、菱田は井吉に言った。

「艫の船頭に声をかけなかったのか」

「かけやした。よう、稼いでるかいって。そしたら野郎が、吃驚したみてえにあっしのほうへふり向いて、覚えてねえのか、うす暗くてわかんなかったのか、なんも言わず、いっちまいやした。それだけなんですけどね、旦那に訊かれて、舟饅頭なら見かけたなって、今、思い出したんで」

「干柿みてえな女は、顔を出さなかったんだな」

「へえ。出しやせんでした」

「案外、岩ノ助を斬った下手人《げしゅにん》が、客になって掩蓋の中にいたかもな」

そう言うと、菱田が、はあ？　という顔つきになった。

七蔵は井吉を戻らせ、骸の傍らに立ちあがった。そして、大八車を引いてきた男と言葉を交わしている千吉を呼んだ。

千吉はもう涙をぬぐってはいなかった。やっと番が廻ってきたかい、という態《てい》で、着流しの前身頃《まえみごろ》をたぐって生白い臑《すね》を見せつつ駆け寄ってきた。

千吉の話で、岩ノ助は吉祥寺門前町の茶屋の茶汲女《ちゃくみおんな》に馴染みがおり、昼間、その茶屋ですごした戻りだったとわかった。お栗という茶汲女で、茶屋の亭主はお栗の父親だった。

岩ノ助はほんの二月《ふたつき》ほど前、門前仲町で町芸者《まちげいしゃ》をやっていたお栗に、売りに出ていたその茶屋を買って持たせてやった。お栗は町芸者を辞めて、茶屋の茶汲女になり、岩ノ助に囲われたも同然の暮らしを始めたばかりだった。

「岩ノ助親分の女だってことは、みな知っておりやす。茶屋は葭簀《よしずば》張りの腰掛茶屋でやすが、二階に眺めのいい小部屋がありやしてね。岩ノ助親分はここんとこ、明るいうちはそっちへいって、夕方、大島町の店に戻られやす。女将《おかみ》さんも、お栗が気に入ったならそうしておやりよと、承知なさっておりやすから、隠し事じゃあ、ありやせんし」

「門前へいくのは、いつもひとりでかい」

「じつはそうなんで。ひとりで出かけ、ひとりで戻ってこられやす。若い衆をつけやしょうかと言ったんですがね。ひとりが気楽でいいと、仰《おつしや》いやして。真っ昼間からお栗のとこへいくのに、若い衆を連れていくのが面倒だったか、邪魔だったんでしょうね。だから、こんなことになっちまって……」

「お栗はこのことを、もう知ってるのかい」

「ええ。さっき、知らせに門前へひとりいかせやしたんで、もうすぐくると思いやす。まったく、えらいことになっちまったもんだ」

千吉は、むっつりとした顔つきで言った。

「岩ノ助は普段、懐にどれぐらい入れてるんだ」

「大体、三十両《りよう》ぐらいは。出かけるときはいつも、ひとくるみは必ず財布に入れていかれやす」

ひとくるみは、小判《こばん》二十五両である。

「ふん、さすが大島町の貸元だ。いつもそれぐらい入れてりゃあ、賊も狙い甲斐《がい》があるってもんだ。ところで、岩ノ助はどっかの親分衆と、縄張り争いや、用だてた金をかえすのかえさねえのとかで、もめ事やごたごたを抱えてなかったかい。親分衆じゃなくてもいいんだぜ。賭場の性質《たち》の悪い客とかでもさ」

「それもありやせん。大体、深川の縄張りはもう二十年ほど前から、ここはどこの親分の、あそこはどこそこの貸元のと決まっていて、深川の親分衆は、よその縄張りには手を出さねえのが仁義《じんぎ》と、心得ておられやす。深川で親分衆同士が面倒を起こしたら、御番所の目が厳しくなりやすのでね」

「もっともだ。深川の賭場の一斉とり締まりで、あとが面倒になるかもな」

「一斉とり締まりは、勘弁してくだせえ」

「それでな、おめえとこの賭場の客で、侍はどれぐらいいる。どこそこの江戸屋敷の奉公人とか、旗本御家人、浪人とか、なんなら町方でもかまわねえ。名前と住まいを、全部教えてほしいんだ」

「だ、だめですよ、旦那。胴親《どうおや》がそれをばらしちゃあ、お客さんの信用を失って、賭場を閉めなきゃなりやせん。それだけは、絶対だめです。本途《ほんと》に、勘弁してくだせえ。お願えしやす」

「そうかい、だめかい。じゃあ、やっぱり賭場に踏みこむしかねえのか」

「ええっ。そんな、脅《おど》さねえでくださいよ。親分がこんなことになったうえに、賭場に踏みこまれたら、泣きっ面に蜂《はち》じゃあありやせんか。岩ノ助一家はばらばらになっちまいますよ」

「こっちも、そこまでやりたくねえんだ。だから、おめえらも力を貸してほしいのさ。賊を捕《つか》まえてばっさり打首《うちくび》にして、親分の仇討《あだう》ちがしてえだろう」

　ふうん、と千吉はうな垂れて、うなじを掌で押さえた。

　千吉の様子に、大八車を囲んでいる男らが不審そうな顔を寄こしていた。当番の菱田も、七蔵が勝手に話を進めるので、唇を尖らせていた。

　大体が、踏みこむも踏みこまないも、賭場はご禁制《きんせい》である。七蔵が自分の裁量で、見逃がしたり見逃がさなかったり、勝手に決めることではない。やっぱりこの人はおかしい。前からいい評判を聞かないが、と菱田は思った。

「仕方ありやせん。わかりやした。親分の帳簿《ちょうぼ》がありやすんで、明日、大島町の店にきてくだせえ。女将さんに話して、帳簿をお見せしやす。ただし、お調べのさいは、胴親の筋《すじ》がばらしたとは、絶対、誰にも言わねえでくだせえよ。それはお願えしますよ」

「わかってるって。岩ノ助一家の顔を潰す気はねえ。ともかく明日、頼むぜ。菱田さんは、なんか訊きたいことがあるかい」

「えっ。ああ、いや、わたしは別に……」

　菱田は、急に向けられて戸惑《とまど》った。だが、七蔵がすぐに千吉へ向きなおった。

「それと今ひとつ、賭場の客に舟饅頭の船頭はいるかい。《おまん》のほうでもかまわねえんだが」

「舟饅頭？　そういうのはおりやせん。うちの賭場は深川じゃあ客筋がいいんで、そういうのがくると、ほかのお客さんがいやがるんですよ。舟饅頭だけじゃありやせん。夜鷹《よたか》もそうです。そういうのは断っておりやす」

「そうかい。舟饅頭だけじゃなくて夜鷹もかい。わかった」

七蔵は、羽音を絶えず鳴らしている蠅を手で追いつつ、菱田に言った。

「菱田さん、仏を引きとらせても、そろそろいいんじゃねえか。日が落ちてもこの蒸し暑さだ。仏もますます臭ってくるぜ」

「そ、そうですね。もういいですよね。よし、仏を運べ」

菱田が黒羽織の袖で鼻を覆い、大八車のそばの男らへ甲高《かんだか》い声を投げた。そして、暗がりの中で羽音を鳴らす蠅を追った。

「大八車を持ってこい」

千吉が太い声を、土手道に響かせた。

七蔵は、首が転がっていた道端の草むらを探っている嘉助と弁吉、太助のところへいき、周辺を見廻した。何も見つからないらしく、三人はだいぶ離れたあたりまで探っていた。七蔵は嘉助に声をかけた。

「なんにも見つかりやせん。あっしの勘《かん》ですが、荒れたところのねえこの現場を見ると、賊はぱっと済ませぱっと消えた。無駄がねえ。狙ったもの以外には、目もくれねえ。そんな感じがしやす」

嘉助は草むらを探りながら、七蔵にかえした。

「たぶん、賊は岩ノ助をよく知ってるやつだろう。夕方、岩ノ助が洲崎の土手道を通りかかるのをわかって、狙ってたんだ」

「でしょうね」

七蔵は、賊は舟饅頭の掩蓋の中にひそんで、岩ノ助がここへ通りかかるのを待っていたとかな、とそんな推量を何げなく廻《めぐ》らせた。

遠くで犬の声は聞こえていたが、見物人はだいぶ減っていた。洲崎弁才天のほうへ平野川の川面が続く彼方も、海のほうへ目を転じた海面も、夜の漆黒の帳《とばり》にすべてが覆われ、ただ天上には広大な星空が見わたす限り続いていた。

と、弁才天のほうの土手道を、提灯の小さな明かりをゆらしながら、三つの人影が慌てた足どりで近づいてきた。骸の胴体と首を大八車に乗せ、筵をかぶせていきかけるのを、男らを指図していた千吉が止めた。

「親分、どうだい」

千吉は、土手道をやってくる三人へ向き、呼びかけた。

「お栗さん、こっちだ」

吉祥寺門前の茶汲女のお栗と、腰掛茶屋の亭主でお栗の父親、お栗に知らせにいった岩ノ助一家の若い者らしかった。若い者が、提灯を千吉と大八車へかざして指差し、あれです、とお栗に教えた。

お栗はおろおろした様子で、すすり泣きのような声を漏らしていた。大八車へ駆け寄るのを、千吉が間に立って一旦止め、お栗に小声で何かをささやいた。骸のあり様を教え、気を確かに持ちなせえよ、などと伝えているのだろう。

お栗は島田《しまだ》の髪を、こくり、とひとつふった。それから、恐る恐る大八車へ近寄っていった。大八車のそばの若い者が、筵を少しめくった。お栗は、筵の中をそうっとのぞきこんだ。

途端、天上の星空へ、お栗の悲鳴がきりきりと響きわたった。

お栗が仰のけに卒倒《そっとう》しかけたところを、千吉と若い者と父親が慌てて支えた。

「お栗、しっかりしろ。お栗、お栗……」

父親が呼びかけた。遠くで吠えていた野良犬が、お栗の悲鳴に合わせて、星空へ向けて次々と長吠えを始めた。

二

七蔵は三十五歳で、意外な、と周りの陰口がうるさい中、定廻りに抜擢された。

以来、見廻り分担の町家で起こった事件の探索には、やくざや無頼な博奕打《ばくちう》ち、破落戸《ごろつき》同然の地廻《じまわ》りらが幅を利かす盛り場や裏町に自ら乗りこみ、そこで訊き出した差口《さしぐち》、噂、評判をたどって事件を追う泥臭い手口を使った。

通常、定廻り自らが、そのような泥臭い探索はやらなかった。

定廻りが個々に使う御用聞、つまり岡《おか》っ引《ぴ》き、あるいは手先は、本来、やくざや無頼な博奕打ち、破落戸同然の地廻りらと同じ、怪しい盛り場をねぐらにし、物騒な裏町で飯を食う者らだった。

盗み、強請《ゆす》り、集《たか》り、恐喝《きようかつ》、ときには殺傷事件などの下手人捜しは、下手人が身を隠していそうな、そうした場所をよく知る手先にやらせ、手先が探り出してきた、云々《しかじか》の一件はこいつが怪しいようで、という差口をもとに、町奉行所より捕《と》り方《かた》が出役するというのが、定廻りの探索の常法《じようほう》だった。

ところがそれを、七蔵は自らやった。自分でやらないと気が済まない、そういう気性が七蔵の腹にあった。それでしばしば手柄もたてた一方で、萬は外連《けれん》がすぎると、同じ町方の中には眉をひそめる向きも多かった。

よくも悪くも、北町の定廻り・萬七蔵は、浅草《あさくさ》本所深川の顔役たちの噂話にのぼった。どんな男だい、やっかいな役人らしい、と顔役たちは言い合った。それが、夜叉《やしゃ》のごとく恐ろしい男、《夜叉萬《やしゃまん》》といつしか綽名《あだな》になった。

誰が言い始めたかは、わからないが。

とは言え、七蔵が《夜叉萬》と呼ばれようになるのは、大島町の貸元・岩ノ助の首斬り死体が、洲崎の土手道で見つかった享和元年の夏の終りからずっとあとのことで、ともかくもこの一件は、定廻りに抜擢されて間もない七蔵が、苦汁を嘗《な》めさせられた初めての難事件だった。

翌早朝、八丁堀亀島町《はっちょうぼりかめじまちょう》の湯屋《ゆや》へいき、組《くみ》屋敷に戻ると、日髪日剃《ひがみひぞ》りで毎朝くる廻り髪結《かみゆい》の幸吉《こうきち》が、すでに道具をそろえて待っていた。

町奉行所は、江戸五十万町人の暮らし向きの監理《かんり》のみならず、公事物吟味物《くじものぎんみもの》の裁許《さいきょ》をも行う役所柄、町方与力同心の、日ごろの身だしなみについてはうるさかった。七蔵は、定廻りに就く前は亀島町の髪結床へいっていたのが、この三月、盆も正月もない定廻りを拝命してからは、廻り髪結を頼むことにした。

八丁堀の廻り髪結なら幸吉がいいでしょうと、同じ髪結職人の嘉助の勧めで、幸吉に頼んだ。

七蔵の御用聞を務める嘉助は、五十を二つ三つすぎた年配ながら、大柄な体軀は未《いま》だ矍鑠《かくしやく》として、下っ引きをいく人も従える腕利きの、南北両町奉行所の同じ三廻りの町方らが一目置《いちもく》く親分だった。

定廻りに就いたばかりの、まだ練れていない七蔵が、どうにか様《さま》になっているのは、嘉助親分が御用聞についているからな、と周りは見ていた。

腕利きの御用聞でありながら、嘉助の表向きの生業《なりわい》は髪結職人である。

髪結職人としても腕のいい親方と知られていて、室町《むろまち》一丁目と二丁目の境《さかい》を本小田原町《ほんおだわらちよう》のほうへ折れて、途中の小路《こうじ》をまたひとつ折れた次の四《よ》つ辻《つじ》の角《かど》に、髪結の《よし床《とこ》》をかまえている。

五歳下の女房のお米《よね》がいて、嘉助が御用聞の務めで店を空けている間は、職人や徒弟《とてい》奉公の小僧《こぞう》らをお米が差配し、《よし床》をよく守っていた。

「何を好き好んで町方の御用聞になったのかって？　そんなこと、他人《ひと》に話して聞かせるほどのわけなんてありませんよ」

嘉助は笑って韜晦《とうかい》する。だが、腕っ節《ぷし》が強く度胸もあって気が利いて、そんな血気《けっき》盛んな若い衆だった嘉助の性根《しょうね》に、腕のいい髪結職人では収まりきらないやくざな気性が、あったのは確かだった。

そんなやくざな気性を承知で、お米は嘉助と所帯を持った。そして、嘉助が髪結職人の親方ではなく、町方の御用聞を務めてだんだんと手下が増え、手下のみならず、町方からも親分と呼ばれるほどの男になっていくのを見守ってきた。

その間、子が二度できたけれども、二度とも生まれなかった。それが定めなら仕方がねえと、嘉助はお米をいたわり、お米は嘉助に寄り添って、はや三十年近い歳月を二人は連れ添ってきた。

二月、享和元年に改まったその年、五十三歳になった嘉助は、そろそろ見きりのつけどきと、御用聞を退《しりぞ》いて髪結職人の生業で暮らし、わがままな亭主を許し支えてくれた女房に少しは楽をさせ、穏やかな余生《よせい》をと考えていた矢先、定廻りに抜擢されたばかりの萬七蔵に、御用聞を頼まれた。

嘉助は、七蔵を童子《どうじ》のころから知っていた。

二十歳をすぎて間もない若蔵《わかぞう》のころ、嘉助は霊巌島《れいがんじま》のある親分の下っ引きに使われていた。その親分が御用聞を務めていた町方が、北町奉行所定町廻りの萬忠弼《ただすけ》で、忠弼の倅《せがれ》が七歳だった。

萬忠弼は、確か三十五か六の、背丈はあったものの細身の、定廻りにしては目つきの優しい旦那だった。屈強な身体つきの若い嘉助を見て、

「嘉助は今にいい御用聞になりそうだ。よろしく頼むぜ」

と、朗《ほが》らかに声をかけられたことを、若い嘉助は嬉しくて忘れなかった。

七蔵は、父親の忠弼より母親の伝《でん》に似た、目鼻だちのはっきりした愛くるしい童子で、八丁堀の忠弼の組屋敷を親分に従って訪ねた折り、童子だった七蔵の遊び相手になったこともある。

三年ほど親分の下っ引きを務めた二十五歳のとき、萬忠弼が以前にとり締まった兇徒《きようと》の意趣返《いしゆがえ》しに刺され、落命した。冷たい秋の雨の日、筵をかぶせた忠弼の亡骸を大八車に乗せ、八丁堀の組屋敷まで引いていったのは嘉助だった。

組屋敷の木戸の前まで大八車を引いてくると、女房の伝が跣《はだし》で走り出て、大八車に乗せた亭主の亡骸にすがり、咽び泣いた。近所の組屋敷の住人らも小路に出てきてとり巻き、みなもらい泣きをした。

そのとき七歳の七蔵は、祖父の清吾郎《せいごろう》となす術《すべ》もなく雨に打たれて佇《たたず》み、母親の伝と忠弼の亡骸を、歯を食い縛って見つめていた。まだ小さな孫の肩を、祖父の清吾郎がしっかりと抱いていた。

あの雨の日の光景も、嘉助には忘れられない記憶になった。

それから、嘉助は霊巌島の親分の元を離れ、髪結の職人に戻った。

およそ半年がたった翌年の春、北町の年配の臨時《りんじ》廻りから、またやってみねえか、と声がかかった。その臨時廻りの町方は、下っ引きながら気の利いた働きぶりの嘉助を、前から手先に使いたいと思っていたと言った。

嘉助は、髪結職人はいやではなかった。けれども、髪結職人では収まりきらないやくざな気性が、心をゆさぶった。血気盛んな身体がうずいた。

嘉助は再び、町方の御用聞についた。

御用聞は昔は目明《めあか》し、今では岡っ引きとも、手先とも言った。所詮《しょせん》は廻り方の陰の者で、定廻りの旦那に従って見廻りに出るときは、奉行所つきの小者という立場で務めた。表向き御用聞は、奉行所に名前すら通っていなかった。

だが、実情は、腕のたつ御用聞がついているかいないかで、廻り方の働きに違いが出た。

腕のいい御用聞は、南北町奉行所の廻り方に名を知られていたし、廻り方もこういう御用聞を使っていると、奉行所に名を通してはいた。

これがその手下の下っ引きになると、名前はどうでもよく、頭数でしかない。

嘉助は、臨時廻りに声をかけられてから御用聞についたのを皮きりに、以後、五十三歳になる享和元年までの二十七年、腕利きの御用聞として、いく人かの町方の手先を務め、北町奉行所のみならず、南町奉行所にも、髪結の嘉助の名を知らぬ者のないほどの親分になった。

町家の表店《おもてだな》に顔を出すと、お店者《たなもの》から、親分とか、親分さんと呼ばれた。

その年月、嘉助は七蔵に出会う機会はめったになかったものの、人伝《ひとづて》に、七蔵が十三歳の春に無給の無足《むそく》見習を始めるため北町奉行所に初出仕し、十八歳で本《ほん》勤並《づとめなみ》、本勤、添物書《そえものかき》、物書並《ものかきなみ》、とのぼっていく噂や評判を聞いていて、七蔵がどのような町方同心になっていくのか、気になった。

二十二、三の歳からたった三年足らず、御用聞のそのまた手下の下っ引きを務めた萬忠弼の旦那の倅というだけで、なぜか、七蔵が他人に思えなかった。

自分でもよくはわからないが、どこか、七蔵に自分の倅の成長を見ているような、そんな感じかもしれなかった。

七蔵と会うことは、滅多になかった。けれど、七蔵が本勤にのぼった噂を聞いてほどなく、八丁堀でたまたま七蔵に出会ったときがあった。

嘉助は七蔵に声をかけた。

「萬さま、このたびは、本勤になられたとうかがいやした。おめでとうございやす」

「嘉助親分、どうもありがとう。嘉助親分のたてたお手柄は、われらの間でも評判ですよ」

若い七蔵は、朗らかにかえした。

嘉助は、しばらく見ぬうちに、ほっそりとした体軀ながら、七蔵が自分より背の高い頼もしげな風貌《ふうぼう》になっているのを見て、なんといい町方になったじゃねえか、と嬉しく思った。それも忘れられない、ささやかな記憶だった。

七蔵が三十五歳で、周囲に意外な、という声の多い定廻りに抜擢されたときは、むしろ、まるで倅と番代わりする心地で、髪結職人に戻り女房孝行をして、と御用聞の務めから身を退《ひ》くことに決めていた。

ちょうど、寛政が享和へ世が変わった年で、はやこんなに歳月がすぎたか、潮《しお》どきだぜ、といった心境だった。

そこへ、七蔵に御用聞を頼まれた途端、嘉助は気づいた。

ああ、そうだった。萬忠弼さまの息子のお役にたてるときが、やっと廻ってきたじゃねえか。いつかそういうときがくればと、腹の底でずっと思っていたじゃねえか、とだ。

「あっしでよけりゃあ、お引き受けいたしやす」

嘉助は即座にこたえた。

南向きの庭に面した明るい縁側で、髪結の幸吉が、月代《さかやき》に剃刀《かみそり》を滑《なめ》らかにすべらせ、つるつるに清剃《きよずり》した。それから、髪に鬢《びん》づけ油をつけて細かい目の櫛《くし》で梳《す》きかえし、さらに粗《あら》い目で髪全体をひとまとめにして、と幸吉が刷毛先《はけさき》を小さく広げた小銀杏《こいちょう》にだんだん仕あげていくのに任せていた。

朝っぱらから、庭の木でみんみん蟬が盛んに騒いでいた。

嘉助が下っ引きの弁吉を従えてきたらしく、勝手の土間のほうでお梅《うめ》と交わす声が聞こえた。

「親方ですね」

幸吉は、嘉助を御用聞の親分ではなく、髪結職人の親方として敬《うやま》っていた。

町方の御用を務めていても、御用聞は、どこかやくざな汚れ仕事に見られた。

町方の同心与力でさえ、不浄《ふじょう》役人と呼ばれ、殊《こと》に同心は、二本差しながら侍であるようなないような、そんな見方をする向きも少なくなかった。

親分より親方のほうが、まっとうに感じられた。

「ふむ、嘉助親分がきたか。心地よくて、眠くなってきたぜ」

七蔵は、欠伸《あくび》をひとつした。

「もうすぐ終わります」

「いいさ。普段どおりで」

幸吉は元結《もっとい》でしっかり括《くく》り、髷《まげ》を作っていた。

「嘉助親分、先だって話した首切り猫の一件でね、怪しい噂を聞いたのさ。その噂じゃね……」

と、お梅が嘉助にささやきかけていた。

お梅は、六年前、七蔵の祖父の清吾郎が寝たきりになったとき、半年後に清吾郎が亡くなるまで、清吾郎の世話と所帯の切り盛りを、住みこみで頼んだ深川の女である。清吾郎が亡くなってからも、七蔵の男所帯の家事を任せていた。

聞いていないけれど、歳は五十に手が届いたばかりのようである。

七蔵は二十三歳のとき、妻を娶《めと》り所帯を持ったが、流行《はや》り風邪をこじらせたことが因《もと》で妻が急逝し、それ以来はひとり身だった。

「……そこの若党《わかとう》奉公しているのが、前から惨《むご》たらしいことを平気でやってのける気味の悪い気性なんですって。でもね、普段はとっても大人しくて、礼儀正しいし、すっとした姿も、お大名の若殿さまみたいでさ」

「その若党が猫の素っ首を落としたところを、見た者がいるのかい」

「その場を見たわけじゃないけど、首切り猫が捨てられていた刻限に、あのあたりで若党を見かけた人がいるらしいよ」

「ふむ。どこのお屋敷の若党なんだい。名前は」

お梅がまた、ささやき声になった。

七蔵は急に目が覚め、垂れそうな瞼《まぶた》を見開いた。

三月《みつき》余前に聞いたあの件か、と思った。定廻りを拝命する前の三月初旬、岡崎《おかざき》町《ちょう》内の片与力町《かたよりきまち》の往来に、界隈をうろつく野良猫の首切り死体が捨ててあるのを、夜明け前、仕事に出かける途中の鼈甲《べっこう》櫛の細工《さいく》職人が見つけた。なんと惨たらしいことを、と町内ではずいぶん騒ぎになった。あれから三月以上たっても、誰の仕業かわからぬままである。

ふと、そう言えば、と七蔵は思い出した。

去年の秋の中ごろだった。亀島川に、このときは野良犬の首なし死体が流れていた。野良犬の首は、今でも見つかっていない。

そうか……

七蔵はぽつんと呟《つぶや》いた。

「はい、何か」

幸吉が頭の上で訊きかえした。

「いいんだ。独り言だ」

七蔵は言った。それを思い出したのは、昨夕の、大島町の岩ノ助の一件があったからだった。どれも素っ首をすっぱり、と気になりつつ、すぐに、同じなわけはないかと思いなおした。

三

享和元年のこの年、北町奉行所はまだ常盤橋御門《ときわばしごもん》内にあった。

夏の終りの六月、月番《つきばん》の北町奉行所の表門が両開きに開いている。ただし《北町奉行所》と看板は掲《かか》げていない。江戸市中において、表看板を掲げているのは表店の商家《しょうか》だけである。

七蔵が奉行所に着くなり、目安方《めやすかた》の久米信孝《くめのぶたか》に呼ばれた。

久米信孝は、奉行・小田切土佐守直年《なおとし》の内《うち》与力である。

内与力は、町奉行所の目安方あるいは公用人《こうようにん》として、小田切土佐守直年の家臣十人ほどが勤め、町奉行所に属する町方与力とは別の、奉行の側衆《そばしゅう》である。小田切土佐守が町奉行職を転免《てんめん》するときは、内与力も職が終って、主とともに奉行所を離れなければならない。

三廻りと呼ばれる定町廻り、臨時廻り、隠密廻《おんみつまわ》りは、支配役《しはいやく》の与力がいない奉行直属のため、奉行の指図は大抵、内与力より伝えられた。殊に、久米信孝は旗本である主人の小田切土佐守の信任が厚く、奉行の指図の伝達は久米信孝が務める場合が多かった。

おそらく、昨日の岩ノ助殺しの掛《かかり》を命じられるのだろうと、察しはついた。

内座之間《うちざのま》で久米を待った。廊下側の腰付障子《こしつきしょうじ》を開け放っていて、廊下の先の中庭の椿《つばき》の木でも、みんみん蟬が鳴いていた。廊下に庇《ひさし》の影が落ちていて、庇の影を白足袋《しろたび》で踏み、

「待たせた」

と、久米が浅黒い顔を内座之間にのぞかせた。

口元をゆるめていても、七蔵を見つめる久米のひと重《え》の目は笑っていなかった。定廻りに就いたばかりの七蔵の力量を、計りかねている顔つきだった。

継裃《つぎがみしも》の袴を払い、床の間《とこのま》を背に七蔵と対座した。

七蔵は手をつき、黙然《もくねん》と辞儀をした。

「御用をおうかがいいたします」

手をあげて言った。まだ世間話を交わすほど、親しい間柄ではなかった。久米は素っ気なく頷き、両膝においた浅黒い手を、物思わしげにわずかに遊ばせた。久米はまだ四十歳の、老《お》いる歳ではない。だが、中背《ちゅうぜい》の痩せた背中を、気むずかしい老能吏《ろうのうり》のように丸めていた。

「萬《よろず》さん、そろそろ秋だね。定廻りに就いて三月余がたったわけだが、どうだい、勤めには慣れたかい」

三味線の一下《いちさが》り調子のように、声を低めて言った。庭で鳴く賑やかな蟬の音にまぎれそうだった。

「幸いこの間、わたしの分担の町地《ちょうち》では、町人の生業を脅かす気骨の折れるもめ事やごたごたなどは起こっておりません。ただもう、毎日の見廻りに気配りを怠《おこた》らぬようにするのみにて、勤めに慣れるも慣れないも、それを考える余裕なんてありません。いつの間にか、ときがたちました」

七蔵はとつとつと言った。

「昨日、洲崎の土手道で、男の首斬り死体が見つかったと聞いた。死体は大島町の岩ノ助という貸元で、懐を狙った辻斬り強盗らしいな」

「はい。岩ノ助は、大島町、蛤町、中島町を縄張りにして、賭場の胴親で荒稼ぎをしているやくざです。深川界隈の盛り場では、顔利きです」

「さぞかし寺銭《てらせん》を稼いで、懐には金がうなっていたんだろう。その懐目あての強盗だな。しかし、そんなやくざであっても、命のある人に変わりはない。下手人を捕《とら》えて、罪を償《つぐな》わせなきゃあな。萬さん、やるかい」

「そのつもりです。洲崎はわたしの分担の町地ですし」

「昨日の当番同心は、菱田貫助だ。この春、本勤になったばかりの若い男だな。昨日の現場の検視に出役して、検視の報告は言上帳《ごんじょうちょう》を見ればわかる。お奉行さまが、言上帳に目を通され、岩ノ助の一件は萬にやらせよと言われた」

「畏《おそ》れ入ります」

「別に畏れ入らなくてもいいよ。お奉行さまは萬さん贔屓《びいき》だからな」

久米は素っ気ない物言いに、少々の皮肉を利かせた。

町奉行所の言上帳とは、町奉行所の一日の業務を残らず奉行に報告する日誌のようなものである。奉行は言上帳に目を通して奉行所の業務の現状を把握《はあく》し、側衆の目安方や公用人に指図や指示を与えるのである。

「ただし、反対の声もあった。萬さんは定廻りになって日が浅いし、こういうやくざな博奕打ちがらみの一件は、もう少し練れた臨時廻りにやらせたほうが無難ではないかとだ。それに、この三月余、萬さんの勤めぶりは、これといって手柄もないのに、外連だけが目につくという声をよく聞くと、反対する者もいたな。誰がとは言わないが、わたしではないよ」

はあ、と七蔵はこたえるしかなかった。

「菱田の昨日の言上帳に、萬さんが菱田のあとから現場にきて、仏の検視にあれこれ口出しするので、町役人らが混乱して、検視がかえって手間どったと、書き添えてあった。現場の調べも済んでいないのに、土手道の草むらを手先らに勝手に探らせたんだって。気持ちはわかるが、こっちにも段取りがあるのに、勝手なふる舞いをされては検視に差し支えるので、当番方の許しを得るべきだ、ともあった。萬さん、御用聞の嘉助までついていながら、そんな勝手な真似をしたのかい」

「なんといいますか……」

七蔵は言葉を濁《にご》した。

「はは。いくらなんでもなと、すぐに気づいたよ。中間の太助に確かめて事情はわかった。お奉行さまには、一応、報告した。捨ておけと言われた」

七蔵は黙っていた。

「若い菱田にしても、当番方で出役している自分を差しおいて、萬さんが勝手に現場の調べを進めるのが、面白くなかったのさ。いたらなさを見せつけられて、自分のことが腹だたしかったとかな」

「そうですね。わたしも菱田さんの立場なら、へそを曲げていたかもしれません。肝《きも》に銘《めい》じます」

「だが、面白くなかったからといって、お奉行さまにご報告する言上帳に、自分の不満を並べるのは感心せん。菱田には釘を刺しとくよ。ともかく、お奉行さまは、萬さんが手柄をたてるのを、待っておられる。せっかく抜擢してくだされたのだ。そろそろおこたえせねばな」

それで、と久米は言いかけた途中、庭の蟬の声へ顔を向けた。そして、すぐに七蔵へ見かえった。

「調べは、どのようになりそうだ」

「わたしの見たてでは……」

賊は、岩ノ助の首を一刀の下に落としたが、ほかは一切疵つけていない。骸が見つかった土手道に、争ったと思われる跡も残っていない。しかも、賊は岩ノ助がこの二月《ふたつき》ほど前から、ほぼ毎日、昼間は吉祥寺門前の茶汲女のお栗のいる茶屋に通い、夕暮れどき、洲崎の土手道を子分も従えず大島町へひとりで戻るのを知っていて、そこを狙ったと思われた。

「ですから、賊は相当腕のたつ武家《ぶけ》で、なおかつ、岩ノ助の顔見知りと見こまれます」

「顔見知りの腕のたつ武家か。確かに、一刀の下に素っ首をすっぱりやるのは、匕首か、せいぜい長《なが》どすしか持たないやくざや博奕打ちに、できる芸当とは思えんな。賊はひとりかい。それとも、仲間がいるのかい」

「岩ノ助を首打ちにした技やら、現場《げんじよう》の跡を見る限りは、襲ったのはひとりでしょう。ただ、手引きとか、何らかの手助けはいたかもしれません」

七蔵の脳裡《のうり》に、出前持ちの井吉が見かけた平野川の舟饅頭の話がよぎった。

「手助け？　言上帳に、仏を見つけた出前持ちが、平野川で舟饅頭を見かけた報告があった。菱田は、賊は岩ノ助を襲ったあと、舟饅頭の掩蓋に隠れて、現場より姿を消した見こみがあると報告している。それのことか」

「そういう推量もできると、菱田さんに話しました」

「なんだ。それも萬さんが言ったのかい。菱田め、案外ちゃっかりしてるな。ところで、岩ノ助は誰かの深い恨《うら》みを買っていて、そのために狙われたという見こみはないか。懐の金を奪ったのは、強盗に見せかけるためだったとか」

「賊が恨みを抱いて岩ノ助を襲ったなら、岩ノ助をもっとずたずたにしていますよ。骸をあんなに綺麗なまま残してはおきません」

「綺麗なまま？　素っ首をすっぱりと落として、ずいぶん惨たらしい仕業に思えるがね」

「賊は間違いなく、自分の凄腕《すごうで》を知っている者です。なんの警戒もしていない岩ノ助の背後から、一刀の下に素っ首を落とした。一瞬のうちに、声も出させず、綺麗に済ませ、血は噴きこぼれても、血飛沫《ちしぶき》にはならなかったはずです。無駄なこと、余計なことは一切していません。懐の金が、狙いだったからです。強《し》いて言えば、賊は自分の剣の腕に惚《ほ》れています。岩ノ助の首をただ一刀で落とし、よくやった、上手くできたと、出来栄《できば》えに満足して刀を納めた。仏には一片の哀《あわ》れみも感じず、首のとれた木偶を見ているように、胴体と首を並べて面白がって見ていたりとか……」

野良犬や野良猫の首をすぱっとやって得意がっているような、と言いかけたのを、それは収めて続けた。

「岩ノ助の骸の様子は、そんな感じに見えました」

「なるほどね。富田《とだ》道場で剣術の腕を磨いた萬さんだからこそ、わかるのかもしれんな。よかろう。早速、探索にかかれ。定廻りのほうは、臨時廻りの小倉《おぐら》さんに任せるつもりだ。いずれにしても、萬さん、百日だよ。百日のうちに目鼻をつけてくれよ。お奉行さまの萬贔屓《びいき》が、冷めないうちにな」

久米はまた、言葉にそれとない皮肉を利かせた。

四

殺人など重大事件の下手人の捕縛《ほばく》に、百日をすぎてもいたらなかった場合、探索は《永《なが》の詮議《せんぎ》》にきり替えられた。探索の中止ではないが、実際は放っておかれる。久米の言った百日とは、そのことだ。

朝五ツ半（午前九時）前、七蔵は見廻り中間の太助と御用箱を背負った供《とも》の敏《とし》助《すけ》を従え、北町奉行所を出た。太助は紺看板《こんかんばん》梵天帯、千草色《ちぐさいろ》の股引に草鞋で、木刀を差し、御用箱を背負った敏助は、着流しに尻端折りである。

嘉助と下っ引きの弁吉が、七蔵ら一行と落ち合う場所を八丁堀の茅場町《かやばちょう》の水《みず》茶屋《ぢゃや》に決めてあって、一行が通りかかるのを待っていた。

「嘉助親分、萬さまの見廻りです」

と、敏助が水茶屋で待機《たいき》していた嘉助と弁吉に声をかけた。

定廻りの巡邏は、大抵は、廻り方の同心以下、奉行所雇《やと》いの中間に御用箱を背負う供、それに同心限りの手先が二、三人というのが普通である。

嘉助と弁吉は、普段は十手を持たず、七蔵の巡邏に従うときだけ地味な鍛鉄《たんてつ》の十手を帯に差している。

町方の持つ十手は朱房の飾りがついている。

七蔵は霊巌橋を南新堀《みなみしんぼり》、次に湊橋《みなとばし》を北新堀《きたしんぼり》へ渡って永代橋へと向かった。

北新堀の往来は、新堀川沿いに土手蔵の白壁が続き、お店者、手代《てだい》風体、両《りょう》天秤《てんびん》の行商、荷を山のように積んだ地車《じぐるま》を、下帯《したおび》ひとつの人足《にんそく》ら四人が、前から引き、後ろから押し、車輪を騒々しく鳴らして通りすぎていく。

今日も蒸し暑くなりそうな陽射しが、北新堀の往来に降っていた。

「嘉助親分、今朝、お梅と話していたろう。片与力町の往来で首を切られた野良猫が見つかった一件らしいが」

往来をいきながら、七蔵は後ろの嘉助に声をかけた。

「へい。三月《みつき》前の首切り猫の一件です。お梅さんから、怪しいのがみつかったという話を聞かされました」

嘉助が七蔵の背中に近づき、さりげなく言った。

「怪しいのは、誰なんだい」

「怪しいのですか？　じつは、お梅さんから旦那さまにはまだ言わないでおくれよと、止められているんですよ」

七蔵がふりかえると、嘉助はにやにや笑いを寄こした。

「間違った話を旦那さまにお聞かせして、迷惑をかけちゃいけないから、ちゃんとわかるまでは、黙っててね、とです」

「なんで親分に話して、おれには黙っててね、なんだ。同じ御用務めだろう。変じゃねえか。親分、聞かせてくれ。怪しいのって、誰なんだい」

「気になりやすか」

「気になるってほどじゃねえ。けど、誰の仕業かわかったら、放っておけねえ。生類《しょうるい》をむやみに害するのは、ご法度《はっと》だ」

「ですよね。旦那にはあとでお話しするつもりでした。ただし、あっしから聞いたとは、お梅さんには言わねえでくださいよ」

「やめろよ、親分まで。小娘の内緒話じゃあるまいし」

嘉助は、ぷっ、と噴き出した。

舟番所《ふなばんしょ》のある永代橋西詰《にしづめ》の広小路《ひろこうじ》を抜け、七蔵らは永代橋に差しかかった。

濃い紺色に染まった大川が、ゆるやかに反《そ》った永代橋の下を、夏の日を照りかえして流れていく。雲ひとつない天気だが、南の向島《むこうじま》と呼ばれる佃島《つくだじま》あたりの沖の果てに、分厚い雲が固まっているのが見えた。

「北御番所の殿山さまの奉公人で、名前は田島享之介《たじまきようのすけ》。二十歳前後の若侍で、お梅さんの話じゃ、見かけはすっとした姿の、お大名の若殿さまみたいな品のある様子らしいですね」

「田島享之介は、知ってるぜ。年番方の殿山さまに仕える若党だ。八丁堀で二、三度、見かけたことがある程度だが、物静かな、一見、品のいい若殿さまに見えなくはねえな」

「野良猫の首をちょん切るような、そんな惨たらしい真似を平気でする若殿さまには、見えませんか」

「見えねえ。が、そう言えば、少し陰がある感じだ」

田島享之介は、痩身で五尺八寸（約一七五センチ）の七蔵より上背《うわぜい》があった。青白い細面に眉が薄く、潤みのある目や通った鼻筋や唇の薄い口元に、作り物めいた艶《つや》やかさがあって、それがかえって顔だちの陰翳《いんえい》を濃くしていた。

八丁堀の往来ですれ違った折り、顔だちの陰をとりつくろうように寄こした奇妙な会釈を、七蔵は思い出した。

「お梅は、田島享之介が野良猫の首をちょん切ったと、いつ、誰に聞いたんだ」

「ご近所の奉公人仲間から、昨日、そういう噂を聞いたそうです」

「昨日？　三月前の一件だぜ。なんで昨日なんだ」

「片与力町で首切り猫を見つけたのは、岡崎町の仁平《にへい》という鼈甲櫛の細工職人だそうですね。その職人がつい先だって、八丁堀界隈を流す風鈴《ふうりん》そばの八太郎《はちたろう》から聞いたんですよ。三月前の、野良猫の首がちょん切られた夜更《よふ》け、風鈴そばの八太郎が屋台を提げて片与力町の近くを流していたら、猫がえらくうるさく鳴いていたのが、突然、ぴたりと鳴きやんで静かになった。ほどなく、片与力町のほうから頬かむりの二本差しがきて、八太郎のそばを食っていった。頬かむりをしていても、ぞっとするほど青白い顔色の、滅法《めっぽう》、背の高い若侍だから、風体が目だったので覚えていた。そしたら、二、三日して、片与力町で首を切られた野良猫が見つかった話を客がしていたのを聞き、もしかして、あの頬かむりの若侍の仕業じゃねえかと、八太郎は思ったわけです」

「その二本差しが、田島享之介なのかい」

「そのときは、名前も素性《すじょう》も知らなかったそうで」

七蔵は頷き、擬宝珠《ぎぼし》を飾った永代橋の天辺《てっぺん》をすぎてくだっていった。

「それからしばらくたって、首切り猫のことは忘れていたある夜更け、たまたまその若侍がまた客になったんです。八太郎は、若侍に見覚えがあるので話しかけた。お客さん、前もこの近くでそばを食っていただきましたね、ここら辺のお屋敷にご奉公なさっているんですかと。ところが若侍は、前に八太郎のそばを食ったことを覚えちゃいなかった。ただ、そこの町方与力の殿山家に仕えていると、どうでもよさそうにこたえた。八太郎が、町奉行所の与力さまのご奉公なら、さぞかし気骨《きぼね》の折れるむずかしいお勤めなのでございましょうね、と言ったら、若侍は人使いが荒くて疲れる、とため息混じりに言いかえしただけで、あとは黙ってそばを食ってさっさといっちまった。八太郎は、こんな夜更けにどこへいくんだろうと訝ったものの、首切り猫の一件は、その折りは思い出しもしなかったたんですがね」

「殿山家の使用人は、下男下女数名に中働きの女中がひとりか二人。槍持《やりも》ちと挟《はさ》み箱《ばこ》持ちの中間が二人で、侍は若党の田島享之介ひとりだな」

「お梅さんも、それは言ってました。八丁堀のお屋敷勤めの者なら、みなすぐ田島享之介とわかるって。つい先だって、岡崎町の仁平が職人仲間と酒を呑んだ夜更けの戻りに、八太郎の屋台でそばを食い、三月前の首切り猫を見つけた話を、八太郎に面白がって聞かせたんです。そう言えば、と八太郎もその話を思い出して、三月前の首切り猫の一件があったと思われるすぐあとに、若侍が通りかかってそばを食っていった話をしたら、仁平は、ええっ、そうなのかい、そいつだよ、きっとそいつがやったんだと、その気になって言うので、ついでに若侍が、町方与力の殿山家の奉公人と、後日、本人から聞いた話もした。仁平は、すっかり、野良猫の首を切ったのが、殿山家の若侍に違いないと思いこんだ。そこで、どんなやつだい、と八丁堀のお屋敷勤めの知り合いに話したのが、廻り廻って、お梅さんにも伝わったようでやす」

「それだけかい。勝手な推量じゃねえか。あてにならねえぜ。それだけで猫殺しの下手人にされちゃあ、田島享之介は迷惑だろう」

「でしょうね。お梅さんも、顔も知らねえ他人じゃなく、ご近所さんの噂話ですから、旦那さまに間違った噂話をお聞かせして迷惑をかけちゃあいけないので、まだ黙っててね、というわけですよ」

七蔵は、なんだい、というふうに唇を尖らせた。

永代橋を深川の佐賀町《さがちょう》に渡り、浜通りを相川町《あいかわちょう》のほうへとった。このあたりは浜十三町《はまじゅうさんちょう》とも呼ばれる漁師たちが多く住む漁師町で、その浜通りをいきながら、嘉助はなおも言った。

「それから、これもお梅さんが言ってましたね。八丁堀のお屋敷の奉公人らの間では、田島享之介の評判は、あんまりよくねえんです。見かけは、大人しく礼儀正しい、お大名の若殿さまみてえに品がよさそうですが、どうやら、田島は相当なかんしゃく持ちのようです。ご主人の殿山さまには隠していますが、相手が自分より弱い立場の者に、一旦かんしゃくを起こしたら、何をしでかすかわからないところがあるので、田島には恐《こわ》くて近づけないと、殿山家の奉公人からお梅さんは聞いていたんです。お梅さん自身も、茅場町の油問屋で、何か粗相《そそう》のあったお店者を、田島がすごい剣幕《けんまく》で怒鳴《どな》りつけているところにいき合わせて、吃驚したことがあったそうです。お店者が畏れ入って繰りかえし謝っているのに、顔色を蒼白にして怒りが収まらず、普段は、大人しくて品のいい田島の人がまるで変わっているので、お梅さんはだんだん気味が悪くなって、というか、居たたまれなくなってその場を逃げ出したと」

「ほう、田島はそれほどのかんしゃく持ちか。それでお梅は、田島がらみの首切り猫の噂を聞いて、田島ならありそうだと、勝手に推量したってわけか」

「けど、旦那。じつは、あっしもちょっと気にはなります。もしかしてってことも、ありますぜ」

「そうだな。いくら勝手な推量でも、念のために、田島享之介が、三月前のあの晩、何をしていたか、殿山さまに云々《しかじか》と事情を話して、訊いてもらうか。それとも、表沙汰にならねえよう、当人にそれとなく質《ただ》して、当人が白状したら、今回は見逃がすが二度とやるんじゃねえぞと、釘を刺すとかな」

「まずは、それがよさそうですね」

嘉助が七蔵の背中に言った。

五

幅十六間（約二九メートル）の大島川《おおしまがわ》を挟んで、大島町の対岸の越中島《えっちゅうじま》の築《つき》地《じ》が海へ広がり、築地のまばらな町家の向こうに、蘆荻の間に剝き出しの地面が、午前の陽射しの下で白く耀いていた。

岩ノ助一家の店は、大島橋を渡って浜通りを、さらに半町（約五五メートル）ほどいき、小路を北へ折れた奥の突きあたりだった。表の両引きの腰高障子《こしだか》は開いていたが、軒《のき》にかけた簾《すだれ》が店の中を隠し、簾には忌引《きびき》の札がつけてあった。

岩ノ助の通夜《つや》は大島町の店で行い、葬儀は黒江町《くろえちょう》の西念寺《さいねんじ》と聞いていた。そのためか、店は案外に静かだった。

簾を払い、薄暗い前土間に入った。弁吉が静かな店に声をかけた。

へえい、と間延びした低い声が聞こえ、すぐに若い衆が寄付きに出てきた。若い衆は七蔵らがくることを承知しており、

「これは萬さま、嘉助親分、お待ちいたしておりやした。女将さんは葬儀を執《と》り行う西念寺へすでにお出かけでございやすので、若頭が代わって、御用を承《うけたまわ》

りやす。どうぞ、おあがりください」

と、案内にたった。

太助と敏助、弁吉を前土間に残し、七蔵と嘉助が寄付きにあがった。竹矢来《たけやらい》の垣根と狭い庭に向かう部屋に通され、茶が出て間もなく、黒紋付の羽織に縞《しま》袴の葬儀用の衣服に拵《こしら》えた若頭の千吉が現れた。

「旦那、嘉助親分、お役目ご苦労さまでございやす」

と、千吉は七蔵と嘉助に恭《うやうや》しく辞儀をし、女将がすでに葬儀場の西念寺に出かけて不在の無礼を詫《わ》びた。

「早速でございやすが、昨晩、旦那のお訊ねの件を女将さんに伝えましたところ、萬さまに岩ノ助親分の恨みを晴らしていただくために、できる限り手を貸すようにと、女将さんのお指図を受けておりやす」

それから、商家の元帳《もとちょう》のような帳面をとり出し、七蔵の前においた。

「これは、岩ノ助親分がつけておりました、うちのお客の名帳《めいちょう》でございやす。昨日言われましたお武家に限らず、商家に職人、役者や芸人、お寺さんも含めて、名前に身分、お屋敷やお住まいの町地、地名などが明記してありやす。この短冊《たんざく》を挟んだ箇所は、お訊ねのお武家と、念のため、お武家ではなくても、親分に借金のあるお客もわかるようにしておきやした」

「そりゃあ、念の入ったことだ」

七蔵は名帳をとって、紙面を繰《く》った。武家町人僧侶《そうりよ》などの名が、ずらりと並んでいた。深川のみならず、日本橋《にほんばし》や銀座町《ぎんざちよう》、新川筋《しんかわすじ》の七蔵の知っている老舗《しにせ》問屋の主《あるじ》や、相当な旗本の名も、いくつも読めた。

借金のある客の名には、借金の額が記してあり、返済が済んだ借金には朱で罰《ばつ》点《てん》をつけ、逆に借金の増えた客の額も書き改められていた。

「ほう、岩ノ助はずいぶんまめだったんだな」

「岩ノ助親分がそういう方でしたから、親分の仕きり場なら安心して遊べると、うちは素性の知れた、筋のいいお客が多いんですよ」

「舟饅頭や夜鷹や、そういうのはいないと……」

「ほかのお客が、いやがりますんで」

「そうかい。ところで、岩ノ助一家の縄張りに賭場はいくつある」

千吉は、大島町、蛤町、中島町の三ヵ所と、包み隠さずこたえた。

「ですが、その名帳に記した定客のほかに、博奕渡世《とせい》の振《ふ》りのお客や、定客と一緒にくるお客もおります。親分の性分で、わかる限りのお客の名はあげてありやすが、全部というわけじゃねえことはご承知願いやす。こういう渡世ですから、余計な詮索《せんさく》をするわけにもいきやせんので」

「わかってるさ。こいつは借りていくぜ」

「どうぞ。用が済んだらおかえし願いやす」

七蔵は名帳を懐に差し入れた。

「それと、旦那。昨夜も申しやしたが、岩ノ助親分が、昼間は吉祥寺門前のお栗の茶屋にいることを知っていて、なおかつ、親分の顔見知りなのは深川には大勢おりやす。本所にも、日本橋にも、また、八丁堀の旦那方の中にもおられやす。懐の金目あてであれ、仮令《たとえ》、別の狙いだったとしても、親分を洲崎の戻り道で襲う気になれば、できるのは賭場のお客に限ったわけじゃあ、ございやせん」

「金目当て以外の別の狙いでとは、昨日は、岩ノ助にごたごたやもめ事はねえと聞いたが、じつは何かあるのかい」

「いえ。そうではなくて、親分がこんなことになって、御用のお調べでお客に、殊に、お武家のお客に迷惑をかけるわけですから、うちの賭場はお上《かみ》の目が厳しいと噂が広まり、お客の足が遠のくことはさけられねえ。そうすると、これまでは深川界隈の親分衆同士、よその縄張りに手を出さねえ仁義だったのが、あそこはもう終りだ、遠慮はいらねえと、縄張りを荒らされる恐れがあって、女将さんもそれを気にかけておられやす」

「しかし、賭場の客を調べねえわけにはいかねえ。殊に、武家の客はな」

「そりゃもう、いたし方ねえことはわかっておりやす。一刻も早く下手人をお縄にして、親分の無念を晴らしていただきてえんです。女将さんも、心からそれを願っておられやす。だからと言って、親分亡きあと、あそこは安心して遊べねえ、お客の名をお上に平気で売ると、お客に見限られて岩ノ助一家を潰したとなりゃあ、女将さんのみならず、子分のあっしらだって、冥土《めいど》の親分に面目が施《ほどこ》せやせん」

「岩ノ助殺しの下手人を、挙げたいだけだ。賭場の胴親の筋からばらしたとは、決して明かさねえ。約束は守る。昨日も言っただろう」

「へい。しつこいようですが、くれぐれもお願いいたしやす」

それから、旦那……

と、千吉はひとにぎりの紙包みを袖からとり出し、七蔵の前にまたおいた。

「これは、女将さんから、親分の無念を晴らしていただくお礼でございやす。どうぞ、お納め願いやす」

「千吉、繰りかえすが、岩ノ助の無念を晴らすためじゃねえ。人斬りを江戸にのさばらしておくわけにはいかねえだろう。それだけだ。ご禁制の賭場をとり締まるために、この名帳を使うなんてことは、断じてねえ。妙な気遣いは無用だ。これは仕舞っときな」

七蔵は紙包みを、指先で千吉のほうへ押し戻した。

「いえ、そういうわけにはいきやせん。決して、うちの賭場のとり締まりに手心を加えてもらいてえとか、下心《したごころ》があってのことじゃありやせん。女将さんが、旦那にこうしなきゃあ気が済まねえと仰るんで、何とぞ」

「女将の気持ちだけは、いただくぜ。それより、吉祥寺門前のお栗は、今日の葬儀にきてるだろう。昨夜はあんな具合だったから、訊けなかった。昨日の昼間の岩ノ助の様子が訊きてえんだ。それとも、まだ起きられねえのかい」

「お栗は大丈夫です。今日の葬儀に出るつもりだったようです。ですが、女将さんが、お栗は断っておくれと仰いますんで、遠慮するように伝えやした。女将さんは、お栗の所為《せい》じゃないのはわかってはいても、親分がこんなことになって、お栗を見るのはつらいと仰って、お栗も仕方なく了見《りようけん》したようです」

「亭主は許せても、女のほうは別ってわけか。わかった。親分、次は吉祥寺門前だ。いくぜ」

「へい。承知しやした」

「旦那、これを」

と、千吉が食いさがるのを制して、七蔵と嘉助は座を立った。


大島川沿いに永代寺門前町へ出て、蓬莱橋《ほうらいばし》を佃町《つくだちょう》に渡った。木場の入船町に差しかかるあたりより、洲崎の土手道沿いの流れは平野川になる。平野橋の袂の、昨夜の岩ノ助の首斬り死体が見つかった跡は、綺麗に消されていた。

洲崎弁才天の参詣客らしき姿が、賑わいというほどではないものの、明るい陽射しの下の土手道にいく人も数えられた。

南の海側を望めば、ほのかな海風がそよぎくる海原《うなばら》の彼方に、白帆《しらほ》の船が点々と漂《ただよ》い、洲崎の海辺に近い沖には、午前の刻限から釣舟《つりぶね》が、あちらに数艘こちらにも数艘と浮かんで、釣客《つりきやく》が船縁《ふなべり》から棹をのばしていた。

北側の木場の材木置場の空に、材木を打つ乾いた音が、こおん、こおん、と孤獣の鳴き声のように寂しく響いている。

吉祥寺門前の西側の、里俗に言う弁天前町に四軒続く茶屋の一軒が、お栗の父親の営《いとな》む店だと聞いていた。

髪はそれぞれ島田に結い、派手な着物に帯をだらりに結んだ茶汲女たちが、その四軒茶屋の店先に立ち、弁才天の参詣客が通りかかるたびに、「お入んなせ」と艶やかな声をかけていた。

お粟は明るい赤橙色《あかだいだいいろ》の着物に黄茶と縹色《はなだいろ》のまだらの丸帯を締め、茶汲女の中でも、器量のよさがひときわ目だった。

七蔵らが雪駄を鳴らして往来をいくと、女たちが声をひそめて見かえった。

お粟は、白い化粧顔に小さな戸惑いを浮かべたが、すぐにとりつくろって、七蔵らへ辞儀をした。

「お粟だな。仕事中に邪魔して済まねえが、昨日の岩ノ助の一件で、訊きたいことがある。いいかい」

「はい。お役目ご苦労さまでございます」

お粟は、目を伏せたままだった。周りの茶屋の女たちや、通りかかりの参詣客が、七蔵らとお粟を訝しげに見守っていた。たて廻した葭簀の間から、茶屋の土間の父親が見え、父親は丁寧な辞儀を七蔵へ寄こした。

「お父っつあん、お役人さまが岩ノ助親分のことでお訊ねですって」

お栗が声をかけ、

「そうなのかい。入っていただきなさい」

と父親は言った。

茶屋は、葭簀張りが囲った軒庇の下に縁台が二台並び、畳敷きの店の間が往来側に開いていた。店の間から段梯子《だんばしご》が、通路を跨いで二階の小部屋へのぼってい て、そこが、この二月《ふたつき》ほど、岩ノ助とお栗が昼下がりから夕方まですごしていた眺めのいい小部屋に違いなかった。

七蔵と嘉助が店の間にあがり、お栗はやはり目を伏せて二人の前に畏《かしこ》まった。弁吉と太助と敏助は土間に立って、店の間の三人を見守った。

土間の奥で茶の支度をした父親が、ゆるく湯気ののぼる碗《わん》をみなに配った。父親は茶屋に入ってきた客に、「相済みません。ただ今お役人さまの御用でとりこんでおりまして……」と、丁重に断った。

そうだろうとは思っていたが、お栗からめぼしい話は聞けなかった。

昨日の岩ノ助の様子に、普段と変わったところは思いあたらず、いつものように昼下がりにきて、夕方のまだ明るみの残っているうちに、ひとりで、洲崎の土手道を戻っていった子細《しさい》を、お栗は終始しょげた様子で語った。

「昨日でなくてもいいんだが、賭場の客でほんのちょっとでも気になるとか、知り合いにこんな男がいるとか、岩ノ助が話をした覚えはないかい」

お栗は、わきへ目をそらしてしばし考え、そのまま首を左右にふった。

「岩ノ助は、若い衆を連れずに毎日ここへきて、戻りもひとりと聞いた。岩ノ助は深川に縄張りを持つやくざの親分だ。表向きは平穏でも、陰じゃあ、縄張りやら賭場のもめ事やら、ごたごたはつきねえだろうし、他人の恨みを買ってる場合だってなきにしもあらずと、わかっていそうなものだが、もしかして、岩ノ助が気の荒そうな若い衆を連れてくるのを、おめえが嫌がったのかい」

「親分のお世話になっているのに、そんなこと、あたしが嫌がるわけありませんよ。でも女将さんは、親分が若い衆を連れずにここへくるのは、あたしのわがままの所為だと、思っているかもしれませんね」

お栗は、岩ノ助の女房に断られて今日の葬儀に出られず、それを気にかけている素《そ》ぶりだった。

「親分が、ここではいつもひとりなのは、若い衆を率《ひき》いて縄張りを守っていくのに、毎日、気を張りつめているので、ここにきたときぐらいは、息抜きがしたかったんじゃありませんか。親分に、縄張りやら賭場やら、仕事の話を聞かされたことはありません。親分は、ここではいつも、ゆっくりしていかれるんです。それだけです」

「ゆっくりか」

「ええ。ぼうっと景色を眺めて、ゆっくり……」

お栗は、葭簀ごしに門前の往来へ、物憂《ものう》げな目をやった。

往来を参詣客が通っていくたびに、店先の女たちの呼び声が、華やかに聞こえた。葭簀をくぐって入ってきた客は、町方の定服《じようふく》の七蔵と陰気な店中を見廻し、おや、間違えた、という顔つきを残して、そそくさと引きかえした。

お栗は、どうでもよさそうに続けた。

「でも、たった二月で終っちまいましたよ。また、門前仲町の町芸者に戻るしかありませんね」

「おめえ、門前仲町の町芸者だったんだってな」

「定廻りの萬七蔵さまのお噂は、存じあげていましたよ」

お栗は、投げやりな言葉つきでかえした。

二月前なら、七蔵が定廻りに就いてまだひと月ほどだった。七蔵じゃあ定廻りは荷が重すぎるぜと、盛んに言われていたころだ。どうせ碌《ろく》な噂じゃねえだろうと思ったが、七蔵は腕組みをして放っておいた。

「ここはもう、追いたてを喰《く》らっているのかい」

それは嘉助が訊いた。

「すぐにとは言わないけどって、昨日の通夜のとき、女将さんに。でもいいんです。ここじゃあ、あんまり稼げませんから、親分がいないといずれ引き払うことになるんです。大して変わらないし」

「岩ノ助ほど顔が広いと、この茶屋で顔見知りと出会ったことが、しばしばあったんじゃねえのかい」

嘉助がなおも言ったが、お栗は、「さあ」と首をひねった。そして、

「お父っつあん、親分がうちでお知り合いと顔を合わせたことがあったかどうか、お訊ねだけど、どう？　そんなことあったっけ」

と、竈《かまど》のそばの父親に訊いた。

「いいえ。岩ノ助親分はうちへ見えますと、すぐに二階へあがって、戻りの刻限まで滅多におりてこられませんでした。まれに若い衆が、ちょっとした用ができて親分に会いにきても、階段のところで用を聞いたら、若い衆はすぐに帰されます。ですから、うちで顔見知りと会ったというのは、覚えがございませんね。往

来で顔見知りと出会ったとか、そういうのはあったでしょうが」

「あ、そう言えば、ありました。往来でなら、見かけました。一度だけ」

ふと、お栗が思い出した。

「この茶屋に越して間もないころの、昼下がりでした。親分がそろそろきそうな刻限に外へ出てみたら、往来の向こうで、親分がいき合った人と、ほんのちょっとだけ言葉を交わしているのが見えました。すぐにいき違って親分がきたので、お知り合いですかって聞いたら、知り合いじゃない、向こうがこっちを知っているようで、大島町の岩ノ助親分ですね、お名前はかねがね、と声をかけられただけだったみたいです。思わぬときに知らない人に声をかけられることがよくあるので、親分はあんまり気にしていませんでした」

「男だな。どんな相手だった。同業者の博奕打ちのようだったかい」

嘉助が念のために聞いた。

「いえ。親分よりも背の高い、痩せたお侍さんでした。そのときは遠目に、ちらっと見ただけですから、よくわからなかったんです。でも、若いお侍さんです。背は高くても、大人しくて、なんだかひ弱そうな様子の……」

「ちらっと見ただけで、よく覚えているな」

「ええ。先だっても、弁天さまの参詣の戻りにうちに寄って、休んでいかれたんです。店に入ってきたとき、前に往来で親分に声をかけたお侍さんだと、すぐにわかりました。きっと、どこかのお屋敷にお仕えで、あんまり身分は高そうじゃありませんが、見た目が目だちますので」

「その侍と何か、話したのかい」

「いいえ。海を眺めて、物思いに耽《ふけ》っていらっしゃる様子でしたし」

「弁天さまの参詣に、その侍はよくくるのかい」

「あたしが見かけたのは、先だってのときと、前に往来で親分に声をかけたさいの二度だけです。お父っつあんは覚えてる？　三、四日前、昼前にきた背の高い若いお侍さんのこと」

お粟はまた、竈のそばの父親に声をかけた。

「先だっての若いお侍は、背が高くて目だつから、覚えております。けど、見かけたのは、そのときだけですね」

父親はかえした。

「背が高くて、目だつ若侍か。亭主、平野川や亥之堀《いのほり》あたりで、近ごろ、舟饅頭が流している噂を聞いたことはないか。噂だけじゃなく、亭主が舟饅頭を買ったとかの話でもいいんだが」

「嫌だ、お父っつあん。舟饅頭なんか買ったの。汚らしい」

「馬鹿。余計な気を廻すんじゃないよ。お役人さま、舟饅頭の噂は、とんと聞きませんし、見かけたこともございません。何しろ、平野川から亥之堀あたりは、夕暮れになりますと、ぷっつりと人影が途絶えます。いくら舟饅頭でも、人っ子ひとり通らないのでは、稼ぎになりません。舟饅頭なら、やはり、川向こうの箱崎か、お濠《ほり》のほうでございますよ。あのあたりなら、夜が更けても誰や彼やが暗い夜道を通りかかりますので」

と、父親は竈のそばから大川の方角を指差した。

四半刻後、七蔵らは富ヶ岡八幡のほうへ、洲崎の土手道を戻っていた。

昼が近くなって、高い空にのぼった天道《てんとう》が燃え、土手道の松の木で蟬が盛んに鳴いていた。

「親分、たまたまかな」

七蔵は土手道をいきながら、傍らに従う嘉助に言った。

「たまたまでしょう。たまたま、岩ノ助の顔見知りに、背の高い大人しそうな若い侍がいたというだけで、その若侍が田島享之介と、決めてかかるわけにはいかねえでしょう」

七蔵の背中が、ふむ、と嘉助に頷いた。

「ただし、たまたまに見えていても、じつは表には見えてはいねえ事情が、隠れているのかもしれやせん。骨折り損《ぞん》でも、岩ノ助と田島享之介になんらかのかかり合いがあるのかないのか、確かめておかなきゃなりやせんね」

「田島享之介は、一見は大人しそうで品のある若侍に見えながら、かんしゃく持ちの気性だとしたら、かんしゃく持ちだけじゃなく、こっそり賭場で遊んでいそうな、案外にやんちゃな性根の男かもしれねえな」

「深川あたりの賭場で遊んでいるなら、当然、深川の貸元の岩ノ助を知っていても、おかしくねえでしょうし」

「だからなんだと思うが、ちょっと気になる」

「何しろ、今朝、お梅さんに田島享之介の話を聞かされたばかりですから」

嘉助がおかしそうに言った。

「親分、ちょいと早いが、永代寺門前で昼を食っていこう。それから、そのあとの調べは、二手に分かれよう。親分と弁吉は、とりあえず、竪川《たてかわ》からこっちの、岩ノ助一家以外の賭場を片っ端からあたって、岩ノ助と因縁《いんねん》のありそうな者を探り出してくれ。金がらみのみならず、怨恨《えんこん》の筋でもいいし、武家と浪人に限らなくてもいい。腕利きを雇って岩ノ助を襲わせた、そんな筋だても考えられる。とにかく、洗い浚《ざら》いだ」

「承知しやした。旦那のほうは」

「こっちは、まずは名帳に載っている武家と浪人の客、それから岩ノ助の賭場で借金を抱えている客を、一軒一軒あたっていく」

七蔵は、懐に差し入れた名帳を軽く叩いた。

「武家の中には、調べたいことがあれば上役《うわやく》を通せと、堅いことを言うのもいるだろうが、手間がかかっても、やるしかねえ。それと、首切り猫の件で田島享之介にも、一度会って話さなきゃならねえしな。その折りに、それとなく、岩ノ助とのかかり合いを探ってみるつもりだ。ただの人違いかもしれねえが。で、面倒をかけるが、一日の調べは、その日中に知らせてくれ」

「むろん、必ず、その日のうちに報告を入れやす」

土手道に蟬が鳴き、潮風がそよいでも夏の暑さはますます厳しくなっていた。

# 六

しかしながら、それから日がたっても、岩ノ助の首斬り強盗の調べに、目ぼしい進展はなかった。

懐を狙った流しの仕事ではなく、岩ノ助の行動をよく知っている者の仕業に間違いないとしても、岩ノ助の首をただ一刀の下《もと》に落とし、ほかに一切疵を残さぬ凄腕となると、同業のやくざや博徒の中に、そこまで腕のたつ者は考えにくい。

岩ノ助の懐を狙った強盗と見せかけ、じつは、恨みを抱いていた者が凄腕の人斬りを雇う筋書きも考えられなくはなかったが、それでは岩ノ助に用心させ、あれほど見事な一撃はかえって難しくなると思えたし、岩ノ助に恨みを抱いた者の仕業なら、むしろ、ただ一刀の下にというのでは気が済まず、骸をもっと疵つけるのではないか。

すなわち、下手人は岩ノ助の顔見知りの腕のたつ侍で、おそらく深川界隈の賭場で乱費《らんぴ》した挙句《あげく》、金を持っているに違いないと見こんだ岩ノ助の懐をごく安易《あんい》に狙ったと、まるで堂々巡りをするように推量するのが、一番道理にかなっていそうで、七蔵の腑《ふ》に落ちた。

若頭の千吉より預かった名帳には、本所や深川の貧乏御家人から、京橋《きょうばし》南の築地や日本橋北、駿河台《するがだい》下の旗本、諸藩の江戸屋敷の勤番侍、そして、素性の不明な浪人者など、二十名近い二本差しの客がいた。

名帳にあった侍の客の訊きこみを始める前は、気位の高い旗本御家人の多くが、身分違いの、不浄役人の町方ごときに調べを受ける体裁を気にかけ、支配役を通していただく、と門前払いになるだろうと覚悟していた。

ところが、旗本御家人は、支配役を通せば、かえって御禁制の賭博に手を染めていた行状が表沙汰になり、お上より咎《とが》めを受け、役目の障《さわ》りになる事態を恐れてか、七蔵の訊きこみを誰も門前払いにしなかった。

むしろ、貸元の岩ノ助が洲崎で首を斬られた一件を知り、町方の調べがいずれ身に及ぶとわかっていたようで、七蔵の訊きとりに進んで応じた。ただし、

「お役人、人目があるゆえ、こちらへ」

と、近所の人目をはばかって、七蔵を屋敷内に引き入れたものの、みな玄関先や庭先の立ち話の訊きとりになった。

それでいて、横柄《おうへい》な応対というのではなく、それどころか、何とぞ訊きとりは

これまでにしていただきたいと、こっそり心づけをにぎらせようとしたり、内職でやり繰りをどうにか支えるほどの暮らしにもかかわらず、賭博に溺れた弱いおのれを恥じるように泣き出す御家人もいた。

かえって、町家の盛り場で無聊《ぶりよう》な日々を送る素性の怪しい浪人のほうが、七蔵の訊きとりに、冷淡で用心深そうな応対をくずさなかった。

中には、この腐《くさ》れ役人が、というふうに端から喧嘩腰《けんかごし》の者もいた。

「ほう。それがしが、主を持たず、働きもせず、茶屋の女と酒を呑んで戯れ、賭場に出入りしておるゆえ、遊ぶ金の出所が怪しいと、疑っておるわけか。ならばそれがしの懐を探ればよかろう。それがしの懐から、岩ノ助の血で汚れた金が出てきたら、それがしはこの場で腹を切る。それでよかろう。さあ探れ、お役人。懐を探って手柄をたてろ。探れ。ほら探れ」

と、痩せ浪人に手古摺《てこず》ったりしながらも、名帳の侍の訊きとりと、裏づけの調べを十日ばかりで終えたころには、厳しい暑さはまだまだ続いていたものの、はや夏はすぎて、庭の木で鳴くつくつくぼうしの声が聞こえた。

一方の嘉助の賭場の調べでも、金がらみであれ怨恨であれ、岩ノ助とかかり合いのありそうな人物は、浮かびあがらなかった。

嘉助は、竪川から南の賭場を虱潰《しらみつぶ》しに訊きこみをして廻り、結局、手がかりになりそうな話はまったく聞けず、竪川から北の本所にも訊きこみの手を広げたが、やはり成果はなかった。

夏の終りから毎晩、七蔵の組屋敷に嘉助と弁吉が顔を出し、三人は酒を酌《く》み交わしながら、互いの訊きこみの進展具合を確かめ合ったが、ともに手がかりらしい手がかりをつかめぬまま、頭を抱えるしかなかった。

その夜、日が落ちてからも茹《う》だる暑さは収まらず、庭の木の蟬が、眠ることを忘れて鳴いていた。お梅が台所のほうで、立ち働く物音が聞こえていた。

ふうむ、と七蔵は蟬の声を聞きながら溜息《ためいき》を吐《つ》いた。酒の味にも苦みが、いっそう濃く感じられた。

「親分、今日、つくつくぼうしが鳴いてた。そうか、もう秋かと気づかされた」

「今年もはや、秋がきちまいました。暑い日が続くのは老いぼれの身に応えやすが、ときがどんどんすぎていくのは、老いぼれの心持ちに応えやす。旦那の御用聞を務めて、もう何年もたったような気がしやす」

「よせよ、親分。まだ、老いぼれる歳じゃねえだろう。親分に老いぼれられちゃあ、おれが困る。親分と組んで、やっと三月《みつき》半だぜ」

「本心は、老いぼれたつもりはありませんが、この三月半、日に日に定廻りらしくなっていく旦那の御用聞を務めておりますとね、三十年前、駆け出しのあっしが、親父さまの忠弼の旦那の下っ引きについたころを思い出しやして、三十年も旦那の御用聞を務めてきたような、妙な思い違いを覚えるんですよ。はは、やっぱりこりゃあ歳ですかね」

弁吉はまだ二十代の下っ引きで、七蔵と嘉助のしんみりとした遣《や》りとりを、杯《さかずき》を舐《な》め舐め肩をすぼめて聞いている。

「親父さまがどんな定廻りだったか、おれは知らねえが、こんなふうに掛になった一件の手がかりがつかめねえときは、次にどういう手を打つんだろうな」

「次にですか……」

と、嘉助は杯をあおった。

「案外に、ちょっとだけ見方を変えてみるのも、いいんじゃねえかと仰るかもしれやせんね」

「見方を変える？　ほう、どういうふうに」

「今の見方が、見当はずれとは思えねえ。ただ、旦那もあっしも、下手人と岩ノ助には、金がらみか怨恨がらみか、なんらかのかかり合いがあるに違いねえという見方ですが、下手人と岩ノ助は、顔見知りは間違いねえとしても、金も怨恨もからんじゃいねえまったくの赤の他人だとしたら、どうでしょうかね。例えば、岩ノ助の賭場の定客が身分のある侍で、供を従えて賭場にくる。岩ノ助は客の侍に存分に遊んでいってくだせえ、などと言うとしても、供にはせいぜい、会釈をする程度だ。供は、主の侍がきりあげるのを賭場の隅《すみ》でじっと待っている。供と岩ノ助は、互いに顔と名を知っているし、すぐ近くにいることはわかっているが、金も怨恨も一切からんじゃいねえ。赤の他人、影も同然でやす。岩ノ助と下手人が、そういう顔見知りだったとしたら、金がらみ怨恨がらみを探っている中に、当然、そいつはこぼれ落ちて入ってこねえ」

七蔵は、持ちあげた杯の手を止めた。

「そうか。おれと親分は、岩ノ助と定客の侍とのかかり合いしか、見ていなかったな。供は数に入れていなかった」

「あっしの経験じゃあ、仮令《たとえ》、あとで下手人じゃねえとわかっても、こいつは怪しい、こいつはなんかありそうだと睨んだやつに、ひとりや二人はいきあたるもんですよ。旦那とあっしらが、これだけ探ってひとりもいきあたらねえのは、かえって妙だ。ということなら、岩ノ助とかかり合いのあるやつの仕業という見方を変えて探りなおしてみるのも、手かもしれませんぜ」

「するってえと、親分。お供のそいつは、岩ノ助じゃなくても、賭場のほかの客とか、金を持っていそうな誰かを狙っても、よかったんですよね」

と、黙って聞いていた弁吉が首をひねって言った。

「まあ、そうだな」

「ほかの誰かでもよかったのに、なぜ岩ノ助だったんですかね」

「狙いやすいと、思ったんだろう。岩ノ助を狙ったのがおかしいのかい」

「あっしは、賊は端から、岩ノ助を狙っていたんじゃねえかという気がしやす。金のことでもめてたとか恨みがあったとかじゃなくても、そいつにしかわからねえわけがあって、岩ノ助の首を一刀の下にちょん切って、懐の金も掻《か》っ攫《さら》って、ざまあみやがれと、面白がっていやがったんじゃねえかと……」

「弁吉は、なぜそいつは、ほかの誰かではなく岩ノ助を狙ったと思うんだ」

弁吉は七蔵に見つめられ、肩をすくめ、

「えらそうなことを言って、済《す》いやせん」

と、決まり悪そうに言った。

「いいから、思うことを言ってみな」

「へい。いえね、先だっての岩ノ助殺しの洲崎の現場で、岩ノ助の胴体とちょん切られた首が、順序よく並んでいるのを見たとき、惨たらしくて気色悪かったんですけど、この野郎、ふざけた真似をしやがってと、ちょっと思ったんです」

「ふざけた真似を？　賊がだな」

「へい。なんとなく、そんな気がしたんです。賊は、岩ノ助の首をただ一刀の下にちょん切ったのも、懐の金を掻っ攫ったのも、首と胴体を順序よく並べておいたのも、面白がっていやがる、わけはわかりやせんが、楽しんでいやがるって」

「一刀の下に首をちょん切ったのは、よほど腕のたつ賊が、岩ノ助に声をあげる暇《ひま》も与えず、事を速やかに済ますためじゃねえのかい」

嘉助が口を挟んだ。

「そ、そうかもしれやせん。けど、賊の性根は、人の首をちょん切っても、なんとも思わねえ野郎じゃねえかな、という気がしやした。ていうか、岩ノ助の首を見事にちょん切ったのを見せびらかしていやがるようにも、思えやした」

「誰に見せびらかすんだ」

さあ、弁吉はまた首をひねった。

「まだ、野郎とは限らねえがな」

七蔵は言いながら、ふと、犬猫の首を面白がってちょん切るようにか、と思った。夜は更《ふ》けても、庭の木で蟬がまだ鳴いていた。

「親分、弁吉、腹が減ったな。そばを食いにいこう。さっき、風鈴そばが通りかかった。まだこの近くにいるぜ」

嘉助が、うん？　というふうに七蔵を見かえした。

「あっしも、ちょいと腹が減った感じです。二、三杯ぐらいしか食えそうにありませんが」

弁吉が言ったので、七蔵と嘉助はそろって噴き出した。

台所の板間にきった炉《ろ》のそばで、お梅が行灯《あんどん》の明かりを頼りに、帷子《かたびら》の繕《つくろ》い物をしていた。

「お梅、そばを食ってくる。戸締りはおれがする。先に休んでいてくれ」

「はい。そうさせていただきます。いってらっしゃいませ」

と、お梅の声に送られて、三人は暗い夜道へ出た。

七蔵は着流しへ大刀一本を落とし差しに、朱房の十手を帯の後ろに挟んだ。

安房《あわ》組と呼ばれる、岡崎町にある与力の受領屋敷地をいき、中与力町の通りを横ぎり片与力町の通りへ向かう小路で、前をゆっくりといく風鈴そばの屋台を見つけた。板屋根に提げた風鈴が、ちり、ちりり、ちり、ちりり、と屋台のゆれに合わせて、か細く鳴っていた。

屋台のわきに吊《つ》るした赤い提灯看板に、二八《にはち》そばけんどん、の文字が読める。

「そば屋、狐《きつね》を三つくれ」

七蔵が屋台へ近づいて、声をかけた。

そば屋が屋台のかつぎ棒をおろし、「へえい、ただ今」と、七蔵らへふりかえり、軽く愛想笑いを寄こした。屋台の箱形の一方に七輪《しちりん》と湯鍋《ゆなべ》があって、湯鍋から噴くかすかな湯気が、そば屋の尻端折りの恰好に果敢《はか》なくからんだ。

そば屋は、大刀を一本落とし差しにした大柄な七蔵と同じく大柄な嘉助、そして、中背のこちらは若い弁吉が、赤い提灯看板の明かりの中に立ち並ぶと、ちょっと威圧《いあつ》を覚えたらしく、もう一度愛想笑いを向けた。

「少々お待ちを」

蓋《ふた》をとって湯気がさっとたちのぼる鍋にそば玉を入れ、急いで湯がいた。

醤油の香る丼《どんぶり》の汁に、湯がいたそばを笊《ざる》で水気をきって浸《ひた》した。油揚げを落とし、刻み葱《ねぎ》と花がつおをまぶして、唐辛子《とうがらし》をふり、

「狐そば、お待ちどおさんで」

と、竹箸を添えて丼を順々にわたした。

駄《だ》そばでも、酒を呑んだあと、少し腹に入れたいときはちょうどよかった。三人はそばを勢いよくすすり、醤油味が辛《から》い汁に喉《のど》を鳴らしていると、噴き出すように汗が出た。むろん、立ち食いである。

「暑いときに熱いそばをすするのが、美味《うま》いんだ。なあおやじ」

そばをすすりながら、七蔵は言った。

「そう仰るお客さんが、案外に多いんで、夏場でも熱いそばがよく出ます」

「弁吉、好きなだけ食え。二、三杯だけじゃなく、四杯でも五杯でもかまわねえからな」

「いただきやす。おやじさん、お代わりをくれ」

と、弁吉はは丼を平らげた。

七蔵は、そば玉を鍋に入れて湯がいているそば屋に言った。

「おやじ、八太郎と言うのかい」

「へえ。八太郎そばでございます。八丁堀界隈を、毎晩、こいつをかついで廻り、この秋でかれこれ一年になりやす」

そば屋は、そばの湯がき具合を見ながら、汁の支度にかかった。

「一年か。風鈴の音は希《まれ》に聞こえたが、八太郎そばは知らなかった」

「お客さんは、八丁堀のお役人さまでございますか」

「町方と、わかるかい」

「なんとなくそうじゃねえかなと。八丁堀のお役人さまは、みなさん似ていらっしゃいますんで。お役人さまと御用聞の親分さん方、というご様子で」

嘉助が、ふふん、と鼻を鳴らした。

七蔵はそばを食い終え、丼を戻した。

「代わりは、いかがで」

「代わりはいいが、冷たい酒を湯呑みで一杯くれ」

「おれも同じだ」

嘉助が、汁だけになった丼を戻して言った。

八太郎は、弁吉の狐そばを先に拵えて、「へい、どうぞ」と差し出し、それから湯呑みに徳利《とつくり》の酒を満たし、七蔵と嘉助に手わたした。

「ところで、この春の終りごろ、すぐそこの片与力町の通りで、首をちょん切られた野良猫が見つかったんだが、おやじは、野良猫の首をちょん切った男を知ってるんだってな」

えっ？　と八太郎は怪訝《けげん》そうに聞きかえした。

「御用で訊くんじゃねえんだ。町内で首切り猫が見つかったと、当初はだいぶ騒がれたが、下手人がわからねえまま放ったらかしだった。先だって、たまたま風鈴そばの八太郎が、誰の仕業か知っているらしいと聞いて、気になってた。さっき、風鈴の音が近所を通ったから、てっきりあんただと思った。それで、話を聞かせてもらうために風鈴そばを食いにきたってわけさ」

「さようで。いえ、下手人とか誰の仕業とか、そんな大それた話では、ございません。それを見たわけではございませんし、その方の名前も存じません。もしかして、と思ったことを、お客さんに話したばかりで」

「それでいいから、おれたちにも聞かせてくれるかい」

八太郎は、赤い提灯看板の明かりの中で、物憂げに頷いた。

「ちょうど、ここら辺でございやした。今時分よりもうちょっと遅い、四ツ半（午後十一時）ごろでございましたかね。この先のほうで、野良猫のみゃあみゃあとうるさい鳴き声が、ぷっつりと聞こえなくなってほどなく、背のしゅっと高い、痩せて身体の具合が悪いんじゃねえかと思えるぐらい青白い顔をした、なんだか、陰気な様子の若いお侍さんが通りかかりましてね。怠《だる》そうな声で、そばをくれ、と声をかけられたんでございます。正直なところ、初めは気味が悪かったんで、黙って通りすぎようと思っていたら、いきなり声をかけられ……」

と、それから八太郎の語った事情は、お梅が嘉助に聞かせたそれと大差はなかった。七蔵と嘉助は、湯呑みの冷酒《ひやざけ》を嘗《な》め、弁吉は汗だくになって二杯目を食いながら、八太郎の話を聞いた。

「その若侍は、二度とも、夜更けの四ツ半ごろにここら辺を通りかかって、そばを食っていったんだな」

八太郎は、蚊《か》が羽音をうるさく鳴らして首筋に集《たか》るのを、ぴしゃり、と掌で叩き潰した。そして、

「へい。二度ともその刻限で」

と言い、ぱらぱら、と掌を払った。

「そんな夜更けに、どこへ出かけるとか、そんな話はしなかったかい」

「何も仰いませんでしたし、あっしも詳しくは訊けなかったんです。若いお侍さんですから、腹が減って、こっそりお屋敷を抜け出して、そばを食いにきたのかなと、思ったぐらいしか……」

「町方与力の殿山家の人使いが荒いとこぼしたそうだが、どんなふうに人使いが荒いとかは、どうなんだい」

「殿山家の人使いが荒いと言ったあと、余計なことを口にしたみたいな様子をなさって、それからはむっつりと黙りこくって、そばを食い終ると、そそくさといかれました」

「おやじは、その若侍の客をどんな人物だと、思ったんだい。おやじの感じでいいから、聞かせてくれねえか。首切り猫の話を聞いて、あの若侍の仕業だと、思ったんだろう。なぜ、そう思ったんだ」

「なぜって言われましても、ふと、思ったんで。夜更けにうるさく鳴いていた猫の声が、ぷっつりと聞こえなくなったら、ほどなく……」

八太郎は、同じ話を繰りかえした。それから、しばらく考え、

「たった二度、そばを食ったお客さんというだけで、風体は目だちますが、よくはわからねえお客さんでした。そうですね、しいて言やあ、若いのに面白いことなんてひとつもなさそうな不機嫌面《ふきげんづら》といいますか、何に腹をたてているのか、自分でもわからずに、いつもぷりぷりしているような、そんな感じでしたかね」

「いつも怒っている、か」

七蔵が呟くと、嘉助がふむと頷いた。

弁吉は二杯目を食い終えると、丼を八太郎に戻し、もういいと言うのが苦しそうに、掌をひらひらさせた。

夜道の戻り、七蔵は嘉助に言った。

「親分、去年にも、亀島川に首をちょん切られた野良犬が流れていた事件があったんだ。誰の仕業か、やっぱりわからねえままでな。親分の経験で、田島享之介が野良猫の首をちょん切った当人だったとしたら、田島のような男が腹の中に、一体どういう物を抱えて、そんなことをやってのけたのか、何を隠しているか、察しはつかねえかい」

すると、嘉助はこたえた。

「あっしのような年寄には、今どきの若い男の腹の中に何が隠れているのか、さっぱりわかりませんよ。あっしより旦那のほうが、まだ察しがつくんじゃありませんか。ただ、そば屋の八太郎が言ったわけのわからねえ怒りを、田島が腹の中に仕舞っていたとしたら、その怒りを自分じゃ抑《おさ》えきれなくなって外に出てきたときは、野良猫や野良犬の首ぐらい、平気でちょん切るでしょうね。そんな気はします」

「親分、田島のちょん切るのは、野良猫や野良犬だけかな」

七蔵は言ったが、嘉助は何も言わなかった。

七

七蔵は、岩ノ助一家の千吉から預かった賭場の名帳に載っている客に訊きこみを続けながらも、下手人と岩ノ助を結ぶ手がかりを、金がらみや怨恨がらみ、岩ノ助とは直《じか》のかかり合いのない者へも求めた。

だが、雲をつかむように、探索の手ごたえは相変わらずなかった。

片や、嘉助と弁吉の訊きこみも、岩ノ助とかかり合いのある者、という見方にとらわれず、深川本所界隈の盛り場をねぐらにする、やくざ仲間からさえはぐれた無頼な流れ者などにも向けたが、やはり埒《らち》は明かなかった。

秋七月、江戸市中の屋上高く、願いをかける短冊色紙をつけた青竹が空にそよぐ七夕《たなばた》がすぎた。

七月十二日、吉原《よしわら》、深川、本所一ツ目《ひとつめ》、根津《ねづ》、日本橋、両国《りょうごく》や下谷《したや》や浅草雷門前《かみなりもんぜん》の広小路などで、「そろひ、ました、そろひ、ました」の売言葉が飛び交う盆市《ぼんいち》が始まって、明日、十三日から十六日まで盂蘭盆会《うらぼんえ》というその日、七蔵は、紺看板を着けて梵天帯に木刀を帯びた中間の太助と、御用箱を連尺《れんじゃく》でかついだ供の敏助を従え、箱崎から堀川沿いに永久橋へとっていた。

堀川は、永久橋をくぐって蘆荻に覆われた三俣の先の大川へ流れこみ、高い空から降る陽光が大川の川面を耀かせていた。連日、厳しい残暑が続いて、永久島の大名屋敷の邸内では、まだ夏と勘違いした蟬が、盛んに鳴いている。

七蔵は、岩ノ助の首斬り死体を見つけた井吉が、入船町の《どぜう蒲焼おくだ》の岡持ちを提げて洲崎の土手道をいく途次、平野川を大島町のほうへ向かう舟饅頭を見かけた話を、放っておいたのではなかった。

その舟饅頭は、昼間はとき折り箱崎の永久橋の船泊《ふなどまり》に竹網代《たけあじろ》の掩蓋《えんがい》のある船を舫《もや》い、客がきたら、三俣をぐるっとひと廻りして三十二文で遊ばせた。

出前持ちの井吉は、四十前後の夫婦《めおと》である舟饅頭と船頭とは顔馴染みだったので、土手道から艫《とも》の船頭に呼びかけたが、船頭は気づかぬまま棹を差していってしまった、と七蔵に言った。

たまたま、その舟饅頭は岩ノ助殺しのあった夏の終りの夕刻に近いころ、洲崎の土手道沿いの平野川を流していた。それだけにすぎないのだろう。

だとしても、舟饅頭と船頭の夫婦が、岩ノ助殺しにかかわる何かを見ていることは考えられたし、それよりも、井吉が岩ノ助の首斬り死体を見つける前、その舟饅頭を見かけたという偶然が、七蔵の勘に引っかかっていた。

七蔵は、岩ノ助殺しの掛を命じられたあと、舟饅頭夫婦の話を聞くため、何度か箱崎の永久橋の袂の船泊へいった。だが、これまではいずれのときも舟饅頭の船は見あたらず、むだ足を踏んでいた。

その日、堀川沿いの堤道《つつみみち》をいく七蔵の目には、永久橋の袂の船泊に泊まっている、一艘の掩蓋つきの茶船が映っていた。艫に船頭の姿はなく、日盛りの下、無人の船がときの流れを忘れて微睡《まどろ》んでいるかのように浮かんでいた。

あれか。

七蔵は足を速めた。

そのとき、竹網代の掩蓋に吊るした筵を払い、船頭らしき尻端折りの男が艫に姿を現した。船頭は首をひねって、掩蓋の中へ何かを言いかけつつ、板子に寝かせた棹をつかんだ。

その船待て、と呼びかけるより先に、掩蓋の中から今ひとりが出てきた。苔色《こけいろ》の着物に細縞の平袴を着け、遠目にも長身痩軀とわかる侍だった。

腰に帯びた黒鞘の二刀が、長身の所為か、子供の玩具《おもちゃ》のように見えた。目深にかぶった菅笠を上下させ、船頭と言葉を交わしていると、背後の掩蓋の筵を少しあげて、厚化粧の女が顔だけをのぞかせた。

侍は女へ見かえり、二言か三言を投げかけた。そして、船頭のわきをすり抜けて橋板にあがり、石堤の雁木《がんぎ》を踏んで堤道へ痩身を軽々と躍《おど》らせた。侍は船頭と女へ見かえりもせず、七蔵らのほうへ大股の歩みを進めてきた。

だが、すぐに白衣《びやくえ》と黒羽織の定服に気づき、大股の歩みをゆるめて立ち止まった。青白い細面が凝《じ》っと動かず、真昼の日が降りそそぐ菅笠の陰の中から、近づいていく七蔵に向いていた。

田島享之介は、薄い眉の下の潤みのある目に、明らかな戸惑いを浮かべた。それをつくろうため、通った鼻筋や唇の薄い口元を無理矢理に歪め、作り物めいた柔和《にゆうわ》な顔つきになって、七蔵に会釈を寄こした。

「これは、萬さま……」

と、小声で言った。

「殿山家にお仕えの田島享之介さんじゃねえか。妙なところで会ったな」

七蔵は速足をゆるめ、ゆっくりと享之介に近づいていった。七蔵に向けた柔和な表情が、細面に凍《こお》りついていた。

茶船の艫の船頭と、掩蓋の筵の下からのぞいている女も、堤道をいきかけた田島が、黒羽織の町方の前で立ち止まった様子を、呆然と見守っていた。

七蔵は、五尺九寸か六尺（約一七八〜一八二センチ）はありそうな田島をやや上目加減に見つめ、それから永久橋の袂の船へ目を移した。すると、茶船の女は掩蓋の中に厚化粧の顔を引っこめ、船頭は何食わぬ様子で橋板の杭《くい》の艫綱を解《と》いた。

川面に棹を差し、這うように橋板を離れていく茶船を、七蔵は目で追った。

「ひょっとして、あれは舟饅頭かい。舟饅頭が、田島さんの馴染みかい」

享之介は、凍りついた柔和な表情を無表情に変え、冷《ひや》やかに言いかえした。

「萬七蔵さま、言いわけを申すのではありません。舟饅頭に、馴染みなどおりません。本当です」

「そうなのかい。馴染みでも馴染みでなくても、どうでもいいさ。あの船から田島さんが出てきたのが、ちょっと意外だっただけだ。けど、野暮《やぼ》を言うつもりはねえ。安心しな」

町方与力に奉公する侍が、主人が奉行所勤めの昼間、舟饅頭ごときと密《ひそ》かに戯れていたと知られれば、以《も》ってのほか、とお叱《しか》りを受けるだけでは済まず、暇を出される事態もあり得た。

享之介は沈黙し、七蔵を菅笠の下から空虚《くうきょ》な目で見つめている。その沈黙が、享之介の隠しきれない困惑を饒舌《じょうぜつ》に語っていた。

茶船は永久橋をくぐり、堀川を抜けて、大川に浮かぶ三俣に差しかかっていた。

七蔵は、舟饅頭は後日でもいい、という気になっていた。享之介とたまたま出会った今が、いい機会に思えた。

「田島さん、少々訊きたいことがあるんだ。今いいかい」

「訊きたいこと、ですか」

「そうだ。長くはかからねえ。立ち話で済む。大事じゃねえが、放っておくわけにもいかねえ事柄でね」

享之介は堀川へ目を投げ、束の間、考えた。ぐるぐると、考えを廻らしている様子だった。

箱崎は一丁目と二丁目があって、船宿の多い町家である。

七蔵と享之介は、船宿が並ぶ箱崎二丁目の町地から少し離れた川端の、枝垂《しだ》れ柳《やなぎ》の木陰に対峙《たいじ》し、太助と敏助は七蔵の後方に控《ひか》えた。大名屋敷の蟬の声にまじって、大川のほうから川風が、ひっそりとそよいでいた。

「勤めがあります。屋敷に戻らねばなりません。手短にお願いします」

堀川へ向いたまま、享之介は言った。

「もう四月《よつき》前のことだ。片与力町の通りで、首切り猫の死体が見つかった。岡崎町界隈をねぐらにしていた野良らしい。前の晩、野良猫がうるさく鳴いていたのが、夜更けにぷつんと途ぎれて、静かになった。そしたら、翌朝、片与力町の通りで、通りかかりが首切り猫の死体を見つけた。うるさく鳴いていたのが、ぷつんと途ぎれたわけだ。たぶん、凄腕が一刀の下に野良の素っ首を落としたんだろう。野良はぎゃっと叫ぶ間もなかったんだ。片与力町の首切り猫の話を、田島さんは聞いているかい」

「以前、聞いた覚えがあります。惨いことです」

「誰の仕業か、それも聞いたかい」

「知りません。誰の仕業だったのですか」

「屋台をかついで八丁堀界隈を流している、八太郎というそば屋がいる。田島さん、そば屋の八太郎は知っているだろう」

享之介は、冷やかな眼差しを七蔵へ向けた。

「そば屋は知っていますが、八太郎は知りません」

「いいのさ。八太郎は田島さんのことを知ってる。田島さんが八太郎そばを食ったんで、覚えがあるそうだ。田島さんは、背が高くしゅっとして大人しげな若侍姿が、目だつからね」

それから、七蔵の話が続く間、享之介は堀川へ顔をそむけて、何も言いかえさなかった。菅笠の下の横顔を、微動《びどう》だにさせなかった。

「先だって、そば屋の八太郎に直《じか》に確かめたら、噂に聞いた通りだった。田島さんは殿山家に奉公していると、八太郎に言ったんだろう。殿山家の侍は田島さんひとりだ。となると、野良猫の首をちょん切ったのは、田島さんの仕業と見るのが、順当だね」

「くだらない冗談は、やめてください。仰るとおり、夜更けに腹が減って、屋敷を抜け出し、風鈴そばを食べたことはあります。正確な日にちは覚えていませんが、何度か。そのそば屋が八太郎だったかどうか、わかるわけがないじゃありませんか。第一、それと野良猫の首を切ることが、どうしてつながるのですか。八太郎というそば屋は、わたしが猫の首を切るところを見たのですか。ただ、あいつは怪しい、あいつではないかと、勝手な推量をしているだけなのでしょう。わたしが、身分の低い三一侍だから、そのように疑いをかけているのです」

「殿山さまの受領屋敷は、岡崎町の近江屋新道《おうみやじんみち》のほうだね。近江屋新道から北へ片与力町、次が中与力町だ。あの晩、田島さんは、片与力町のほうでうるさく鳴いていた野良猫の声がぷつんと途ぎれてほどなく、その片与力町のほうから中与力町のほうへとって、ちょうどき合わせた八太郎の風鈴そばを呼びとめた。田島さんはそばを食って中与力町のほうへいった。屋敷へ戻るなら、方角は反対だ。田島さん、そばを食ってからどこへいったんだい」

「空腹で眠れなかったので、屋敷を抜け出し、風鈴そばを食べたんです。そのあと、夜風が心地よくてただあてもなく歩き廻った。それだけです」

「霊巌島の岡場所《おかばしょ》へいったとか、それとも、さっきの舟饅頭と戯れたとか、そういうことかい」

七蔵は言ったが、からかったつもりはなかった。

しかし、享之介は堀川へ向けていた眼差しを、七蔵へねっとりと廻した。細面の血の気が急に引いていっそう蒼白となり、眉を般若《はんにゃ》のようにひそめた。こみあげる怒りが、見る見る顔つきに表れた。

「萬さん、舟饅頭と戯れたら、いけませんか。あんな汚れた女を相手にする三一の言うことは、信用なりませんか。萬さん、あんたはおれが……」

そう言った言葉つきも、変わっていた。そして、ぎりぎりまでこみあげた怒りを抑えかねたかのように、突然、

「汚ねえって、言いてえのかいっ」

と、悲鳴のような絶叫《ぜっきょう》が川端を斬り裂いた。

大名屋敷の蟬の声が止まり、真昼の白い光の下の、堀川をいく荷船の船頭が、川端の享之介と七蔵を唖然《あぜん》として見あげた。箱崎一丁目対岸の行徳河岸で、船荷を運んでいた人足らが、なんだなんだ、という様子を川向こうから寄こした。箱崎一丁目の船泊におりてきた船宿の女将と客らが、驚いて七蔵らへふりかえっていた。

その一瞬、あたりは息づまる静寂《せいじゃく》に覆われた。

享之介の眼差しが鋭《するど》く七蔵に投げつけられ、鋭利《えいり》な刃のような怒りの感情が、その眼差しの中を乱舞した。その一瞬、
かんしゃく持ちと聞いたのがこれか。こういう男だったのか。

と、何かがすとんと七蔵の腑に落ちた。

「不快な思いをさせて、済まねえ。謝るよ。不用意だった」

七蔵は、自分の感情が急に冷めていくのを感じていた。

「今は生類憐《あわれ》みの令もねえが、野良猫や野良犬であっても、妄《みだ》りにひどい扱いをすることを、お上は禁じている。確かに、八太郎は田島さんが野良猫の首をちょん切ったところを、見たわけじゃねえ。だが、田島さんにそういう疑いがかかって、噂が流れているなら、町方としては放ってはおけねえんだ。町方与力の殿山さまも、むろん同じだろう。埒もねえ噂だったとしたら、それでいいんだ。あらぬ疑いをかけて、申しわけなかった。ただし、仮令《たとえ》、首切り猫が田島さんの仕業だったとしても、殿山さまに言う気はなかった。田島さんに直に話せば、それで済ませていいと思っていたんだぜ」

享之介の蒼褪めた顔面に、うっすらと朱が差し始めた。

大名屋敷の蟬の声が、日盛りの空へ再び湧きあがった。夏を思わせるむっとした暑気《しょき》が、川端を甦《よみがえ》らせた。

「お訊ねがそれだけなら、勤めがありますので、失礼いたします」

享之介は、冷然とした素ぶりをとり戻し、七蔵の傍らをすり抜けた。目深に菅笠をつけた痩軀が、箱崎の川端を去っていった。

七蔵は享之介の後ろ姿から、目を離さなかった。

「萬さま、驚きました。斬り合いが始まるんじゃないかと、思いました」

中間の太助が、事なきを得たという口ぶりで言った。太助は、左手で腰の木刀をつかんでいた。

「首切り猫は、どうやら、田島さんの仕業じゃなかったようですね」

吐息《といき》をつき、額《ひたい》の汗を指先でぬぐった。御用箱を背負った敏助が、太助と一緒に頷いた。しかし、七蔵は言った。

「いや。間違いねえ。首切り猫は田島の仕業だ」

「えっ?」

太助と敏助が、七蔵へ見かえった。

「田島は、自分じゃどうにもならねえものを腹の底に溜めている。そいつを吐き出さねえと、自分の身が持たなくなる。それがわかっているから、田島は自分の周りの誰も彼も、何もかもが許せねえんだ。たぶんな……」

それから七蔵は、自分自身に問いかけるように言った。

「もしかしたら、田島が一番許せねえのは、田島自身じゃねえのか」

太助と敏助は、七蔵の言った意味が解《げ》せず、役目に就いて三、四ヵ月の、定町廻りにしてはまだ若い町方の、中高《なかだか》な横顔を怪訝そうに見守った。

# 八

七月十三日から十六日の盂蘭盆会がすぎた。

その翌日の朝五ツ（午前八時）前、廻り方中間の太助と御用箱をかつぐ供の敏助を従え、表門わきの小門を出かけたとき、下番《かばん》が七蔵を呼び止めた。

「萬さま、殿山竜太郎さまがお呼びです。年番部屋《ねんばんべや》へお願いいたします」

「承知した」

七蔵は、咄嗟《とっさ》に、先だっての田島享之介の件だな、という気がした。太助と敏助に用が済み次第声をかけると伝え、年番部屋へ向かった。裏手の勝手口のほうから年番部屋へ通り、継裃の殿山の机の前に着座して辞儀をした。

「殿山さま、御用をおうかがいいたします」

そのとき七蔵は、改めて殿山竜太郎と面と向かい、細面に少々不釣り合いなきれ長の険しい目つきが、誰かに似ている気がした。歳は四十一か二である。小柄で痩せており、顔色は浅黒く、薄くなった白髪まじりの小さな髷が、黒光りのする月代に、ちょこん、という感じで載っていた。

気むずかしい与力と、奉行所内のみならず、八丁堀でも知られていた。

誰に似ている、と思い廻らしたが、思いつかなかった。

殿山は不機嫌そうに頷き、部屋の外の勝手のほうを指差した。ほかの与力同心のいる年番部屋でする話ではないらしい。殿山が七蔵のあとから出てきて、

「歩こう」

と先にいった。

殿山は、奉行所の北東側の一角に設けた稲荷《いなり》へ向かった。

鳥居をくぐった先に、石畳が稲荷の祠《ほこら》まで続いていた。稲荷の敷地のわきに物見の櫓《やぐら》がそびえていて、瓦《かわら》屋根に朝の日が降っていた。

稲荷の敷地の槐《えんじゅ》の葉陰で、つくつくぼうしが鳴いている。

石畳の途中で、殿山は歩みを止めた。七蔵へ見かえり斜《はす》にかまえた。そして、気むずかしそうな浅黒い顔を向けた。

「萬、岩ノ助の一件の調べは進んでいるのか。はや、ひと月近くになる」

「手をつくしておりますが、未だ、目星をつけるまでにいたっておりません」

「人の首を、ただ一刀の下に斬り落とすのだ。いかに、やくざや無頼漢であっても、まともな剣術の稽古《けいこ》を積んでおらぬ者らにできる技ではない。やったのは二

本差しに違いあるまい。深川の盛り場にたむろしておる浪人どもを片っ端から引っ捕えて、厳しく締めあげる手だても、やむを得ぬのではないか。浪人どもらが下手人ではなくとも、胡乱《うろん》な浪人者らの手づるをたどれば、下手人にたどり着く見こみは大いにあり得る。深川で埒が明かなければ、本所や浅草の浪人どもを一掃《いっそう》すればよかろう」

「そういう手だても、考えられますが」

「が？　そういう手だては気に入らんのか。足で稼いで、岩ノ助の賭場にかかり合いのある者の訊きこみを、続けているそうだな。手ぬるい。萬のやり方では到底埒が明かぬ、あれでは無理だと言われているぞ。萬、せっかく、お奉行さまに目をかけていただき、その歳で定廻りに就いたのに、手柄をたてねば面目が施せぬぞ。胡乱な浪人どもを総ざらいすれば、柄の悪い深川が少しは綺麗になる。手柄がたてられぬのなら、せめて、それぐらいはやったらどうだ」

「肝に銘じます」

殿山が顔をそむけ、鷲鼻《わしばな》が目だつ冷やかな横顔を見せた。普段もそうだが、いつもよりさらに機嫌が悪そうだった。七蔵を呼びたて、こういうところへわざわざ連れてくるだけでも、穏やかな話で済むとは思えなかった。

「御用を、どうぞ」

七蔵は促《うなが》した。

「田島享之介は、わたしに仕えておる殿山家の家臣だ。百姓《ひやくしよう》の倅だが、縁あって童子のころよりわが殿山家で育って、人と成った。不憫《ふびん》な生まれで、父母はおらぬ。十五のとき、わたしが烏帽子親《えぼしおや》となって元服《げんぷく》させてやり、殿山家の家臣としてとりたててやったのだ。愛想のよい男ではないが、いたって殊勝《しゆしよう》な心がけの者だ。若党としての勤めを果たし、剣術の稽古にも励《はげ》んで、本人もよき侍になろうと努めておる」

殿山は七蔵に背を向け、祠のほうへ、石畳を一歩一歩進んでいった。小柄な痩躯へ着けた継裃の背に、扇《おうぎ》をかたどった殿山家の家紋《かもん》が目についた。

七蔵は、殿山から離れずに歩みを進めた。

「おぬし、先日、首切り猫の話を、享之介にしたな。この春、うちの近所の片与力町で、首切り猫の死体が見つかった話は聞いておる。あれからもう四月《よつき》余がたって、下手人が知れぬままだったところが、どうやら、享之介の仕業だという噂が流れているらしいではないか」

殿山は石畳の歩みを止め、背後の七蔵へ横顔を向けた。

「その噂を元に享之介の仕業だと、萬から問いつめられて困ったと、享之介が言っておった。根も葉もない、埒もない噂にすぎぬのに、いきなり、昼日中の往来で呼びとめられ、外聞も悪く、まことに迷惑千万だったともだ。その噂を、萬はどこの誰から仕入れた。享之介は、萬は風鈴そばのそば屋から噂を聞き、享之介を問いつめたと言っていた。驚いた。まさか、そのようなことはあり得ぬと、享之介に言った。定廻りともあろう者が、屋台をかついで夜《よ》な夜な町家を廻り、小銭を稼ぐ風鈴そば屋ごときの噂話を真に受けて、支配役の与力の家人にそのような疑いをかけるなど、あってはならぬし、あり得ぬとだ」

鷲鼻の冷たい横顔が、七蔵に向いて動かなかった。七蔵は、先日、箱崎の堀川端で享之介と話をした子細を殿山に聞かせ、

「田島さんの仕業だと、問いつめたつもりはありません。風鈴そばごとき、下女奉公ごときの埒もない噂と言われましても、町方として放ってはおけぬと思いました。田島さんに直に話したのは、殿山さまにお伝えして大事にしては、かえって、殿山家のみならず、田島さんの立場にもよからぬ影響が及びかねないと思われ、田島さんと相対《あいたい》で話して、噂がでたらめであっても、仮に実事であっても、相対で収めるつもりだったからです」

と弁明した。

「相対で収めるだと？」

殿山がふりかえった。浅黒い顔が、不快そうにいっそう浅黒くなっていた。

「同心の分際《ぶんざい》が支配役の与力に向かって、知ったふうなことを。小賢《こざか》しい。萬、言うておく。このたびはこれで不問にするが、次はないぞ。次にまた、殿山家の侍にあらぬ疑いをかけるなどと、無礼なふる舞いに及んだら承服《しょうふく》せぬからな。お奉行さまがいかにおぬしに目をかけておられようと、定廻りの役目を解くことなど、むずかしくない。それどころか、萬家が北町奉行所の同心ですら、いられなくすることもできるのだ。よく心しておけ」

町奉行所年番方の職務は、奉行所全般をとり締まり、金銭の保管、出納《すいとう》、同心五組の監督、同心分課の任命、また臨時の重大事などの処理であった。つまり、同心の人事は、同心支配役と年番方与力が合議の上で決め、奉行にはうかがうだけで済んだ。この春の、七蔵の定町廻り方も、年番方と同心支配役により決められた。ただこれは、奉行の意向が強く働いたため、萬はごま擂りが上手い、と陰口を叩かれた。

七蔵は、「はあ」と、気のない返事をした。それから、やおら言った。

「ならば、いたし方、ありません。どうぞ、殿山さまのよろしいように。では、田島さんからすでにお聞き及びなのですから、改めて申しておきます。野良猫の首をちょん切るような真似をする者は、それを面白がっております。去年、亀島川に野良犬の首なし死体が、浮かんでおりました。これも、誰の仕業か未だわかっておりません。そういうことを面白がる者は、放っておいたらまたやる恐れがあります。埒もない噂、あり得ぬと決めつける前に、念のため、田島さんに確かめておかれるべきではありませんか」

殿山は七蔵を睨みつけ、しばし沈黙をおいた。

「案外に食えぬ男だのう。余計な口出しをしおって。よいわ。そのときになればおのずとわかる。ところで、おぬし、享之介が舟饅頭の船から出てきたところに出くわしたそうだな」

「はあ、そうですが」

「それを誰かに話したのか」

「誰にも話しておりません。箱崎の永久橋あたりで稼いでいる、舟饅頭がおります。その舟饅頭に少々訊くことがあって箱崎へいったら、偶然、田島さんが永久橋の船泊の、舟饅頭らしい船から出てくるところに出くわしたんです。それだけ

「そうだ。享之介が、自分から明かしたのだ。萬がどうせばらすだろうから、隠していても仕方がないと思ったのだ」

「田島さんは馴染みではないと言ってましたし、こっちも、野暮を言うつもりはないから安心しろと、言ったんですがね。廻り方中間の太助や供の敏助にも、口止めしておきましたのに」

「舟饅頭に、何を訊くことがあったのだ」

「岩ノ助が平野橋の袂で首を斬られた夕刻、岩ノ助の骸を見つけた出前持ちが、その直前に平野川の土手道で、平野橋のほうからくる舟饅頭を見かけたんです。出前持ちは以前、その舟饅頭と戯れたことがあって、艫で棹を差していた船頭に見覚えがあった。それで気楽に声をかけたが、船頭は気づかずにいってしまいました。岩ノ助が平野橋の袂で斬られた夕刻に平野橋のほうからきたなら、舟饅頭が何か手がかりになりそうなことを、見たり聞いたりしている見こみがあります。それで話を聞きにいったんです。出前持ちが言うには、箱崎の永久橋の船泊でよく客を引いているそうで、何度か箱崎へいったんですが、なかなかつかまらなかった。先日、永久橋の船泊にやっと見つけて近づいていったら、田島さんが船から出てきたので、意外でした。田島さんに首切り猫の件を確かめているうちに、舟饅頭はいってしまい、残念ながら、話は聞けませんでした」

「迂闊《うかつ》な。舟饅頭の話を聞くことを優先すべきではないか。余計なことに首を突っこんでいるから、肝心の御用がおろそかになる。そののち、舟饅頭の話は聞けたのか」

殿山は、きれ長の険しい目つきを物憂そうに細めて質《ただ》した。

「いえ。毎日、箱崎へ廻っておりますが、船は見かけません。むろん、今日もいくつもりです。殿山さま、舟饅頭に気がかりなことがあるのですか」

「当然だろう。迂闊なおぬしの御用に、埒が明くか明かぬか、それが気になるのだ。舟饅頭どもは町方を見かけ、とり締まりを受けることを恐れて、逃げたのだ。箱崎から稼ぎ場を、変えたかもしれんぞ。そうなら、どこへ行方《ゆくえ》をくらましたか容易には知れぬ。まったく、手抜かりな。失態もはなはだしい」

「はあ、面目ない。必ず見つけます」

「ふん。見つかるまで掛でいられるかどうか、わからんがな」

殿山はしつこく嫌《いや》みを並べて、七蔵の傍らをすり抜け、小柄な身体にまとった継裃を少し右へかしげるような歩みで去っていった。稲荷の敷地の槐の葉陰で、つくつくぼうしが、なおもしきりに鳴いていた。

# 九

竹網代の掩蓋に覆われた舟饅頭の船は、その朝も舫っていなかった。箱崎二丁目の町家から離れた永久橋の船泊は、水草が囲う中に、橋板や杭が空《むな》しく捨ておかれていた。永久橋の彼方に、蘆荻の覆う三俣の浮洲《うきす》と大川の流れが見わたせた。

永久島の大名屋敷でも、つくつくぼうしが鳴いていた。

「萬さま、やっぱり見えませんね」

廻り方中間の太助が、菅笠を持ちあげ、大川のほうを眺めて言った。

「仕方がねえ。こいつは、おれの手抜かりだ。田島を気にかけて、つい見逃がしちまった。舟饅頭が戻ってくるまで待っている暇はねえ。こっちからひとつひとつあたって、見つけるしか、手はねえようだ」

「見つけたとしても、どれほどの手がかりがきけるか、わかりませんし」

太助は空しそうに言った。

「あてになる話が、簡単に聞けるはずがねえんだ。そういうもんだよ。嘉助親分の訊きこみで、ちょっとだけでも、手がかりが見つかればな」

七蔵の脳裡を、岩ノ助殺しの探索が百日をへても下手人の捕縛にいたらず、《永の詮議》にきり替えられる予感がよぎった。当分、殿山に嫌みを言われるのを、覚悟した。

箱崎から堀江町の下り塩問屋・秋田屋富助の店に向かった。

堀川にかかる思案橋《しあんばし》を堀江町四丁目に渡って、土手蔵の並ぶ堀川沿いの堀江町三丁目に、秋田屋の土蔵《どぞう》造りの大店《おおだな》と長暖簾《ながのれん》が見えた。

秋田屋は代々続く下り塩問屋の老舗で、主人の富助は五代目である。大島町の岩ノ助の賭場の名帳に、秋田屋富助の名が載っていた。名帳に名があった武家の訊きこみや、岩ノ助に借金を抱えた客の調べに手がかりは見つからず、探索の手を町家の客にも広げていた。

岩ノ助の賭場には大店の商人《あきんど》が定客におり、交際の広い商人のつながりからも、思いもよらぬ人物が浮かびあがる見こみはあった。

富助はまだ四十に手が届いたばかりの、下り塩問屋仲間の間では、商いに限らず、遊び人としての評判も相当なものだった。数年前、深川の大島町に秋田屋の寮という名目の瀟洒な店を普請して、妾とその両親を住まわせていた。

富助が岩ノ助の賭場で遊ぶようになって、もう七、八年になる定客と、若頭の千吉に確かめていた。

七蔵はひとり、手代の案内で店裏の客座敷に通った。茶菓が出されてほどなく、桔梗《ききょう》色の絽の長羽織が似合う上品そうな主人の富助が現れた。富助は、いつか町方が訊きこみに現れる事態を予期していたかのように、

「お役目、まことにご苦労さまでございます。秋田屋の富助でございます。御用の向きを、おうかがいいたします」

と、七蔵に慇懃《いんぎん》な辞儀を寄こした。

「秋田屋さんが、深川大島町の岩ノ助の賭場に出入りなさっていたことは、わかっております。それを咎めにきたのではありません」

と、七蔵は断ったうえで、きり出した。

「先月の下旬、岩ノ助が洲崎で賊に襲われて命を落とし、懐の金を奪われた一件を、秋田屋さんは、すでにご承知ですね」

「存じております」

岩ノ助を襲った賊は、岩ノ助と顔見知りの、間違いなく腕利きの侍と思われ、

と七蔵は続けた。

「ほんのこれっぱかし、そう言えば、と思うような出来事でも人でもかまわないんですよ。案外、まさかと思うような、どうでもよさそうな事柄に、人と人の妙な因縁がからんでいる場合も、なきにしもあらずなんで、秋田屋さんが、事柄や人物にちょっとでも何か思いあたることがあれば、お聞きしたいんです」

「まことにはや、岩ノ助は哀れな最期でございました。埒もないやくざ渡世の者とは申せ、三途《さんず》の川を渡ればみな同じ仏でございます。衷心《ちゅうしん》より冥福《めいふく》を祈っております。お訊ねの件につきましては、お役人さまのお調べが進められておりますのは承知いたしておりました。わたくし自身も、岩ノ助と多少のかかり合いを持ちましたので、お役人さまのお訊ねの折りはお役にたてますよう、岩ノ助の身辺に一体何があったのか、あれこれ考えてまいりました。ですが、一向に思いつくことがないのでございます。岩ノ助はやくざ渡世に身をおく者にしては、思いのほか気の利く面白い男で、存外、情も深く、他人の恨みを買うとは思えないのでございます。となりますと、やはり、やくざ渡世からもこぼれ落ちた不逞《ふてい》の浪人者などが、岩ノ助の懐を狙った仕業ではないかなと、思うのでございます」

富助は殊勝な素ぶりをくずさなかった。

「ところで、秋田屋さんは大島町に寮がありますね。二階家の瀟洒な店で、じつはあれは秋田屋さんの妾奉公の女と、その両親を住まわせていると、界隈で知らない者はおりません」

「面目ないことでございます」

「その寮の普請が成った折り、秋田屋さんのごく親しい方々を招いて、内輪の祝宴を開かれましたね。さすが、顔の広い秋田屋さんらしく、どの客も大店のご主人ばかりで、中には武家のお客もいたとかで、近所ではだいぶ評判になったそうじゃありませんか」

「もう二年以上前のことでございます。いたってささやかな、内々の祝宴でございました」

「しかし、内々にしてはずいぶん盛大な祝宴で、豪勢な仕出し料理に、門前仲町の芸者をあげて、しかも、お客に粗相がないよう、岩ノ助一家の者が祝宴の裏方を務めたと、聞きましてね。お客の案内とか、万が一のことがあってはならないので、町内の警固とかを岩ノ助に仕きらせたとか。となると、ひょっとしたら、裏方を仕きった岩ノ助が、そういうお歴々《れきれき》のお客に、挨拶ぐらいしたのではないかと思うんですが。つまり、みなさん、岩ノ助と顔見知りになったと。それはどうなんですかね」

「お察しのとおりでございます。今にして思えば、秋田屋が御用達《ごようたし》としてお出入りを許されておりますれっきとしたお家柄のお武家さまや、まっとうに表店を営んでおられるお客さまに、仮令《たとえ》、内輪の祝宴ではあっても、やくざ渡世の岩ノ助に挨拶させたのは、不調法《ぶちようほう》であったかなと、悔《く》いております」

「いえ、察したわけじゃありません。お歴々に挨拶をしたと、聞いたもんでお訊ねしているんです。それは、かまわねえんですよ。ただね、さっきも言ったように、まさかと思うような、どうでもよさそうな事柄に、妙な因縁がからんでいる場合がなきにしもあらずなんで、岩ノ助が挨拶した、そのお歴々のお客がどなたかを、うかがうわけにはいきませんか」

「それは困ります。できません。わたしどもの内々の祝宴にお招きしたお客さまに、事情は不明にせよ、殺されたやくざとほんの挨拶程度でもかかり合いがあったと表沙汰になれば、お客さまの今後のご商売やお役目に障りになる恐れがございます。秋田屋は、主人のわたしの身から出た錆《さび》でございますから、いたし方ございません。どのようなお叱りお咎めを受けましょうとも、覚悟はいたしております。ではございますが、わたしどものお客さまについては、何とぞお許しを願いますお客さまはどちらさまも、岩ノ助とはなんのかかり合いもないのでございます。どうか、それぱかりは」

と、富助は畳に手をつき、額が手に触れそうなほど頭を垂れた。

仕方ねえ、まずは、名帳に載っていた客の訊きこみを済ませてからだ、と七蔵は引きさがった。富助が応じるはずはないだろうと、推測できたし、何より、七蔵自身、そこまで手を広げても今はまだ調べが追いつきそうになかった。

それから、富助は七蔵の問うままに、賭場の貸元と客のこれまでのかかり合いを、言葉を選びつつ、あたり障りなくこたえたが、思っていたとおり、手がかりになりそうな話は聞けなかった。

# 第二章　十五夜

## 一

河岸場《かしば》の土手の草むらで、まつ虫が鳴いている。

澄んだ鳴き声は、草むらから堀川の微笑《ほほえ》みのような小さな波間へ転がり落ち、日ごと夜空に丸みを帯びていく月のまいた白い光の粒と、からみ合っていた。

その河岸場の堀留《ほりどめ》に、竹網代の掩蓋つきの茶船が泊まっていた。茶船の根棚《ねだな》を、海側より堀川へ寄せる小波《さざなみ》が、ささやきかけるように叩いている。

忠次《ちゆうじ》とお桑《くわ》は、掩蓋の戸口に垂らした筵を透かして、堀留に枝を垂らす柳の木の下にかがんでいる人影を見守っていた。

人影は濃紫《こむらさき》の上布《じようふ》を頬かむりにして、褐色の小袖に紺黒の平袴に拵えているものの、夜更けの暗がりにまぎれ、黒っぽい扮装《ふんそう》にしか見わけがつかなかった。

けれども、夜空にかかった白い月が人影にも光を射して、ほんの微弱な色合いで黒っぽい扮装に、淡あわとした光の隈《くま》どりを施していた。

東西に通る堀川の両岸は新網北と南の町家に、西の堀留側は浜松町の裏町になっていて、この界隈は日が落ちてから海へ漁に出る漁師や、職人稼業の者が多く居住している。

夜更けの四ツ（午後十時）に近いころで、漁師船はみな沖へ漁に出ており、河岸には堀留の茶船一艘しか見えなかった。また堀川沿いのどの店もすでに寝静まって、土手の草むらのまつ虫の声と、茶船の根棚を叩く小波のささやきだけが、堀川沿いの静寂を寂しげに乱していた。

忠次もお桑も、堀留の柳の木の下に凝っとうずくまる人影から、片ときも目を離さなかった。二人は、互いの吐息すら聞こえそうなほど固く沈黙し、掩蓋の暗がりに身をひそめていた。

新網北町の海側に、石垣と土塀を廻らせた紀伊《きい》家下屋敷があって、遠い夜空に犬の鳴き声が物憂く起こり、しばし続いた鳴き声がかき消えたとき、下屋敷の裏門わきの小門が開いて、提灯を提げた商人風体が、ひとり出てきた。

屋敷の石垣の南側は、堀川が海へ通っていて、北側と西側にも堀が廻らしてあり、東側には南東の夜空に月が高く懸かった銀色の海原が広がっている。

「では、今宵《こよい》はこれにて」

「気をつけられよ」

商人風体は、門内の見送りの誰かと言葉を交わし踵をかえすと、小門が内側から閉じられた。

商人風体は、西側の堀に架かる小橋を渡って、新網町の堀川沿いの堤道をぶらぶらと歩んでくる。寝静まって人影ひとつない新網町の堤道に、まつ虫の澄んだ鳴き声がころころと聞こえ、提げている提灯が、ほろ酔いの足どりに心地よげにゆれていた。

八月八日のその日、紀州家下屋敷内で紀州藩の俳句《はいく》を好む家士《かし》らが集う月例《げつれい》の句会が催《もよお》された。句会のあとはささやかな酒宴となり、その酒宴がお開きになるのは、夜更けの四ツ半（午後十一時）すぎと、大体決まっていた。

商人風体は、浜松町三丁目の大通りに、《紀州家御用御菓子所　名物唐更紗和《とうさらさわ》合神《ごうじん》》と《檜屋金兵衛《ひのきやきんべえ》》の看板を掲げた表店をかまえる檜屋の番頭・羽左衛門《うざえもん》で、羽左衛門は、句会の折りに供《きよう》する檜屋の茶菓子を届けた戻りであった。

というより、御用達の紀州家下屋敷で、俳句詠みの家士らが月に一度集うその句会に、俳句を好んで詠む羽左衛門も檜屋の菓子を届けてから加わり、句会のあとの酒宴でも、気心の合う俳句仲間と酒を酌み交わし、俳句を語り合う楽しいひとときをすごした。

羽左衛門が、御用達の紀州屋敷の月例の句会に加わるのは、檜屋の主人・金兵衛も許しており、その日も、菓子箱をかついだ小僧を伴《ともな》って紀州家下屋敷を訪れて菓子を届け、小僧を先に帰して羽左衛門は屋敷に残り、句会と酒宴でときをすごした。

そして、普段どおり、句会がお開きになる前の四ツ前、ひとりで屋敷を辞去した。

夜道をひとりと言っても、新網町の東方の紀州家下屋敷から、堀川沿いに新網北町を抜けると、堀留の西方はもう浜松町で、浜松町三丁目の大通りに店をかまえる檜屋までは、わずかな道のりだった。

四ツ前の町家はほぼ寝静まっているものの、途中、夜更かしをして明かりの灯る店も希にあり、人気のない野道を帰るのではなかった。

土手の草むらにまつ虫が鳴き、ほろ酔い加減のぶらぶら歩きは心地よかった。

左手の堀川の川面に高くのぼった月の光が映《は》え、羽左衛門は歩みを止めて、南東の夜空に懸かる月をふり仰いだ。

「もうすぐ、中秋《ちゅうしゅう》の名月だね」

と呟き、再びほろ酔い加減の歩みを進め、堀留の河岸場近くまできた。

提灯の明かりが、堀留の河岸場に舫った一艘の、竹網代の掩蓋つきの茶船を照らした。堀川の小波が、茶船の根棚をひっそりと叩いている。

船に人影は見えなかった。そう言えば、近ごろここら辺や金杉川《かなすぎがわ》あたりで舟饅頭が夜更けに流している、という噂を小耳に挟んでいた。

もしかしてあれか、と思った。

ああいう手合いは、野良の犬猫と同じでどこでもうろつき廻る者らだから、仕方ないね、と羽左衛門は、河岸場の茶船から堀留の先へと提灯を向けた。

堀留の雁木をあがったところの柳の木の下に、痩身の背の高い侍が佇んでいるのに気づいたのはそのときだ。

おや、お侍がいたのか。

ほろ酔い加減で夜空の月や堀川の舟饅頭に気を留めていたため、気づかなかったらしい。今ごろ何をしているのだ、と羽左衛門は訝った。紀州家の侍とは思えなかった。少々不審を覚え、たちまちほろ酔いが覚めた。

侍は、枝を垂らす柳の木を背にして、羽左衛門のほうへ、ゆっくりと歩んできた。淡い月明かりが、黒っぽい着物や濃紫と思われる頬かむりを、淡あわと彩っていた。

ただ、目鼻だちは月明かりでは見分けられなかった。

羽左衛門は歩みを止め、侍に会釈を投げ、頭を少し垂れた。侍も羽左衛門に会釈をかえしつつ、だんだんと近づいてくる。

羽左衛門は、侍の冷ややかな素ぶりになぜかためらいを感じ、引きかえそうか、通りすぎようか、一瞬迷った。すると、

「羽左衛門さんですね」

侍が月夜の暗がりを透かして、小声を寄こした。

「ああ、お侍さまは……」

ようやく見分けがつくほど侍が近づき、顔見知りであることに気づいた。

羽左衛門は、少し安堵した。

「殿山さまにお仕えの、あの」

しかし、名前は思い出せなかった。

北町奉行所与力・殿山竜太郎に奉公する年若い奉公人だった。主人の殿山竜太郎の供をして、檜屋へきたことが何度かある。

殿山はこの若党の名を滅多に呼ばなかった。まいる、とか、待て、とか、退《さ》がれ、とか、指図を短く伝えるのみである。

「一体なぜ、こちらに」

羽左衛門は、名前を思い出せないことをとりつくろって言った。

「どうか、ここでお会いいたしましたことは、わが主にはご内分に願います」

侍は羽左衛門の手前で歩みを止め、両膝に手を添え、丁寧に辞儀をした。

「はい、わかりました。案ずるにはおよびませんとも。ここでお会いしたことは誰にも申しません。ですが、この夜更けに、八丁堀からはずいぶん遠うございますのに、これからどちらへ」

つい、羽左衛門は訊ねた。

「この先に、以前より誼《よしみ》を結ぶ者がおります。その者を訪ねるのです。あまり長居はできませんが」

侍は、暗く寝静まった新網町の町家のほうへ、一瞬、きれ長な凍った目を流した。羽左衛門は、馴染みの女がいるのかと勝手に気を廻し、

「さようで。どうぞお気をつけください。では、失礼いたします」

と、歩みながら堀川の茶船に何げなく目を投げた。

掩蓋の戸口に垂らした筵の隙間から、人の顔が二つ、土手道の羽左衛門らを見あげていた。なんだ、何を見ている、と思ったが、気にするほどの者らでもないし、と気を変えた。

せっかくのほろ酔いが覚めて、速足になって侍といき違った。

お桑と忠次は、享之介がふりかえり様に、羽左衛門の首をすっぱ抜きに刎ねるのを、筵の隙間から身体をこわ張らせて見守った。

首が堤道へ飛んでいき、羽左衛門は声もなく、ただ胴体だけがどさりと音をたてて俯せ、血の噴く音がはっきりと聞こえた。

「やりやがった」

忠次が声を絞ってうなった。

お桑も震えた。けれども、この前の岩ノ助のときほどではなかった。少し慣れているのが、自分でも妙に感じられた。

羽左衛門の提げていた提灯が、堤道に転がっていた。

享之介は周囲を見廻してから、やおら、刀を鞘に納め、提灯を拾って火を吹き消した。一瞬にして、堤道は月明かりだけになった。

月明かりの下で、享之介は俯せた羽左衛門の胴体を仰向けにし、懐に手を差し入れ、財布を抜きとった。それを自分の懐に仕舞い、また周りを見廻した。

「早くしやがれ。早く早く」

忠次がまた、堤道の享之介に苛《いら》だち、かすかなうなり声をもらした。

しかし、享之介はすぐには土手をおりてこなかった。

「あっ」

お桑は、思わず声が出た。

享之介が、岩ノ助の首を刎ねたときと同じように、道に転がっている羽左衛門の首を両掌で挟んで持ちあげ、首のとれた木偶のように、羽左衛門の胴体に並べたのだった。

享之介は、淡い月明かりを浴びた冴え冴えとした蒼白に、薄笑いを浮かべていた。

お桑の背筋が凍った。

この子は、面白がってる。

そう思った。

「馬鹿が。何やってんだ」

忠次が、堤道の享之介を睨んで苛々と呟いた。

やがて、享之介は土手の雁木をくだってきた。橋板から艫の板子に長い足をかけ、ゆっくりと茶船に乗った。茶船がわずかにゆれた。掩蓋の筵を払い、怯《おび》えて見あげている忠次に冷然と言った。

「出せ。慌てるな。いつも流しているように、ゆっくりだ」

忠次は息を呑んで、首を小刻みにふった。

忠次は享之介と入れ代わりに艫に出て、艫綱を解き、棹をつかんだ。力一杯に棹を差した。茶船がゆっくりと堀留を離れていくのが、遠ざかるまつ虫の鳴き声でわかった。

堀川端は静寂に覆われ、古びた掩蓋の破れから月明かりがこぼれていた。

享之介は、大刀を肩に凭《もた》せかけるように抱え、片膝立ちの胡坐《あぐら》をかいた。そして、舟縁にぐったりと凭れかかった。激しい疲労か、空虚に打ちひしがれて、力なく首を落とし、うな垂れていた。

掩蓋の破れからこぼれる月明かりに照らされ、濃紫の上布の頬かむりが鈍色《にびいろ》にくすんで見えた。

「享之介さん……」

お桑は恐る恐る、声をかけた。

「顎《あご》に、血、血が、ついてるよ」

細く白い顎に、三つの血痕が黒く見えた。

享之介はうな垂れ、黙っていた。だが、細長い指先で、顎を擦《こす》った。お桑は享之介の前へ四《よ》つん這《ば》いに這っていき、袖をつまんで享之介の顎の血をぬぐってやった。享之介はされるままになっていた。

血をぬぐうと、お桑は急いで這って戻り、再び享之介と向き合った。

船がゆれ、方角を転じるのがわかった。

「海へ、出たぜ」

艫の忠次は、棹を櫓に持ち替え、声を忍ばせながらも言った。

船は海沿いの武家屋敷の石垣下をいき、浜御殿《はまごてん》の水路をすぎてから、また堀川へ入り、汐留橋《しおどめばし》をくぐり、三十間堀をへて箱崎に戻る手はずだった。

途中、どこかの番士《ばんし》に怪しまれて呼び止められても、「おまんでござい」と声をかえせば、「去れ、早くいけ」と追い払われ、相手にされなかった。

お桑は、享之介の様子を凝っと見守った。櫓が櫓床に軋《きし》みをたてていた。享之介はうな垂れたまま動かなかったが、しばらくして、細長い指の白い手を懐に差し入れ、革色《かわいろ》の財布を抜き出した。それをお桑の膝の前に投げ捨て、

「数えろ」

と言った。

羽左衛門の財布だった。お桑は、掩蓋の破れからこぼれる月明かりを頼りに、筵の上へちゃりんちゃりんと金をまいた。

七両と二朱銀に豆板銀《まめいたぎん》、それに銭《ぜに》が十数枚だった。

「七両と、ひいふうみい……」

と数えていると、享之介は、「いい」と投げやりに言った。

「おまえたちには三両と銀貨と銭をやる。おれは四両をもらう。いいな」

享之介が言い、お桑は懸命に頷いた。

さすがは、紀伊家御用を務める菓子所の番頭とあって、七両以上も財布に入っていたことに、お桑は妙な感心を覚えた。だが、この前の岩ノ助は、二十六両以上も財布の中にうなっていて、お桑は恐くてひと晩中震えが止まらなかった。

恐さは同じだが、今夜は岩ノ助のときよりいくらかましな気分でいられた。

お桑は四両を享之介のほうへ押しやり、残りの三両と銀や銭を自分の膝の前に引き寄せた。だが、享之介はそれに手をつけず、片膝立ちに胡坐をかいてうな垂れた恰好が、ひどく物憂げだった。

お桑は享之介のその様子に、つい投げやりに言った。

「あっしら、打首獄門《うちくびごくもん》に、間違いないね」

櫓床に櫓が軋り、海風が掩蓋の中を流れていった。

やおら、享之介は青白い顔を持ちあげ、きれ長の潤みを帯びた目をお桑に向けた。羽左衛門の胴体と首を並べて浮かべていた薄笑いをお桑に寄こし、お桑を縮みあがらせた。

「打首獄門に、なるのはいやか」

享之介が言った。

「そりゃいやさ。考えただけでも、ぞっとするじゃないか」

「こんな暮らしで生き長らえるのでも、打首獄門よりはましか」

「だってさ、首がなくなったら、おまんまが食えなくなっちまうだろう」

「ごみ捨て場の腐った飯を漁って、それでも生きていたいか」

「な、なんだよ。飯ぐらい、ちゃんと食ってるよ。あんたはどうなんだい。打首獄門になってもいいのかい」

「おれか。おれはどっちでもいい。どうとでも、勝手にしやがれ」

享之介は、煩《わずら》わしそうに吐き捨てた。気味の悪い薄笑いは消えていた。享之介の冴え冴えとした蒼白だけが、掩蓋の暗みの中に、まるで仮面《かめん》のようにぼうっと浮かんでいた。

ああ、この子は……

と、お桑はまた思った。

自分が嫌いなんだ。自分が憎くて、疎《うと》ましくてならないんだ、この子は……

二

二日後、菓子所檜屋の番頭・羽左衛門の葬儀が、増上寺末寺《ぞうじょうじまつじ》の浄運院《じょううんいん》で執《と》り行われた。檜屋の主人・金兵衛始め、檜屋の主だったお店者、檜屋の顧客、羽左衛門の縁者《えんじゃ》、紀伊家の俳句仲間らが、浄運院への葬列を作った。

そして、檜屋が日ごろ《お出入り》を願っている、北町奉行所年番方与力・殿山竜太郎も、羽左衛門の葬儀に参列し、焼香《しょうこう》をあげた。

葬儀を終えた遅い昼下がり、参列客に整えた酒席で、殿山は本日も勤めがあるゆえと、檜屋金兵衛に断りを入れ、帰途《きと》についていた。享之介は、挟み箱をかついだ中間小者らとともに、主人に従っていた。

増上寺の表門を出て、参道にあたる大門《だいもん》の通りから、浜松町一丁目と二丁目の辻に出た。人通りの多い大通りを、芝口橋《しばぐちばし》（新橋）のほうへ折れた。

先導する槍持ちの中間のあとを、喪服の黒裃を着けた小柄な殿山がいき、後ろに享之介と挟み箱を肩にかついだ小者が続いた。小柄な殿山は身体をやや傾けて歩く癖《くせ》があり、裃の肩衣《かたぎぬ》が奇妙なゆれ方をしていた。

だが、その日はとき折り享之介へふりかえり、何か気がかりのありそうな素ぶりを見せていた。

浜松町から、神明町《しんめいちょう》、宇田川町《うだがわちょう》、柴井町《しばいちょう》をすぎ、露月町《ろうげつちょう》まできたときだった。《江戸元祖鰻《うなぎ》蒲焼所》の幟《のぼり》をたて、《三島屋満吉《みしまやまんきち》》の看板を庇屋根に掲げた店の前で、殿山が歩みを止めた。鰻の白身にまぶした味噌《みそ》の焼ける香ばしい匂いと、山椒《さんしょう》の香りが通りにも漂っていた。

「鰻を食べていこう。少し呑みたい」

殿山が言った。檜屋金兵衛の整えた酒席は断りを入れたのに、殿山は浅黒い不機嫌そうな顔を店に向けていた。

「旦那さま、御番所の勤めはよろしいのですか」

享之介が気にかけて言った。

「よい。入るぞ」

素っ気なくかえし、先に店の軒をくぐった。

遅い昼下がりの刻限で、客は混んでいなかった。

畳敷きの小あがりがあって、槍持ちの中間は店の低い天井に閊《つか》えぬよう、壁ぎわに槍をたてかけ、槍のそばの縁台に挟み箱をかつぐ小者と並んで腰かけ、小あがりには殿山と享之介があがって向き合った。

どうやら、殿山は享之介に話があるらしく、中間らには存分に食ってよいし、少々ならば酒もよいと伝え、縁台のほうへ分かれて坐らせた。

享之介は主と向き合い、身を固くして畏まった。殿山は、楽にせよ、とも言わず、不機嫌そうな顔つきも変えなかった。蒲焼が運ばれてくる前に二合徳利の酒が出て、享之介が殿山に酌《しゃく》をしようとすると、

「自分でやる。おまえも勝手にやれ」

と、享之介の手にした徳利をとり、自分の杯にぬるい燗酒《かんざけ》を満たした。それから徳利を享之介の膝の前において、突き放すように言った。

「吞め」

「いただきます」

享之介は杯に酒を満たし、ゆっくり口に含んだ。殿山は黙って呑み続け、二人は言葉を交わさなかった。

ほどなく、味噌と脂《あぶら》の焦《こ》げた香ばしい匂いと焼きたての湯気と一緒に、蒲焼の皿が運ばれてきた。殿山はすぐに箸をつけた。薄い唇を脂と味噌で光らせ、音をたてて咀嚼《そしやく》した。地黒の頬が、鰻の身を頬張って膨《ふく》らんだり窄《すぼ》んだりした。

「食え」

殿山がまた言った。享之介はひと口、二口、小さな身を口に含み、焼けた味噌の味と山椒の風味を、味わいもせず呑みこんだ。それから箸をおいて、杯を乾《ほ》した。殿山は享之介の様子を、咀嚼しながら見守っていた。

「享之介、夜更けにしばしば屋敷を抜け出して、出かけておるようだな。どこへ出かけておる。何をしておる」

「いえ。出かけてなど……」

享之介は声をひそめてかえした。

「今さら隠すな。わかっているのだ。まさか、岡場所とか賭場で戯《たわ》けておるのではあるまいな。万が一そのような戯けを、夜更けにこっそり抜け出してやっておれば、町方与力の奉公人ではいられぬぞ。暇を出すからな」

「違います。眠れぬのです。夜風に吹かれにいくだけです」

享之介は投げやりに言った。そして、目をそむけた。

「一昨日の夜も、出かけたな。どこへいった」

「ですからあれは、旦那さまがお休みになられたあと、茅場町《かやばちょう》の地本《じほん》問屋へいったのです。書籍問屋と違い、あの手の本屋は夜更けまで店を開けておりますから、何か適当な読本《よみほん》を探しにいったのです。そのあとは、ずっと、両国のほうまで彷徨《さまよ》っておりました」

「両国のほうまで？　真夜中に、おまえがこっそり戻ってきた物音を、家人が聞いておる。ほどなく一番鶏が鳴いたので、八ツ半（午前三時）かそれぐらいの刻限だったそうだな。そんな刻限まで、ほっつき歩いていたのか」

「旦那さまには、眠れぬ者のつらさがおわかりにならぬのです」

殿山は音をたてて咀嚼し、杯をすすった。

その音が耳障りだった。

「萬が言うておった。片与力町で見つかった首切り猫は、享之介の仕業ではないかとだ。去年、亀島川に首を切られた野良犬が浮いていた。それも享之介の仕業ではないかと、あの男は疑っておる。事実は、眠れぬ夜に町家をほっつき歩き、むしゃくしゃ腹で、犬猫の首を刎ねて気を晴らしたのではないか」

「おやめください。違うと、この前、お話ししたではありませんか」

不意に、殿山は身を乗り出して小声になった。

「檜屋の羽左衛門は、おまえがほっつき歩いていた同じ一昨日の夜、首を一刀の下に刎ねられ財布を奪われていた。先々月の大島町の岩ノ助が、首を斬られて財布を盗まれたのと、そっくりの手口だ。定廻りの者らは、同じ賊の仕業ではないかと見ておる。おまえはどう思う」

「わたしは、ただの若党奉公です。若党ごときに、どう思うもこう思うもありません。わたしには、かかわりのないことです」

殿山は、凝っと享之介を見つめた。蒲焼の脂や味噌で汚れた唇を指先でぬぐうと、なおも言った。

「おまえ、大島町の岩ノ助とは顔見知りだったな」

「はい。秋田屋さんの寮の普請が成った祝宴に、旦那さまのお供をいたし出かけた折り、岩ノ助さんと二言三言ですが、言葉を交わしました」

「檜屋の番頭の羽左衛門も、わたしの供で檜屋へしばしば顔を出しておるゆえ、当然、存じておるな」

享之介は、「はい」と小声をかえした。

「岩ノ助と羽左衛門を襲った賊は、両者と顔見知りだったことは間違いない。享之介、おまえはどちらとも顔見知りだな」

「ええっ。そ、そんな……」

殊更《ことさら》に、声を大きくした。

店の者や客が、驚いて小あがりの享之介と殿山へ見かえった。

槍持ちの中間と挟み箱持ちの小者が、縁台のほうから見ていた。中間は享之介と目を合わせ、にやにやわらいを寄こした。

享之介は、殿山家の使用人の間では、得体が知れず、青白い顔が気味が悪いと言われて、誰も話しかけず孤立していた。二本差しの侍奉公をしているが、使用人の中で享之介の素性を知る者はいなかった。

本途は百姓の生まれらしい、という噂もあった。

殿山は蒲焼を食い、杯を重ねた。浅黒い顔が赤らんでどす黒くなり、いっそう不機嫌そうに見えた。

「旦那さま、ご冗談は、やめてください」

享之介は声を落とし、殊勝な素ぶりを見せた。

「享之介、冗談では済まぬこともあるのだぞ。自分が周りからどんなふうに見られているのか、よく考えよ。夜更けに出かけるのを、以後、一切禁ずる。近所の目もあるし、あらぬ疑いをかけられかねん。殿山家の奉公人に、そんな疑いがかけられては、町方与力の勤めの障りになる。よいな」

享之介は沈黙し、ただ眉をひそめていた。

「早く食え。食ったらいくぞ」

「このまま、ご奉公を続けて、わたしはどうなるのですか」

享之介は、言わずにいられなかった。

「今の勤めでは、何者なのですか」

「わたしは、不満なのか」

「埒もないことを申すな。今の勤めの何が不満なのだ。世間には、飯も食えずに飢《う》えておる者が大勢おるのだ。そのような二本差しの身分でいられて、一生、食うに困らぬだけでもましだろう」

「わたしは、飼い殺しですか」

「なんだと」

殿山が、享之介を蔑《さげす》むように睨みつけた。享之介は殿山から目を、もうそらさなかった。逆に、冷やかに見かえした。周りの物音がかき消え、暗い沈黙に覆われた。一瞬、享之介は殿山以外の一切が見えなくなった。

脳裡に閃光《せんこう》が走って、羽左衛門の首が飛び血の噴いた光景が甦った。

途端、享之介は自分をとり戻した。目を伏せ、

「申しわけございません」

と、即座に言った。

三

その夜更け、享之介は濃紫の上布を頬かむりに、屋敷を抜け出した。まだ満月ではないが、夜空に白々とした月が懸かっていた。

亀島町の河岸通りに出て、亀島橋を霊巌島に渡り、霊巌島町北側の蒟蒻島《こんにやくじま》へいった。蒟蒻島は、亀島川の霊巌島側の川縁に築地した賑やかな新地だった。娼家《しようか》があって、むろん、賭場もある。

享之介は、深川万年町《まんねんちよう》の増林寺《ぞうりんじ》で開帳《かいちよう》している賭場の定客だった。

八丁堀に近い蒟蒻島の賭場は、万が一、顔見知りと出会うのをはばかり、さけ

ていた。粗末な娼家が二階家を並べる路地奥の土蔵で、毎夜、開帳している賭場にきたのは、その夜で三度目だった。

戸前に立って、引戸ののぞき窓から手燭《てしょく》の明かりで顔を確かめられた。引戸はすぐに開いた。客を選ぶような賭場ではなかった。

筵を敷きつめた土間に、盆茣蓙《ぼんござ》を挟んで丁《ちょう》側半《はん》側それぞれ十人ほどの張子《はりこ》が向かい合い、中盆《なかぼん》と壺振《つぼふり》が丁側半側の中央に対座していた。丁半双方の張子が駒《こま》札《ふだ》をかちゃかちゃと盆茣蓙に鳴らし、中盆が「半ないか、半ないか……」と半側に賭増しを促していた。

四灯の蠟燭台《ろうそくだい》に炎がゆれて、盆茣蓙を明々と照らしている。

若い衆が享之介を、土間奥の胴元へ案内した。

胴元は雁八《がんはち》という四十代の男で、長火鉢につき、傍らに金箱と駒札の箱をおいていた。土間の一角に、餅や菓子などの食物と酒を用意した盆がいくつも並んでいて、張子はそこで博奕の合間にひと休みすることができた。

「ようおいで」

雁八は、長煙管《ながギセル》を咥えた口元をゆるめて気安く言った。

享之介は四両を駒札に替え、両刀を預けた。

「そろいました。勝負」

中盆の声がかかって壺振が壺笊《つぼざる》を振り、賽《さい》ころが壺笊の中で鳴った。

「四三《しそう》の半」

ああ、と溜息や声がまじり合った。

「お客さん、半の座が空《あ》いておりますので、どうぞ」

若い衆に導かれ、享之介は盆茣蓙についた。中盆が、座についたばかりの享之介に笑いかけた。

「頬かむりの若いお侍さん、ようこそ。さあ、張った張った」

と、駒札を張るように促した。

その夜、強気で勝負をかけたとき、必ず半の目が出た。中盆の、半、半、半……の声が続き、座についてわずか四半刻ほどで、享之介の前に駒札が積み重なった。

享之介は勝負に熱中し、昼間、主人の殿山に浴びせられた無情な言葉の数々を忘れた。疎ましい日々を忘れ、おのれの身の上を忘れた。

上手くいく、上手くやって見せる、おれにはそれができる。

気が昂《たか》ぶり、行手が開けそうな気がした。

ところがそのとき、がらがらっ、といきなり土蔵の引戸が勢いよく引き開けられた。御用提灯の明かりが戸前を昼間のように照らし、町方の黒羽織と御用聞らの姿が見えた。

土蔵の中の熱気が、一瞬にして凍りついた。

壺振が壺笊を落とし、賽ころと壺笊が転がった。

「手入れだ」

若い衆のひとりが叫んだが、

「みな、何も触るんじゃねえ」

と、町方がひと声を発し、御用聞や捕り方らが御用提灯や得物を手にして、動くな動くな、と喚《わめ》きたてながらどっとなだれこんできた。

雁八も中盆も壺振も若い衆も、そして二十人近い張子らも、声を失い、蒼褪め、置物のように固まった。

賭博は重罪である。遠島《えんとう》、重過料《じゅうかりょう》、非人手下《てか》もあった。胴元の雁八は、長火鉢のそばで煙管を弄《もてあそ》びながら、不貞腐《ふてくさ》れた顔つきを宙に泳がせていた。

御用聞らが、中盆や壺振、張子が大人しくしている目の前で、盆茣蓙を荒々しく払いあげた。盆茣蓙に張った駒札が波しぶきのように飛散して、中盆と壺振、張子らは、駒札が降りかかるのを観念して浴びた。

　手入れを指図していたのは、北町の市中取締諸色調掛《しちゅうとりしまりしょしきしらべかかり》の田辺友之進《たなべとものしん》という、少々癖のある中年の同心だった。御用聞や捕り方らは、襷《たすき》がけに尻端折りの捕物支度だが、田辺ひとりは定服の黒羽織に白衣のままで、朱房の十手を手にしていた。

　与力が指図する捕物出役ではなく、市中改めの賭場の手入れだった。

　田辺は、土間奥の長火鉢についた雁八の前へ、雪駄をだらだらと引き摺《ず》って進み、「胴元の雁八だな。御用だ」と、投げつけた。

　雁八は不貞腐れ、どうとでもしやがれ、という素ぶりだった。

「八丁堀の目と鼻の先で、ずいぶん稼ぎやがったな。ええ、てめえら、親分がこんだけ稼いでいるのを知ってるのかい」

　雁八の周りに手下の若い衆らが、肩をすくめて畏まっていて、田辺は雁八の傍らの金箱を開けてのぞき、手下らへにやにや顔を向けた。

「こいつは、お奉行所にありがたくお納めするぜ。あとのがらくたは燃やしちまえ。よし、みな引ったてろ」

　御用聞のひとりが金箱を、じゃらじゃらと鳴らして肩にかついだ。

捕り方らが、立て、立て立て、と口々に怒鳴って、みなを無理矢理立たせた。誰も彼もが後ろ手に素早く縄をかけられ、数珠《じゅず》つなぎに戸口へぞろめいていった。みなが引ったてられていくと、蠟燭台の明かりだけを残して、田辺の指図で、御用聞らは土間に敷きつめた筵を片づけていった。

と、ひとりが土間の真ん中の筵に端座《たんざ》している若い男に気づいて、ああ？　と首をかしげた。

誰ひとり抗《あらが》わず観念して引ったてられていったはずが、濃紫の頰かむりに地味な小袖に細縞の袴姿の、どうやら侍らしい若い男が、目の前で動かずに凝っとしているのに、かえって気づかなかった。

「てめえ、ふざけやがって。御用に逆《さか》らう気か」

御用聞は声を荒らげ、享之介の肩をつかんで立たせようとした。

だが、享之介は身体をゆらしながらも立ちあがらず、頰かむりの顔を伏せた恰好で、両膝に手をついて畏まっていた。

「この野郎、立ちやがれ」

もうひとりが、享之介の肩を蹴った。

享之介は、足蹴《あしげ》にも片手を筵について倒れるのを堪《こら》えた。起きなおって、端座

の姿勢をくずさなかった。二人が大柄な享之介の腕や肩や首をからめたとき、

「よせ。そいつはおれに任せろ」

と、田辺の声が飛んだ。

二人は享之介を放し、田辺とほかの御用聞らと一緒に享之介を囲んだ。

享之介が坐った周囲の筵は全部片づけられて、享之介の居場所の一枚だけが残っていた。田辺は蠟燭台の一本をつかむと、享之介の正面にきて蠟燭台をおいた。

蠟燭の炎がゆれ、濃紫の頰かむりを撫でた。

田辺は片膝突きにかがんで、享之介の頰かむりをぞんざいに引き剝がした。

「やっぱりな。踏みこんだときから、見たようなのがいると思っていたんだ。田島享之介さんじゃねえか。こんなところで、何やってんだ。町方与力の殿山竜太郎さまの奉公人が、賭場でお縄になる気かい。あんたがお縄になって引ったてられたら、殿山さまが腰を抜かすだろうな」

享之介は顔を伏せ、身動きしなかった。ただ、両膝の袴を長い指でにぎり締めていた。

「おめえ、どうしてほしいんだい。このまま、引ったてられてもいいのかい。ええ？　どうなんだい」

田辺は声を低くして、指先で享之介の伏せた額を小突《こづ》いた。

すると、享之介は小声ながら、はっきりと聞きとれる口調で言った。

「見逃がしてください。旦那さまに知られたら、暇を出されます」

「暇を出されますだと。とぼけたことを言いやがる。賭博の罪は遠島だぜ。暇を出されるもくそもあるもんけえ。なあ」

と、田辺は周りを見廻し、みなが声をたてて笑った。

「ご近所同士の誼《よしみ》ではありませんか。田辺さま、何とぞお願いします」

享之介がなおも言った。

「おめえみてえな表六玉《ひょうろくだま》と、近所同士の誼を結んだことはねえぜ。八丁堀で見かけたことはあるがな。陰気な野郎だと、思ってただけだ」

取り囲んだ御用聞の中に、享之介が胴元に預けた二刀をかついでいる者がいた。

「旦那、この三一の差料《さしりょう》じゃねえですか」

御用聞が田辺に言った。

田辺は、それをちらりと見て、享之介に薄笑いを向けた。

「おめえの差料か」

享之介は頷いた。

「ふん。三一が、恰好だけはそれらしいじゃねえか。これをかえして、見逃がしてほしいのかい」

再び頷いた。

「ただで、刀をかえせってかい。旦那さまにも黙っててくれってかい。虫がいい野郎だぜ。さて、どうするかだな」

すると、享之介は懐から変わり縞の財布を抜き出した。それを田辺の片膝突きの前においた。田辺は黙ってそれを見つめていたが、やおら拾いあげて、中身を確かめた。五両と銭が少々あった。

「なんだ？　これっぽっちで、賭博の大罪を見逃がし、主人にも黙っていてほしいってかい」

「わたしの持ち金の全部です。蓄《たくわ》えはありません。ほかに四両ばかりを駒札に替えた金がありましたが、それは消えてしまいましたので」

田辺がまた、勿体《もったい》をつけて周りを見廻した。

「しょうがねえ。三一がひとり逃げたからって、どうってことはねえ。おめえらも、こいつのことは忘れてやれ」

へい、ととり囲んだ御用聞らが口をそろえた。

田辺は財布から金を一銭残らず抜きとり、袖に仕舞った。空《から》の財布を享之介の膝の前に投げた。そして、

「かえしてやれ」

と、刀をかついだ御用聞に言った。御用聞は享之介の前へ二刀をぞんざいに投げ捨て、鍔《つば》の金具や鞘が乱雑に鳴った。

田辺は、よっこらしょ、と立ちあがって、享之介を見おろした。

「二度とやるんじゃねえぜ。次は、これっぽっちじゃあ済まねえからな」

と、せせら笑った。

蠟燭の炎が吹き消され、田辺と御用聞らが土蔵を出ていった。

雪駄の音が遠ざかるとともに、御用提灯の明かりも消えてなくなって、享之介は、真っ暗な土蔵にひとり残された。

戸口の引戸は開いたままで、戸前の石段に青白い月明かりが射していた。固まっていた身体をほぐすように、首を廻した。首を廻しながら、くすくす笑いを土蔵の暗がりへ零《こぼ》した。

空の財布を懐へ戻し、二刀を帯びた。立ちあがって土間に捨てられた濃紫の上布を拾い、頰かむりにした。

上布を顎で結びながら、くすくす笑いを続けた。

丁半博奕のつきが廻ってきたぐらいで、上手くいく、上手くやって見せる、と気を昂ぶらせていた自分が滑稽《こっけい》だった。

今の勤めの何が不満なのだ。世間には、飯も食えずに飢えておる者が大勢おるのだ。そのような二本差しの身分でいられて、一生、食うに困らぬだけでもましだろう、と昼間の殿山の言葉が、土蔵の暗がりの中に聞こえた。

享之介は、ふむふむ、と頷きながら、自分がみじめでならず、滑稽でならず、喉を締めつけるようなくすくす笑いを止められなかった。

## 四

中秋十五夜のその日、透きとおったように淡く白い満月が、まだ昼の青みが消えていない東の空にはや浮かんでいた。中秋の十五夜には、《蛤の供養《くよう》》とも言われている蛤を満月に供《そな》えたり、里芋《さといも》を供える《芋名月》の習《なら》わしがある。

両国では、明るみの残る夕空に打ちあげられる大花火が始まっており、大勢の人出で賑わっている様子が伝わってきた。

夕暮れ間近、普段より遅く、槍持ちの中間が先導し、継裃の殿山竜太郎、挟み箱をかついだ小者が続いて、与力町の往来を戻ってきた。

門番が冠木門《かぶきもん》を開き、使用人の下男下女らが主人一行を出迎えた。

禄高《ろくだか》二百石の北町奉行所年番方与力・殿山竜太郎の、岡崎町の安房組受領屋敷には、冠木門から玄関式台《しきだい》まで敷石が延べられている。享之介はいつも通り、その敷石わきの玄関側に身を正し、

「お戻りなされませ」

と、通りかかる主人に、頭を低くして辞儀をした。

主人の殿山は、普段は黙然と通りすぎて玄関へあがる。

だが、その日は享之介の前で不意に歩みを止めた。言葉をすぐにかけてこず、頰のこけた浅黒い顔に不釣り合いなきれ長な目を、不機嫌そうに享之介にそそいでいる頭を低くして顔を伏せていて感じられた。

「享之介、すぐにわたしの部屋にこい。おまえに言うことがある」

「は、はい」

殿山が陰気な口調で言った。

「わたしがゆくまで、待っておれ」

すぐにだぞ、と念を押して、素っ気なく通りすぎていった。

享之介の胸が不安でざわついた。いやな予感が脳裡をかすめた。

長屋に戻らず、中の口の寄付きにあがり、中庭に沿って板縁伝いに主人の居室へ向かった。居室は庭側の腰付障子が開け放たれていて、壁側に棚と納戸《なんど》があるだけで、二方に間仕切《ましきり》の襖《ふすま》を閉《た》てた、八畳間の殺風景な部屋だった。

壁側の棚には多くの書籍、書巻が重ねてあり、置物、骨董《こっとう》類、手文庫《てぶんこ》などが並んで、棚のそばには文机《ふづくえ》もおかれてあった。ただし、殿山がその文机について書籍などを読んでいる姿を、享之介は見たことはない。

享之介は居室には入らず、板縁に端座し、殿山がくるのを待った。

まだ夜の帳のおりる刻限ではなかったものの、庭はだんだんと明るみが薄れていき、居室に薄暗さが忍び寄っていた。台所や勝手のほうで、夕餉《ゆうげ》の支度にかかっている物音や話し声が、途ぎれ途ぎれに聞こえてきた。

庭は榊《さかき》や馬酔木《あせび》などの灌木《かんぼく》が植えられ、使われていない古い石灯籠《いしどうろう》が、一基だけ据えてあった。庭を囲う土塀の向こうに、隣家の屋敷のくすんだ瓦屋根が、暮れなずむ空を限どっていた。

りりり、りりり……

と、庭のこおろぎがはや鳴き始めた。

このごろ、長屋でもこおろぎの鳴き声が聞こえて、享之介は物憂い夜更けを凝っと耐えてすごした。蒟蒻島の一件があってから、夜更けに屋敷を抜け出して、賭場へいくのを控えていた。田辺に有金を巻きあげられていたし、ここ数日、賭博への気の昂ぶりが急速に減退しているのを感じたからだ。

身体の芯《しん》に疼《うず》く何かがあって、丁半博奕の勝った負けたでは、芯の疼きを癒《いや》せなかった。次は、と思っている自分に戦慄《せんりつ》した。空恐ろしかった。それでいて、もう止められぬと、自分でもわかっていた。

すぐに、と言ったにもかかわらず、殿山は居室に現れなかった。待っておれと言われているので、勝手に動くことはできなかった。

そのうちに宵の帳がおりて、暮れなずんでいた夕空は、いつしか漆黒に塗りこめられた。台所と勝手の、夕餉の支度の物音や話し声は聞こえなくなり、屋敷中を宵ののどかな静けさが覆った。

ただ、とき折り、笑いさざめく声が静寂を乱し、その中に、「わあ」とか「綺麗」とかの嘆声《たんせい》がまじった。夜空に懸かった十五夜の月を、愛《め》でているのに違いなかった。

庭は南に向いていて、享之介が端座している板縁からは、東方の月は望めなかった。庭におりて東の空を仰げば見えるだろうが、そこへ殿山がき合わせたら、わきまえのない、と陰湿な叱責《しっせき》を受けかねなかった。

それに何よりも、十五夜の名月など、享之介にはどうでもよかった。それがなんだ、見たくもない、と思っていた。

居室も庭も暗闇にすっぽりと包まれ、庭のこおろぎの声だけが、聞こえては消え、消えてはまた聞こえた。享之介のことなど、屋敷内の誰も気にかけていないのは、わかっていた。居室に明かりすら、運ばれてこなかった。

空腹を覚えた。それも十五夜の名月と同じ、どうでもよいことだった。

ただ、享之介は苛だっていた。すぐに、と言った殿山の意図が解《げ》せなかったからだ。すぐにでは、なかったのか。すぐにとは、それなりのときをへて、という意向なのか。ああ、つまらぬな、こんなどうでもよいことに、と思った。

それからさらに、半刻余、享之介は居室の板縁で待った。

そのうちに、だんだんとかすんでいく物覚えの中で、りりり、とこおろぎの澄んだ鳴き声だけが、意識の片隅で聞こえていた。

「戯けが」

と、いきなり怒声《どせい》が浴びせられ、享之介はわれにかえった。殿山が傍らに立ち、享之介を見おろしていた。

「あっ、旦那さま」

享之介は思わず、板縁に手をついた。

眠っていたのではなかった。こおろぎの鳴き声が、ずっと聞こえていた。しかし、殿山が現れたのは気づかなかった。居室には一灯の行灯に火が点《とも》され、奥方が行灯のそばから、仕方のない人ですね、という叱責する目つきを享之介に寄こした。奥方が居室を出ていくと、

「居眠りをしておったな。この粗忽者《そこつもの》。役たたず。愚か者。おまえだ。おまえのことだよ」

と、殿山は怒りに任せて畳を踏み鳴らし、怒声を浴びせた。

「お許しください、旦那さま。眠ってはおりません。つ、つい、ほかのことを考えておりました」

「同じことだ。奉公人の分際で、主の命令をなんと心得るか。おまえの締まりのない、愚鈍《ぐどん》な顔を見ておると苛々する」

頭を垂れた享之介の後ろ襟をつかんで持ちあげ、耳元で喚いた。

殿山は鼠色《ねずみいろ》の着流しに、栗色の袖なし羽織を羽織っていた。そして、なぜか帯に大小を差していた。普段は、屋敷内では殿山は屋敷内では大刀を帯びることを禁じていた。普段は、屋敷内では殿山自身も小刀だけであった。

「今日はな、言わねばならぬのだ。享之介、とんでもないことを仕出かしてくれたな。田辺から聞いたぞ。市中取締の田辺だ。先だって、田辺が手先を率いて蒟蒻島の賭場に手入れで踏みこんだところが、そこにお前がいたと言うではないか。おまえは間抜け面で、破落戸どもと一緒に、丁半博奕にうつつを抜かしておったそうだな。町方与力の奉公人が町方のお縄になって、主家に泥を塗る気だったのだな。殿山家の面目を潰し、恥をかかせる狙いだったのだな」

この恩知らずがっ、と殿山はなおも怒声を投げつけ、享之介の横っ面を張り飛ばした。享之介は顔をそむけ、頭を垂れたまま動かなかった。

「貧しい水呑《みずのみ》百姓の生まれを、とりたてて侍にしてやった。おまえのような素性の者をとりたてるのを周囲は反対したが、おまえを哀れに思い、並々ならぬ温情をかけここまでしてやった。その恩を、なんと、仇でかえしてくれたのだな。日ごろのおまえのふる舞いを見ていて、いつかこういうときがくるのではないかと、薄々感じていた。そのときが、とうとうきたのだ。おまえにはほとほと愛想がつきた。おまえは侍にはなれぬ。元々、その性根では無理なのだ。せいぜい、八《はっ》州廻《しゅうまわ》りの無宿渡世が、おまえに似合っておる。それとも、物乞いになってごみ溜を漁って廻るか。享之介、今宵限りだ」

「お許しを、お許しを……」

享之介は板縁に這いつくばい、泣き声を絞り出して哀願《あいがん》した。

「許せだと。享之介、それでも侍でいたいのか。よかろう。おまえのような愚鈍な戯けを、侍にとりたてた殿山家の恥を、これ以上世間にさらすわけにはいかんのだ。心配するな。おまえを侍のままにしておいてやる」

「あ、ありがとうございます」

享之介は這いつくばった肩を、ぶるぶると震わせた。

「これが最後の恩情だ。おまえを、侍として死なせてやる。たった今、この庭で腹を切ることを許してやる。見事腹を切り、侍らしく死なせてやる。なるほど田島享之介は侍であったかと、堂々と腹かっさばいて相果て、みなを感心させてやれ。介錯人《かいしゃくにん》はわしが務めてやる。ええい、ぐずぐずするな」

殿山は、享之介を庭へ蹴り落とした。

享之介は庭へ転がり落ちたが、しかし、即座に板縁の殿山へ向きなおり、庭に平伏《へいふく》した。小刻みに肩を震わせて這いつくばう享之介を、東の空に高く懸かる十五夜の月が、青白く照らしていた。

庭のこおろぎの声は、殿山の怒声に驚いて途ぎれていた。誰もが物陰に凝っと息をひそめ、静寂が屋敷中の一切を覆いつくしていた。

殿山は庭へおり、享之介の肩をつかんで引き起こした。

「享之介、何をためらっておる。侍としてまっとうせよ。おまえのような者が侍のまま死ねるのだ。これほどの誉《ほま》れはないぞ。菩提《ぼだい》はわしが、ちゃんと弔《とむら》ってやる。思い残すことはあるまい」

引き起こされた享之介の、血の気の失《う》せた不気味なほどに青白い顔が、眉をひそめて地面へ落ちていた。両わきにだらりと手を垂らし、長い首は折れ曲がっていた。涙は乾いていたが、あんぐりと開いた口から、涎《よだれ》が垂れていた。

「はは、世話を焼かせるな。ほれ、こうだ」

殿山は、享之介の無様な姿を嘲笑《あざわら》いながら、享之介の腰の小刀を抜きとり、鞘を払って柄《つか》をにぎらせた。それから、享之介の左傍らに立ち、無造作に大刀を抜き放った。

「士分《しぶん》でござる。介錯仕《つかまつ》る。ご存分に腹を召されよ」

作法のごとく高らかに言い放ち、八双《はっそう》にかまえた。月光が刀身を銀色に耀かせた。

そのとき、小刀をにぎった享之介の身体が激しく震え出し、獣《けもの》のようなくぐもった声が湧きあがった。

「泣くな。みっともない。それでも侍か」

殿山が叱咤《しった》すると、享之介は左手へ首をひねり、殿山を見あげた。

そこで殿山は、あ、と意外そうな声をもらした。戸惑いを浮かべた。

享之介は、泣いていなかった。笑っていた。殿山を見あげ、あはあは、と声を絞り出して笑っていたのだ。しかも、にぎった小刀を、玩具を与えられた幼童が喜ぶように、ふり動かしていた。

「こ、この戯けが」

言った途端、享之介の痩軀が俊敏《しゅんびん》に殿山の懐へ入り、小刀が殿山の腹へ突きこまれた。小刀の鍔まで埋まり、切先が背中へ突き出た。

はずみに、殿山は身体を折り、八双のかまえから打ち落としていた。しかし、殿山の腕が懐に入った享之介の肩に閊《つか》え、銀色の刀身は月の光の中をゆらいでいた。殿山のひ弱な喘《あえ》ぎが、虫の声のように庭に流れた。

「戯れだ。ほ、本心では、ないのだ……」

喘ぎながら、ようやく言った。

「そうか。戯れか。ならば、戯れながらくたばれ」

享之介の長身が立ちあがった。小柄な殿山がくずれ落ちないよう、抱きかかえて支えた。肩に乗ったままの殿山の手から大刀をつかみとって、小刀は殿山の腹に残し、素早く半歩引いて片手上段に袈裟懸《けさがけ》を見舞った。

最後の小さな悲鳴をあげ、殿山は血飛沫を噴きながらへたりこんだ。しゅう、しゅう、と血の噴く音にまじって、こおろぎが再び鳴き始めた。やがて、ゆっくり横倒しに倒れた。

誰も事態に気づいていないのか、屋敷中が息をひそめ静まりかえっていた。

享之介は殿山の大刀一本をにぎり締め、板縁から居室へ躍りあがった。

なんとも言えぬ、晴れ晴れとした気分だった。重苦しい鬱屈が、一瞬にして霧《む》散《さん》していた。

これまでの長い若党勤めで、殿山の居室の納戸に、当座に使う金箱があるのは察していた。

納戸の中の物を抛《ほう》り出した奥に、思った通り、ひと抱えの金箱らしきものが見つかった。驚くべきことに、金箱の中には、数百両と思われる金貨と銀貨が、重なり合って鈍く光っていた。

当座に使う金だけでこれほどなら、どこかにもっと大金があるはずだった。町方与力同心は、諸大名の献残《けんざん》とか頼みつけと称する付届けや、表店の商人よりお出入り願いの礼金などで、法外な金品がもたらされた。

だが、それを探している暇はなかった。

享之介は金箱を片腕に抱え、居室の間仕切を勢いよく引き開けた。

と、そこに奥方が立っていた。奥方は、長身の享之介を呆然と見あげた。殿山の声が聞こえなくなったので、のぞきにきたのだ。

享之介の顔は、かえり血を浴びて真っ赤だった。

奥方が悲鳴をあげた瞬間、にぎった一刀を奥方の首筋にあて、片手で撫で斬りにした。奥方の悲鳴は長くは続かなかった。血飛沫を雨のように降らし、仰のけに倒れていき、建物を激しくゆらした。

ようやく、使用人らが異変を察し、庭側からも屋内からも居室に集まってきた。

だが、主人と奥方の血まみれの斬殺体《ざんさつたい》と享之介の異様を目のあたりにして、みな悲鳴や喚声《かんせい》をあげて蜘蛛《くも》の子を散らすように逃げ去った。

享之介は金箱を抱え、誰も姿を見せない屋内を悠々《ゆうゆう》と抜け、主屋の外へ出た。

そして、月明かりの下に出た途端、脱兎《だっと》の勢いで往来へ飛び出し、駆け始めた。

途中、殿山家の騒ぎに気づいて集まる町方には、

「人を呼んでまいる、人を呼んでまいる」

と、大声で繰りかえし喚きながら走り抜けた。享之介の追手は、夜空に懸かる十五夜の満月だけだった。

だが、岡崎町から北島町《きたじまちよう》へと駆けてきたとき、享之介は同心の組屋敷が並ぶ一画へと方角を転じた。わき目もふらず一軒の組屋敷を目指し、走りに走った。

その組屋敷の、まだ板戸を閉てていない表戸の腰高障子を、たあん、と敷居からはずれそうなほどの勢いで引き開け、

「たなべ、田辺友之進っ」

と、叫んで寄付きに躍りあがった。

田辺は家の者や御用聞らと、庭に面した部屋の縁側で、十五夜の月見の宴を開いていた。そこへ飛びこんだ血まみれの享之介と顔を合わせ、田辺は目を剝き言葉を失った。

家の者らは悲鳴をあげて逃げ出し、御用聞らは、ぎょっとした顔つきで固まっ

た。享之介が田辺めがけて突進した瞬間、御用聞のひとりが盆をつかんで立ちあがりかけたのを、すれ違いざまに頭蓋《ずがい》を割った。

御用聞は獣のように吠えて、盆を落とし、頭を抱えて横転した。

田辺には、刀架《とうか》の刀をつかむ間はなかった。縁側から庭へ転がり逃げるのが、やっとだった。享之介は宴の皿や鉢を蹴散らし、縁側を飛び越え、必死に起きあがりかけた田辺のすぐ後ろへたちまち迫った。

「よせ」

田辺が血まみれの享之介に叫んだが、そこまでだった。

背後から、一刀の下に打ち落とされた。田辺の首が鞠《まり》のようにはずんで、庭の片隅へ転がっていった。

## 五

そのとき七蔵は、外の騒がしさに、なんだ、と顔をあげた。

七蔵は居室を出て、お梅が夕餉の片づけをしている台所へいった。お梅も外の騒ぎを気にして、勝手の土間の流し場から七蔵へ見かえって、

「なんでしょうね。見てきましょうか」

と言った。

「いや、おれがいって見てくる」

七蔵は土間へおり前庭に出て、片開きの木戸を開けた。

木戸前の東西の小路と南北の往来が交わる辻を、急いで南のほうへ通りすぎていく人影が続いていた。七蔵は小路を辻まで駆け、ちょうど通りかかった北町の傍輩に、

「何があったんだい」

と、訊ねた。

「おう、萬か。詳しいことはわからねえが、殿山さまの屋敷で、どうやら、殺しがあったらしいぜ。今、知らせが廻ってきたばかりだ。萬のところにもそのうち知らせがいくだろうが」

「殺し。誰が殺されたんだい」

「そいつは、わからねえ。ともかくいってみなきゃあな」

と、傍輩は七蔵を残して慌ただしく駆け出していった。

そのとき、七蔵の脳裡に田島享之介のことがよぎった。急に胸騒ぎを覚え、鼓《こ》

動《どう》が激しく打ち始めた。

七蔵は刀をとりに組屋敷にとってかえし、お梅に、殿山家に異変があったらしい、嘉助親分と弁吉がきたら殿山家へすぐくるよう言ってくれ、とだけ伝え、裏木戸から近道の路地へ飛び出し、岡崎町の殿山家の屋敷へ走った。

その日は、嘉助と弁吉の訊きこみの報告が遅れていた。

岡崎町の殿山家の冠木門の門前に、町内の住人らの人だかりができていた。人だかりは、屋敷内の様子をうかがっていた。

「どいてくれ。通してくれ」

門前の人だかりをかき分け、七蔵は殿山家の冠木門へ飛びこんだ。

冠木門から玄関式台までの敷石に、使用人の下男下女らが寄り集まり、顔を曇らせひそひそと言い交わしていた。女らは涙をぬぐっていた。

七蔵は、使用人らが集まっているところへ駆け寄って、玄関式台のほうを指差して言った。

「殺しがあったと聞いたが、中かい」

「へい。奥の旦那さまの居室と庭に……」

年配の下男がこたえた。

「居室と庭に？　殺されたのは二人かい」

「旦那さまと、奥方さまでございます。惨たらしいことで」

「お役人さま方は、みなさん、そちらのほうにおられます」

中働きの女中が、泣き腫《は》らした顔で言い添えた。

七蔵は即座に玄関式台へ走りあがり、居室へ向かった。殿山家へあがるのは初めてながら、居室はすぐにわかった。屋内は部屋にも廊下にも行灯が明々と灯され、居室まで点々とつながる血痕を照らしていたからだ。

奥方の亡骸は、居室と次の間の間仕切《ましきり》のそばで仰のけに倒れ、紫がかった鮮血が周りに広がっていた。そして、居室の板縁先の庭に、殿山竜太郎が横倒れの恰好でうずくまり、やはり亡骸もその周りも血だらけだった。

殊に、殿山の亡骸は腹に小刀が深々と埋まって、切先が背中に突き抜けた状態のまま残された、凄惨《せいさん》な死に様だった。

現場にいる町方は与力がわずか六、七人で、同心の姿はなかった。それぞれの亡骸を二人、三人と囲み、亡骸のあり様を調べ、また、荒された様子の納戸の中を、二人がのぞいて何か言い合っていた。

七蔵は周りを見廻した。

田島享之介の姿が見えないのが、気になってならなかった。

北町の年番方与力の山木《やまき》大三郎《だいざぶろう》が、殿山の亡骸にかがみこんで疵の状態を調べていた。

七蔵は山木に声をかけた。

「山木さま、ご苦労さまでございます」

亡骸のそばにかがんでいた山木は、七蔵に気がつき、「おう、萬か」と、老練な顔をあげた。

「若党の田島享之介の姿が見あたりませんが、どこにおりますか」

「田島享之介は金を奪って逃げた。萬、田島の仕業だ。使用人らの話では、田島は金箱を抱え、かえり血を浴びた血まみれの姿で、北の方角に逃げたらしい。その恰好で、遠くには逃げられるとは思えん。みな手分けして自身番へ知らせに走った。両御番所にも届けがいっておるゆえ、追っつけ出役になるはずだ。おぬしも田島のいきそうなところに心あたりがあれば、すぐに追え。町方の面目がかかっておる。断じて田島を逃がすな」

しまった。遅れた。七蔵の胸の奥が、じりじりと焦げた。

「承知」

と、着流しを尻端折りにして、身をひるがえした。

七蔵にはひとつ、心あたりがあった。

と、そこへ殿山家の下男が駆けこんできて叫ぶように言った。

「大変でございます。北島町の田辺友之進さまの組屋敷で、田辺さまがお亡くなりになったとの知らせが、たった今ございました。田島享之介がいきなり、田辺さまの組屋敷に乗りこんで、田辺さまの首をちょん切ったと」

どよめきが起こった。

「なんだと。一体これはなんだ」

と、山木が言うより早く、七蔵は疾風《しっぷう》のごとく下男の傍らをすり抜け、外へ飛び出していった。

七蔵の勢いに、門前の人だかりが、わあ、と散らばる間を走り抜け、岡崎町から北側の北島町へではなく、東方の亀島町へ戻る道をとった。

すると、亀島町のほうから嘉助と弁吉が駆けてくるのが見えた。

「旦那」

嘉助が言った。

「親分、話はあとだ。田島享之介が殿山さまを斬り殺して逃げた。箱崎だ。箱崎に逃げたに違いねえ。田島は永久橋から舟饅頭の船で逃げる気だ。きてくれ」

七蔵は嘉助と弁吉に言い捨て、風のように走りすぎた。

「承知。弁吉、おれは旦那を追う。おめえは、町方の旦那方に、田島享之介は箱崎だと知らせろ」

「合点《がってん》だ」

弁吉が駆けていき、嘉助は即座に反転して、月明かりの影を残してたちまち前方に小さくなっていく七蔵のあとを追った。

亀島町河岸通りを北へ曲がって、河岸通りを駆けに駆け、南茅場町から霊巌橋を渡り南新堀町、次に湊橋を渡って箱崎一丁目の往来へ出た。目指すは箱崎二丁目はずれの、堀川に架かる永久橋である。

川向こうの深川の空高く、十五夜の満月が鮮やかに耀いていたが、十五夜の月見どころではなかった。北の両国橋の空には大花火があがって、白い光の花が開き、どおん、どおん、と遅れた音が天空をわたっていく。

箱崎二丁目はずれの川端まできたとき、永久橋の船泊を掩蓋つきの茶船が離れ、永久橋をくぐっていくのが見えた。

「親分、あれだ」

七蔵は後方の嘉助に叫び、懸命に駆けた。艫の船頭が堀川に棹を突き、茶船は永久橋の向こうへすべるように進んでいた。

「ちくしょう。その船待てえっ」

後ろで嘉助が空しく喚いた。

七蔵は永久橋に走りあがった。堀川をするするといく茶船を目で追うと、掩蓋の筵を払って、男がひとり艫に姿を現した。棹を使う船頭より長身で、痩軀の侍風体だった。間違いなく享之介だった。

享之介は満月が耀く夜空を背に、永久橋の七蔵へ凝っと目をそそいでいた。

掩蓋の筵の陰からは、女が顔だけをのぞかせていた。

船頭にも女にも、見覚えがあった。

七蔵は永久橋を渡り、対岸の土手道を駆けて茶船を追った。

茶船は堀川をすぎ、三俣から大川に出て新大橋をくぐり、両国橋のほうへと漕《こ》ぎのぼっていった。

新大橋の広小路まで駆けつけたとき、茶船は両国橋の大川に浮かぶ夥しい船影の中へ早くもまぎれこもうとしていた。

ただ、大川端をなおも諦めずに追う七蔵を、享之介も艫に佇んだまま見守っていた。茶船は、だんだん遠く、小さくなっていた。

すると、享之介が大川端の七蔵へ片手をあげて見せた。

両国橋のほうで、次々に花火があがって光の花が開き、天空にとどろきわたる音が乱れた。夜空に懸かる満月が、花火より高く耀いていた。

# 第三章　上州無宿

## 一

それから七年がすぎた、文化《ぶんか》五年（一八〇八）の遅い冬だった。
中山道倉賀野宿《なかせんどうくらがのじゅく》の貸元・九兵次《くへいじ》一家と下仁田街道福島宿《しもにたかいどうふくしまじゅく》の貸元・団右衛門《だんえもん》一家が、多野郡吉井村《たのごおりよしいむら》の賭場で起こったささいなもめ事をきっかけにして、鏑川《かぶらがわ》の川原で大出入りになった。

それぞれ一家の子分のほかに、上州《じょうしゅう》のみならず野州《やしゅう》からも無宿渡世の助《すけ》っ人《と》が駆り集められ、双方合わせて百数十人にも及ぶ乱戦が、小雪が舞う薄暮《はくぼ》の枯れすすきと石ころだらけの川縁で繰り広げられた。

中山道の宿場・倉賀野宿の九兵次一家は、利根川《とねがわ》の支流・烏川《からすがわ》倉賀野河岸の船荷を扱う人足の人寄せ稼業も請け負っていて、同じ烏川の川井《かわい》河岸、新河岸の船人足らも九兵次一家の流れを汲む親分衆らが牛耳《ぎゅうじ》る、上利根川流域では最大の勢力を有するやくざだった。

片や、下仁田街道福島宿の団右衛門一家は、烏川の支流・鏑川の河岸場の船人足の人寄せ稼業を請け負い、福島河岸と森新田《もりしんでん》河岸とその近在を縄張りにしていたものの、九兵次一家との力の差は歴然としていた。

両一家が事をかまえるにいたった経緯《いきさつ》は、こうである。

九兵次一家の九兵次は、以前から鏑川の河岸場にも食指《しょくし》を動かし、九兵次一家の差金《さしがね》と思われる森新田河岸の賭場荒しがしばしば起こって、それが元で双方の若い者らの間に小競《こぜ》り合《あ》いが頻発《ひんぱつ》していた。

九兵次は、鏑川の河岸場へ縄張りを広げるには、団右衛門との出入りがさけられないと腹を決めて、むしろ、力ずくの決着に持ちこもうとしていた。団右衛門は、九兵次一家と力ずくでわたり合う事態を不利と見て、若い者らが先走って事をかまえぬよう戒《いまし》めていた。

九兵次は団右衛門の慎重な反応に業《ごう》を煮やし、森新田河岸の賭場のみならず、福島宿に近い多野郡吉井村の賭場にまで手を出し始めていた。

そうまで露骨な嫌がらせを繰りかえされ、顔に泥を塗られた恰好の団右衛門は、九兵次はどうしてもやる気だでな、そっちがその気なら仕方があるめえ、相手になってやるだで、と腹をくくった。

しかし、団右衛門が腹をくくった事情には、上利根川の河岸場の営業権がからんだもうひとつの事情が背景にあった。

利根川本流の支流・吾妻川《あがつまがわ》が流れる吾妻郡は、稲作に適さない土地柄ゆえに、米のほとんどを信濃《しなの》や越後《えちご》に頼り、江戸方面よりの上《のぼ》り荷である、塩、茶、繰綿《くりわた》、日用雑貨や干鰯《ほしか》などの移入がなくてはならなかった。

下《くだ》り荷は、材木、薪炭《しんたん》、絹《きぬ》や麻《あさ》、山間部でも栽培できる雑穀蔬菜《ざっこくそさい》などであったが、そのための交易は、利根川水系の吾妻川に河岸場がなく、多くは馬による山間難路の陸上輸送に頼らざるを得なかった。

安永《あんえい》のころより、吾妻郡の川戸村《かわどむら》に河岸場を開設し、利根川本流五料《ごりよう》河岸までの通船試し稼ぎの願いが、利根川上流域の商人より幕府に出されていた。

河岸場の新規開設には、幕府の許可が必要だった。

利根川水系の、江戸や下流域と直に結ぶ元船と呼ばれる高瀬舟《たかせぶね》が遡航《そこう》できる最上流の河岸場は、利根川本流では五料河岸で、支流の烏川では倉賀野河岸までだった。それより上流の河岸場へは、元船から艀《はしけ》や小船に荷を積み替えて運ぶか、荷馬《にば》による陸路の輸送だったため、輸送手段は十分ではなかった。

川戸村河岸場開設になれば、吾妻郡の交易振興には明らかに有益だった。ところが、上州北山間部の吾妻郡や利根郡への荷物の搬出《はんしゅつ》搬入《はんにゅう》の河岸場であった倉賀野、川井、新、の烏川の河岸問屋仲間は、上流の吾妻川に元船が直に通船する新たな河岸場ができては、河岸場経営の侵害になると、逆に通船願いの差し止めを幕府に願い出ていた。

それゆえ、川戸村の河岸場新規開設の許可はなかなかおりなかった。

九兵次一家が倉賀野河岸を本拠に、烏川の河岸場に大きな勢力を築いた背景には、倉賀野を中心にした河岸問屋の旦那衆、荷積み渡世の仲間らによる上州山間部との交易独占が産む財力と、切っても切れないかかり合いがあった。

吾妻川流域の村々を縄張りにする五郎七《ごろしち》一家の貸元・五郎七は、川戸村通船を阻《はば》む烏川の河岸問屋仲間らの交易独占に、日ごろより強い不満を抱いていた。

烏川の九兵次一家と鏑川の団右衛門一家が、河岸場の縄張りを廻って雲行《くもゆき》が怪しい話が伝わってきたとき、五郎七は、およそ二十人を引き連れて団右衛門一家への加勢を申し入れた。

九兵次の野郎、倉賀野の河岸問屋らの尻馬《しりうま》に乗りやがって。上州やくざの風上にもおけねえ。てめえのいいようにはさせねえぜ。

と、五郎七の意地がそうさせた。

五郎七一家は子分が十人ほどの小さな所帯だったが、五郎七は吾妻郡や利根郡の上州山間部の親分衆に顔が広く、親分衆の息のかかった渡世人のほかに、八州各地の無宿渡世の博奕打ちらも何人か集めた。

団右衛門一家は、身内の子分や近在の命知らずを駆り集めても、せいぜい二十五、六人だった。強力な九兵次一家とわたり合うには、せめてもう二十人余、およそ五十人の勢力がほしかった。そこへ、川戸村の五郎七から助っ人の申し入れがあった。団右衛門は、これなら戦えると、ついに腹をくくったのだった。

いつまでに到着、と五郎七の加勢の確約をとりつけ、果たし状は団右衛門のほうから、何月何日申《さる》の刻（午後四時）、鏑川吉井村の川原にて、と九兵次に送った。

その前夜までに、倉賀野の九兵次一家には八州各地の助っ人が続々と集まり、総勢百人近い人数と聞こえた。それに引き換え、団右衛門一家は、身内の子分と近在の命知らず二十五、六人のほかに、前日、福島の団右衛門一家に到着した五郎七の加勢の、二十人には足りない十七人だった。

団右衛門には、ここまできてもう引きかえす手はなかった。喧嘩《けんか》は頭数じゃねえ、てめえを捨てる覚悟だ、と子分らを叱咤激励《しったげきれい》した。

当日の申の刻、灰色の雲から小雪の舞う鏑川の川原に、九兵次一家と団右衛門一家はみな手に手に竹槍をにぎり、中には本身《ほんみ》の穂先の槍を手にした者もいて、長どす一本を帯び、およそ三十間（約五五メートル）をおいて対峙した。

はるかに数のまさる九兵次一家は、団右衛門一家を端《はな》から小勢と見て、手下らを正面と左翼右翼の三手に分けていた。

正面は真っ先に衝突する助っ人の一団と、助っ人らの後詰《ごづ》めに隊を組む九兵次一家の子分ら、左翼と右翼は、川井河岸と新河岸の親分衆の子分らが、小勢の団右衛門一家を、正面と左右より包みこんで圧倒する狙いは明らかだった。

相対する団右衛門一家には、それがわかっていても、団右衛門の手下と五郎七の手下が結束し、二段がまえの分厚い正面を突破する死活の手だてしか勝機はなかった。

団右衛門は、薄暮《はくぼ》の小雪の舞う寒気の中で、白い息を吐いて震えている手下らに言った。

「みな、この喧嘩は九兵次一家に売られた喧嘩だ。売られた喧嘩を恐れて、これまで守ってきた縄張りを捨て、親分子分の契《ちぎ》りも捨て、尻尾を巻いて散りぢりに逃げるだけじゃあ、犬畜生と嘲《あざけ》られるだでな。相手は多勢だが、所詮、寄せ集めにすぎねえ。意地と身体を張って働く性根《しょうね》のある男なら、おれたちは決して負けちゃあいねえ。あいつらのいいようにさせておくわけにはいかねえ。人をなめくさって、下手なちょっかいを出してきやがった九兵次一家を、こっぴどい目に遭わせてやれえ。この川原を、九兵次一家の三途《さんず》の川原にしてやれえ」

子分らは寒さと怯えに震えながらも、団右衛門の勇ましい文句に喚声を精一杯にとどろかせた。

灰色の雲の覆う空には、はや死臭の気配を察したかのように、烏《からす》の一群が鳴き騒ぎ、飛び廻っていた。

鏑川を通りかかった荷船の、艫で櫓をとる船頭や舳《へさき》で棹をにぎる水手《かこ》らが、川原の不穏な気配を呆然と眺めていた。また、川原から離れた堤道では、近在の百姓やたまたま通りかかった旅の行商らが、立ち止まって成りゆきを見守っていた。

両者が衝突する前の睨み合いのとき、普通は、「その喧嘩、待った」と中立《なかだち》の親分衆が両者の間に仲裁《ちゅうさい》に入り、両一家の言い分を聞いたうえでの手打ち、となるものだが、この日の喧嘩には中立の親分衆が仲裁に入る余地はなかった。

すでに、両者の高まりはぎりぎりにまで達していた。

初めに九兵次一家の合図の笛が吹き鳴らされ、正面の助っ人の一隊が前進を始めた。整然とした横並びを守りつつ、助っ人らの前進は、だんだんと速足になっていく。やがて、小雪を巻きあげ、喚声や怒声をとどろかせ、石ころだらけの川原を地鳴りのように踏み鳴らし、小勢の団右衛門一家へ突進していった。

その助っ人の一団に九兵次一家の子分らが後続《こうぞく》し、分厚い二段攻撃の最初の一撃で、団右衛門一家の小勢を圧倒する勢いだった。

対する団右衛門一家も、団右衛門の号令の下、前進を開始した。

わあ……

男らの喚声が川原に湧きあがって、三十間の間はたちまち消え、両者は見る見る肉薄《にくはく》した。

その瞬間、両者は激しく衝突し、戦端《せんたん》が開かれた。

竹林のような竹槍の乱打戦から始まり、ばちばち、と竹槍で叩き合い、叫び、吠え、怒鳴り、罵り合う互いの顔と顔が見分けられた。

舞いあがる小雪は、激しい乱打戦の噴きあげる炎のようだった。

雄叫《おたけ》びと絶叫と悲鳴が寒気を引き裂き、わずかの間に、血まみれの頭を抱えて倒れこむ者、身体をよじって横転する者、竹槍に顔を潰された者、助けを呼びながら這う者、そして、はや命を散らしてぐったりする者らが続出した。

やがて、竹槍の叩き合いから、長どすを抜いて縦横無尽にふり廻し、斬り合う乱戦になった。

絶叫とともに鋼《はがね》を打ち合い、血飛沫を噴き散らして、誰もが狂ったように斬り合い、蹴りつけ、つかみかかり、転がり廻り、上空の烏の群《むれ》は鳴き狂った。

衝突した初めのうちは、双方互角というより、団右衛門一家の死に物狂いの奮戦が、むしろ押し気味だった。

だが、九兵次一家の助っ人の一団が押され気味のところへ、二段がまえの子分らの一隊が加わって、激しい乱戦で人数を減らしていた団右衛門一家を次第に押しかえし始めた。

それを機に、合図の笛は再び吹き鳴らされ、左翼右翼で満を持していた川井河岸と新河岸の新手が、横合いから団右衛門一家に襲いかかった。

正面左右の三方より攻めかかられた団右衛門一家は、堪えきれず、じりじりと後退を余儀なくされた。

かろうじて、五郎七の率いてきた十七人は無傷ではなかったものの、何がそうさせるのか凄まじい奮戦を続け、団右衛門一家が総くずれに突きくずされるのを押し止めていた。

　しかしながら、多勢に無勢でそれも長く持つとは思えなかった。

　両者の衝突が始まって、まだ四半刻もたっていなかったが、早々と喧嘩の決着はつきかけていた。

　団右衛門と五郎七は顔を歪めて、成りゆきを見守っていたが、やがて、「くそ」と、団右衛門が吐き捨てた。

「だめかい」

　五郎七が呟いた。

　二人の貸元の周りには、警固の子分はもう誰ひとり残っていなかった。

「五郎七さん、これまでだ。子分らを引かせる。無駄な喧嘩で、これ以上死人やけが人を出すわけにはいかねえ。あとはおれが引き受ける。五郎七さんは子分らをまとめて、早々にたち退《の》いてくれ。九兵次はおれを潰せば、狙いは達するはずだ。助っ人の礼を言うぜ」

「なあに。九兵次の好きなようにさせるのが、気に入らなかっただけさ。おれもひと暴れするつもりだったが、これじゃあ無理か。団右衛門さんの無事を、祈ってるぜ」

と、五郎七が言ったときだった。

じりじりと後退し、今にもくずれかけていた団右衛門一家が、再び勢いを盛りかえしたかのように、前へ進み始めたのだ。絶叫、雄叫び、罵声が飛び交い、悲鳴や喚声が甲走《かんばし》る中、間違いなく団右衛門一家が前へ前へと、再び進みだした。

それとともに、左右から攻めかかっていた川井河岸と新河岸の男らが、隊をくずして引いていくのが見えた。

団右衛門一家は、不意に左右からの圧迫が消え、自在に躍動し始め、正面の九兵次一家の隊も、乱れている様子が見てとれた。

「圧《お》し潰せ、圧し潰せ……」

「みな続け。蹴散らせ」

怒号と悲鳴がまじり合い、団右衛門一家の前進がだんだん勢いがついていた。

ああ?

と、団右衛門は首をかしげた。

「そうかい。正面を破ったかい。よし、この一撃で決めるぜ。団右衛門さん、おれたちもいくぜ」

五郎七は長どすを抜き放って、俊敏《しゅんびん》に走り出した。

団右衛門は六十近い老親分ながら、若いときが甦ったように血が沸騰《ふっとう》した。

その男は長身痩軀だった。

紺木綿《もめん》の着物を尻端折りにし、黒の手甲《てっこう》、鼠色の股引に黒脚絆《きゃはん》と黒足袋草鞋掛、伸びた月代をなびかせ、革の鉢巻きに革の襷《たすき》がけ、両手には弓懸《ゆがけ》のような革の手袋をはめて、長どすを自在にふり廻していた。

青白い細面の顔面に、潤んだきれ長な目がほのかな笑みさえ浮かべ、まるで紅を刷《は》いたかに見える薄く赤い唇の間から、斬り廻るたびに、はっ、はっ、と調子をとるかのような吐息がもれた。

たったひとりで左右を斬りさげ斬りあげ、正面を袈裟懸に仕留め、打ちかかる刃を火花を散らして打ち払い、くぐり抜けつつ胴を薙《な》ぎ、背後からの追い打ちをふり向き様に一刀両断にすると、すかさず反転して新たに立ち向かう相手を、瞬時に打ち倒した。

男は束の間も止まらず、団右衛門一家の子分らは、錐《きり》もみのようにひたすら突き進む男のあとに従って、正面の九兵次一家の隊形を完全に突きくずした。

九兵次一家の子分と助っ人は、突進を続ける男に怖気《おじけ》づき、算《さん》を乱したように逃げ惑い出し、二人や三人がひとりに追われるあり様だった。

倉賀野の九兵次と、川井河岸の源太郎《げんたろう》、新河岸の稲吉《いねきち》の前面には、五人の腕利きが固《かた》めていた。早々と決したこの大出入りの形勢を眺めつつ、三人の貸元衆は余裕の談笑すら交わしていた。

ところが、突然、たったひとりの馬鹿に腕のたつ男が現れて、味方が蹴散らされ次々と打ち倒されていくあり様に戸惑った。

何をやってる、さっさと片づけろ、と貸元衆は苛だちを覚えたものの、自分らの身に危険をまだ感じてはいなかった。

ところが、男が二段がまえの隊形を二つに割って、自分たちのほうへ突進し、さらにその後ろに続く団右衛門一家に、多勢のはずの正面左右の味方が、ばらばらに隊形を乱し、逆に追い散らされている展開を見て驚き、うろたえた。

貸元衆を囲んでいた五人の若い衆が、長どすを抜き放って、男を迎え撃つ態勢をとった。

見る見る迫る男へ、最初に打ちかかった喧嘩自慢の若い衆の手首が、長どすをにぎったまま小雪の舞う薄暮の空に飛んだ瞬間、上段にとった次の若い衆は、一撃を落とす間もなく、顔面を頬から口元までぱっくりと割られていた。

男の俊敏な躍動に、若い衆は追いつけなかった。

腕が違いすぎた。

一瞬にして、ひとりは手首を飛ばされた腕を抱えて転がり、ひとりは悲鳴をあげて横転し、続く三人目が浴びせかけるのを、男は俊敏に横へ転じて空《くう》を打たせ、その頭蓋《ずがい》を打ち割った。

三人目は眉間の下まで一刀が食いこんで、石像のように固まって絶命した。

男はそれを足蹴にして刀を引き抜き、噴きあげる血飛沫を浴びながら、二人残った左右からの撃刃の、右側を、かあん、と音高く払い、左側の一刀は、なんと革の手袋をつけた掌でつかんだのだった。

刀身をつかまれた相手は、一瞬、刀が太い木に食いこんだように微動だにしなくなったことに、唖然《あぜん》とし、目を剝いた。だが、次の瞬間、男の見舞った一刀に肩から胸へと深々と斬撃され、絶叫を走らせた。

そこへ、刀をかえした右側の若い衆が、「せえい」と、男の背中へ追い打ちをかけるように打ちかかった。

男は血飛沫と飛び散る肉片とともに、血まみれ脂《あぶら》まみれの刀を引き抜いた途端、ぎりぎりに身を反転させて追い打ちの一撃を躱《かわ》し、鮮《あざ》やかに躍りあがって逆に袈裟懸を浴びせた。

悲鳴が走り、相打ちになったかに見えた次の瞬間、腕利きは身体を反らせてよじり、小雪の中をくるくる舞って横転した。

その相手が最後の五人目だった。

倉賀野の九兵次も、川井河岸の源太郎と新河岸の稲吉も、吃驚するどころではなかった。斬り合いや喧嘩というより、獣の狩《かり》のように腕利きの五人の若い衆が斃《たお》されたことに、肝を潰していた。

拙《まず》い、と気づいて身をひるがえしたときは遅かった。

九兵次は身をかえすところで川原の石ころに足をとられ、尻餅をついた。

途端、九兵次の首は真っ先に刎ねられた。

九兵次は、腰の長どすすら抜いていなかった。

新河岸の稲吉は身をひるがえしたところを、背後から首を打たれ、抱え首となって、つんのめるように斃れた。

稲吉も、半ばまでしかどすを抜いていなかった。

唯一、逃げる間があった源太郎は、十数歩を逃げることができたし、どすも抜いていた。けれども、ただそれだけのことだった。

たちまち男に追いつかれ、刎ねられた源太郎の首は、川原を飛び越え、鏑川の川面へ水飛沫をあげて一旦沈んだ。それから、ゆっくりと浮きあがって、小雪が舞う夕暮れの迫りつつある曇り空を、未練《みれん》がましく睨んだ。

男は長どすを垂らし、物足りなそうに、何かしら物憂げに、首のない三つの骸を見廻し、どんよりとした曇り空の下の川原にひとり佇んだ。

どちらからともなく刀を引き、喧嘩場は空虚に包まれた。

みな呆然と、川原にひとり佇む男を見つめていた。あれは一体なんだと、喧嘩どころではない、この世のものとは思えない違う何かに、みな憑《と》りつかれていた。

鳴き騒ぐ烏が、死人やけが人の転がる川原の空を飛び廻っていた。

二

上州鏑川の大出入りからひと月半がすぎて年の明けた文化六年正月下旬、呉服《ごふく》橋《ばし》の北町奉行所内座之間に、北町奉行小田切土佐守直年の内与力で、目安方を務める久米信孝、年番方与力の山木大三郎が、床の間と床わきを背に居並んでいた。

朝四ツ（午前十時）、奉行の小田切土佐守が登城したあとの、午前のまだ青みを残す陽射しが冬の寒気をやわらげ、内座之間の中庭に植えた夾竹桃《きょうちくとう》の葉を耀かせているひとときだった。

のどかに鳴いている雀《すずめ》が、屋根や木々の間を飛び廻り、鳥影が内座之間に閉てた明障子《あかりしょうじ》をとき折りかすめた。

その明障子に人影が差し、板縁に着座して障子ごしに名乗った。

「萬七蔵です」

「入れ」

久米が言った。

その日の七蔵は、白衣に黒羽織の町方同心の定服ではなかった。

七蔵が定町廻りに就いた享和元年から三年目の文化元年、三十八歳の七蔵は、隠密廻りに役替えになっていた。隠密廻り、という役目柄、町方同心の定服を着ないことが多い。市中の風聞、風説などの調べを、隠密にあたる。

隠密廻りは、奉行直属の三廻りの筆頭《ひっとう》である。三十五歳のときの定町廻り拝命も若いと言われたが、三十八歳で隠密廻りを拝命したときも、

「隠密には若すぎるぜ。萬は下には強いが、上にはこれが上手いからな」

と、ごま擂りの仕種をしてみせ、いろいろと陰口を叩かれた。

むろん、定町廻りのときと同じく、七蔵は噂も陰口も気にかけない。そうなのかい、とどこ吹く風である。

文化三年、北町奉行所は常盤橋御門内から、呉服橋御門内へ移っていた。そしてさらに三年がたった文化六年の今年、七蔵は四十三歳である。あれから八年の歳月がすぎていた。

内与力の久米も年番方与力の山木も、八年の歳月をへて、鬢に白い物が目だち始め、それなりに古参《こさん》の年ごろであった。

七蔵は、年番方与力の山木大三郎が、久米と並んでいるのを意外に思った。市中三廻りは奉行直属のため、奉行の指図は内与力から受ける場合がほとんどだった。久米に呼ばれ、てっきりそうだろうと思っていた。

七蔵は山木に辞儀をした。そして、久米に向きなおった。

「久米さま、御用をお聞かせ願います」

「まんさん」

と、久米がいつものくだけた呼び方で、早速きり出した。

「八年前の田島享之介の事件は覚えているな」

「覚えております」

七蔵はこたえたが、田島享之介の名を聞いた途端、口の中にかすかに苦みが差した。田島のあの姿は、八年をへても、在《あ》り在りと七蔵の脳裡によぎる。

「田島が江戸から姿をくらまして、今年でもう八年だ。萬さんは、田島の消息《しょうそく》や噂を聞いておらんのだな」

「聞いておりません。田島の消息が、何か知れたのでしょうか」

「消息とまでは言えぬが、岩鼻《いわはな》の代官所《だいかんしょ》より奉行所に書状が届いた。奉行所にというより、年番方の山木さんに届いたのだ」

「ほう。岩鼻の代官所からですか」

七蔵は山木へ向き、山木が頷いた。

「岩鼻の代官所よりの書状ならば、本来なら勘定所《かんじょうしょ》へ届くのだが、じつは、代官所よりの書状ではないのだ。代官所に雇われている手代《てだい》から山木さんに届いた、内々の問い合わせなのだ」

「内々の、田島享之介についての問い合わせなのですか」

「ふむ。つまりな、代官所の手代が、ただふと気づいて、まさかと思いつつも、ひょっとしたらと気になって、山木さんに問い合わせてきたのだ。厳密に言えば、代官所文書ではない」

「はあ、さようで」

「田島享之介は、八年前の八月、わが北町奉行所与力の殿山竜太郎と奥方を斬殺し、同じく同心の田辺友之進の首を刎ねて、江戸から出奔《しゅっぽん》した。田島は殿山家に仕えていた侍ゆえ、主人の殿山竜太郎殺害は主殺しの大逆罪《だいぎゃくざい》のお尋ね者だ。のみならず、与力と同心を斬られたうえに、田島をとり逃がした北町奉行所は、顔に泥を塗られたも同然の大恥をかいた。われら町方は総力をあげて、北町の面目を施さねばならん。とは言え、田島享之介の行方は未だ杳《よう》として知れず、八年に及ぶ年月を空しく費やしたと言わねばならん」

「田島享之介をとり逃がしたのは、わたしの失態です。いつの日か田島を召し捕え罪を償わせたいと思ってはいるのですが」

七蔵が言うと、山木は腕組みをして、気むずかしそうに唇を結んだ。

しかし、久米は手を小さく、いやいや、とふって言った。

「萬さんの所為《せい》ではないよ。あれはやむを得なかった。誰にも防げなかった。むしろ、あの十五夜の田島の主殺しがなければ、萬さんは、岩ノ助殺しと羽左衛門殺しの罪で、田島享之介をお縄にしていただろう。まさか、田島があれほど破れかぶれのふる舞いに及ぶとは、誰も思いもよらなかった。田島に斬られた殿山でさえ、田島享之介の気性というか、性根がわかっていなかったのだから、あれは仕方がないのだ」

八年前の十五夜の日、侍奉公の田島享之介が、奉公先の北町奉行所年番方与力の主人・殿山竜太郎と奥方を殺害し、また、同じ北町の同心・田辺友之進をも斬殺した一件は、読売が書きたてた。

それればかりか、主殺しの大逆罪の田島が箱崎の舟饅頭の船で逃走するのを、見す見すとり逃がした定廻りの不手際も、読売種にされた。

誰が言ったのか、《下には強いが、上には滅法弱い》と、定廻りの名なしの町方を散々からかった読売も、「評判、評判」の呼び声とともに売り出された。

田島享之介の主人夫婦殺し、町方殺し、そして、貸元の岩ノ助殺し、檜屋の番頭の羽左衛門殺し、また、八丁堀の野良犬と野良猫の首切りも、おそらく田島の仕業に違いなかった。

お尋ね者・田島享之介の人相書《にんそうがき》が、八州並びに諸国へ触れ廻された。

だが、七蔵は享之介の探索をそれで終りにするのでは、気が済まなかった。

享之介を乗せた茶船が、十五夜の満月の下、両国大花火の見物人が両国橋にあふれ、大川に浮かぶ夥しい川遊びの船の賑わいにまぎれて、大川の彼方に消え去ったあと、享之介はなぜそこまでやったのか、やってしまったのか、あるいはできたのか、七蔵はそれを知らないままにはしておけなかった。

田島享之介とは、一体何者なのだ。

改めて享之介の素性を知る必要があると、七蔵は思ったのだった。

享之介の素性を探ると、享之介の両親や生国《しょうごく》について、殿山家の使用人は誰も知らなかった。殿山家の縁者らも、田島享之介が若衆《わかしゅう》のころから仕えている殿山家の若党という以外、やはり素性を知らなかった。

「享之介を、可哀想《かわいそう》な子で、捨ててはおけんので引きとってやった。いずれ、下男か、気が利いておれば、若党にでもとりたててやろうと思うと、竜太郎さんは言っていた。それゆえ、享之介に見こみがあって、若党にとりたてたはずなのだが、こんな事態になるとは……」

縁者のひとりは言った。

可哀想な子、とはどういうことか訊ねると、それは相手がおることだし、と殿山は曖昧《あいまい》に言って、子細を縁者にも打ち明けなかった。

ただ、縁者への訊きこみにより、享之介は四、五歳のころに殿山家に引きとられ、殿山家に雇われていた年配の下男下女夫婦が寝起きする屋敷の長屋で、十五の歳で元服するまで、夫婦に養われていたことがわかった。

元服の烏帽子親は殿山自身がなり、名を正吉《しょうきち》から田島享之介と変えた。

田島享之介の名は、以前、殿山家に侍奉公をしていた若党の名を、殿山がそれにしておけと、つけたものだった。

それ以後は、享之介は長屋の別の部屋で、若党としてひとり暮らしを始めることになったようである。

享之介を育てた下男下女夫婦は、享之介が十八歳のとき、殿山家の勤めを引いて、信濃の郷里へ帰ったが、主人の殿山から口止めされていたらしく、奉公人仲間に享之介の素性を明かすことはなかった。

殿山家の中で、享之介の生まれや両親の氏素性を知っていたのは、享之介を引きとった殿山竜太郎本人と、享之介自身、もしかすると殿山の奥方は聞いていたかもしれなかったが、もう誰もいなくなった。

また、享之介は日々の暮らしの中でも他人との交わりを好まなかったため、同じ殿山家の奉公人のみならず、近所づき合いもなかった。

しかしながら、意外な筋より、享之介の素性を知る手がかりがあった。

享之介は、十五歳で元服をする以前、主人の殿山の許しを得て、濱町《はまちよう》の真加《まか》部勇《べいさむ》の道場へ、剣術の稽古に通っていた。十四、五のころから背が急に伸び、十六歳のときは道場で一番の長身になっていた。

剣術は、身体が大きくなるにつれ、めきめき上達し、見た目は痩身ながら、凄まじい膂力《りよりよく》を秘め、道場の門弟らは、高身長より竹刀を繰り出す享之介の叩き合いにたじろぐほどだった。

その道場主の真加部勇は、享之介が豊島郡上練馬村《としまごおりかみねりまむら》の百姓の生まれだと、本人が言うのを聞いていた。

「享之介は、道場でも親しく言葉を交わす仲間はおらず、いつもひとりで道場にきて稽古をし、稽古を終えるとひとりでそっと消える、孤独な男でした。寡黙《かもく》なのは、無駄話をしたくないのではなく、心を開いて仲間と言葉を交わす、他人と打ち解ける、そういうふる舞いが不得手《ふえて》だったようです」

そんな享之介が、母親は上練馬村の百姓で、自分は上練馬村で生まれたが、父親は侍だと、一度だけ、真加部に言っていたのである。

「三年ほど前、享之介の剣術の上達が著《いちじる》しいので、なかなか筋がいいと声をかけたときに、本人がそのように言ったのを覚えております。言ったあとで、つい口がすべった、言わずもがなのことを言ってしまったという素ぶりで、顔を赤らめておりました。お父上はどちらのご家中か、と訊ねましたところ、お聞き捨てくださいと、それ以後は、何も言いませんでした。言えぬ事情があるのか、それともあてにならぬ話なのか、定かではありませんが」

と、真加部勇は言った。

御用聞の嘉助と下っ引きの弁吉が、豊島郡上練馬村へ訊きこみにいき、江戸に戻って七蔵の組屋敷へ報告にきたのは二日後だった。

「田島享之介の素性が、つかめやした。村役人にわけを話して訊ねますと、それなら仁吉《じんきち》の女房だろうと教えられ、享之介の母親がおいずという女であることがわかりました。大根《だいこん》や葱、青菜《あおな》の小さな畑を耕す百姓の女房で、大きいのから小さいのまで、子供が五人おりやす。おいずに直《じか》に会って、確かめたんで間違いありやせん。享之介は四歳のときに、殿山家に引きとられたんです」

「四歳のとき、どんなわけがあった」

へい、と嘉助が首肯《しゅこう》し、それから語った享之介が殿山家に引きとられた経緯は決して意外ではなかったものの、七蔵は言葉にならぬ胸苦しさを覚えた。

おいずは、上練馬村の貧しい水呑百姓の生まれだった。

幼い妹や弟がいて、貧しい暮らしを助けるため、十三歳のとき、江戸へ十年の年季《ねんき》奉公に出た。年季奉公を終えた二十三歳のとき、里の上練馬村に帰るつもりだったのが、間に立って勧める人がいて、迷ったけれども、もう少し江戸の暮らしをと思い、町方与力の殿山家に下女勤めに雇われた。

一代抱《いちだいかか》えではあっても、代々、町方与力を継《つ》ぐ殿山家は、跡継ぎの竜太郎が家督《かとく》を譲り受け、先代の与力を番代わりしたばかりだった。許嫁《いいなずけ》もすでに決まり、竜太郎が町方のどこかの掛の役を拝命したなら、よい日を選んで許嫁を嫁に迎える段どりになっていた。

おいずの器量は十人並ながら、女にしては背丈があり色白で、黒目がちな潤んだ目に艶っぽい愛嬌《あいきよう》があった。おいずが殿山家に雇われて三月余がたったころ、竜太郎の手がついた。数ヵ月がたち、おいずの腹が目だってきて、竜太郎の手がついた事情が明らかになった。

先代の隠居夫婦は、竜太郎が許嫁の嫁入りも前であり、しかも、手をつけたのが豊島郡の水呑百姓の女というのでは、町奉行所与力の世間体が悪いと、おいずを里の上練馬村へ帰らせた。

そのとき殿山家は、おいずの産んだ子が女児ならば、嫁入りまでかかる養育の扶持米《ふちまい》を殿山家が負担し、男児であれば、ころ合いを見計らって殿山家が引きとり、殿山家の者のひとりとして育てる、と約束を交わしていた。

里の上練馬村に戻ったおいずは、翌年の春、母親似の男児を産んだ。男児は、正吉と名づけられ、四歳の正月、八丁堀の殿山家に引きとられるまで、上練馬村で育った。

一方の殿山家は、竜太郎が町会所掛《まちかいしよがかり》の役目に就き、許嫁を嫁に迎えていた。

「おいずは、言っておりやした。殿山家の迎えの者が正吉を引きとりにきたとき、正吉はまだ四歳で、なんでそういうことになるのかわけがわからず、おいずにすがりついて離れなかったそうでやす。それを無理やり引き離して、泣いて母親を恋しがる正吉をいかせたんです。大人の身勝手な理屈はわからなくとも、四歳なら、物心はついております。正吉は、生みの母親から無理やり引き離されて、さぞかし心細かったでしょうね。その正吉が、のちの田島享之介ってわけです」

嘉助が言った。

「殿山家の者として育てる約束が、使用人の下男夫婦に押しつけて、長屋で養わせたわけか。それじゃあ、ただの使用人の子と変わらねえな。殿山家の者とは思えねえが」

「おいずに、正吉が田島享之介と名乗り、殿山家の者ではなく、若党奉公だったことは知ってるのかと訊ねやすと、それは聞いていたけれど、今はそうでも、いずれは養子縁組をして殿山家の者になれるし、お侍として立派に勤めているとばかり思っていたと、目を潤ませて、言っておりやした。正吉が殿山家に引きとられてから、おいずは今の亭主の女房になって、五人の子を産んでおりやす。いかにも、百姓のおかみさんという様子でやした。十五夜の田島享之介がやった一件を話したら、涙をぽたぽたとこぼしましてね。それから先は、申しわけないことをした、可哀想なことをしたと、こっちが何を言っても、ただ泣いて繰りかえすばかりでやした」

正吉が母親のおいずから引き離され、田島享之介と名乗り、殿山家の奉公人として生きるしかなかった日々の間に、享之介が腹の中に抱え、はぐくんできた長いときの闇を、八年前のあのとき、七蔵はのぞき見た気がしてならなかった。

申しわけないのは、可哀想なのは、誰になのか。享之介に斬殺された者たちになのか。それとも……

と、七蔵はあのとき思った。

三

七蔵は久米に言った。

「では、岩鼻の手代から山木さまに届いた内々の問い合わせに、わたしに何かこたえられることがあるのでしょうか」

そして、山木へ向いた。

山木は腕組みを解き、気むずかしそうに結んでいた唇を開いた。

「これが、岩鼻の手代より届いた問い合わせの手紙だ」

と、前襟の間に挟んでいた折り封にした手紙をとり出した。そして、七蔵の前において言った。

「久米さんが言われたように、萬を責めて言うのではないぞ。でもな、八年前の十五夜のあの日、殿山竜太郎と田辺友之進をあのように惨殺《ざんさつ》されて、田島享之介をとり逃がしたことが、同じ北御番所の町方として、わたしは無念でならなかった。田島享之介の人相書を触れ廻し、あとは、田島がいつかどこかでお縄になるのを、ただ手を拱《こまぬ》いて待っているのでは気が済まなかった」

束の間をおき、山木は続けた。

「それで、自分に何ができるのかと考えた末、田島が江戸から姿をくらましたあと、せめて八州の本陣屋《ほんじんや》、出張《でばり》陣屋の元締《もとじめ》あてに、北町与力としての無念をしたため、田島享之介捕縛に力を是非《ぜひ》とも貸してほしいと、手紙を送っていた。これをくれたのは、為松久五郎《ためまつひさごろう》という岩鼻の手代だ。為松は元締よりわたしの手紙を見せられ、はや八年も前のことだが、まだ覚えてくれていたのだな。先月、吉井藩領の鏑川の川原で、博徒らの縄張り争いの大出入りがあった。知っての通り、上州は、幕領《ばくりょう》、藩領、旗本領が細かく入り組んでおり、お上の統治が極めて弱いうえに、米作りがむずかしい土地柄、絹織物の生産や林業《りんぎょう》や鉱業《こうぎょう》が盛んで、かえって日銭《ひぜに》が動き、そこにつけこんだ無宿者《むしゅくもの》の博徒らが上州に集まって、親分子分の徒党《ととう》を組んで勝手に縄張りを称しておる。埒もない博奕打ちどもだが、お上の目が届かぬゆえ、初中終《しょっちゅう》、縄張りを広げるために血なまぐさい喧嘩出入りを繰りかえし、死人も多く出ている。三年前から、勘定方の八州取締《とりしまり》出役《しゅつやく》の巡邏が始まったが、広大な八州を土地の陣屋と八州取締出役だけで、手が廻るわけがない」

「殊に上州と野州、次いで武州《ぶしゅう》の村々に縄張りを持つ博徒らが多いのだ」

久米が口を挟んだ。

「まずは、為松久五郎のこの手紙を読んでくれ。そのうえで、どう判断すればよいか、萬の考えを聞きたい」

山木に言われ、七蔵は手紙をとった。折り封を解き、手紙を開いた。

一筆啓上《けいじょう》　北町奉行所年番方与力山木大三郎殿《どの》

私儀群馬郡岩鼻村陣屋手代為松久五郎ト申スモノニ御座《ござ》候《そうろう》、去《さ》ル享和元年八月十五日夜、北町奉行所年番方与力殿山竜太郎殿並《なら》ビニ奥方様、北町奉行所市中取締諸色調方同心田辺友之進殿、殿山家若党田島享之介ト申ス者ニ斬リ捨テラレ、田島享之介ハ江戸ヨリ出奔致シ候事ニツキ……

という書き出しで始まる為松久五郎の手紙は、このようなものだった。

先月、吉井藩領鏑川の川原で、烏川倉賀野河岸を縄張りにする九兵次一家と鏑川福島河岸が縄張りの団右衛門一家との大きな出入りがあって、双方に多数の死傷者が出た。

出入りは、貸元の九兵次ほか、九兵次一家とつながりのある親分衆の川井河岸の源太郎、新河岸の稲吉など親分衆が討《う》たれ、倉賀野河岸の九兵次一家は散り散りとなって、出入りに勝った団右衛門一家が、倉賀野河岸に縄張りを広げる動きを強めていた。

　手代の為松は、その出入りのあり様を、九兵次一家の助っ人から聞いたという倉賀野河岸の河岸問屋の訊きとりにより知った。

　為松は、団右衛門一家に加勢した吾妻郡川戸村の貸元・五郎七が率いた子分やら助っ人の中に、三一凶《さんぴんきょう》之《の》介《すけ》と呼ばれている無宿渡世の侠客《きょうかく》がいたと、助っ人が言っていた話にそそられた。

　助っ人が言うには、三一凶之介は、元は江戸の侍らしく、五、六年前から、大きな出入り場で、助っ人働きをする姿が見かけられるようになったらしい無宿渡世の侠客だった。

　三一凶之介を知る渡世人らの間では、死神《しにがみ》、とも呼ばれるほどの腕利きで、三一凶之介とまともに相手ができる侠客は、八州にはいないと言われているのを、助っ人は風の噂に聞いていた。

　助っ人は、一年ほど前の野州の喧嘩場で、同じ親分の助っ人についていた三一凶之介を初めて見た。出入りが始まり、三一凶之介が凄まじい勢いで斬り廻る様子を目のあたりにして魂消《たまげ》た。死神に違いねえ、噂以上だと思った。

見たのはその一度きりだが、三一凶之介の顔は忘れなかった。

先月の鏑川の出入りで、九兵次一家は、助っ人も大勢集めて百人近く。団右衛門一家は、五郎七一家の加勢を一緒にしても四十人余。団右衛門一家に勝ち目はなかった。九兵次一家の勝ちは、戦う前から見えていた。

助っ人も、勝ちは間違いないと見て、九兵次一家についた。

ところが、その喧嘩相手の団右衛門一家に三一凶之介がいることに気づき、助っ人は吃驚した。この出入りは危ないと直感した。そしてそのとおり、九兵次ら鳥川の親分衆が、三一凶之介にあっという間に首を落とされた。

倉賀野河岸の九兵次一家の縄張りは、三一凶之介に潰されたも同然だった。

助っ人は河岸問屋に、三一凶之介がどんな風貌の男かを伝えた。

為松は、河岸問屋の訊きとりで三一凶之介の風貌を聞いたとき、どこで知ったか、その風貌に似た者がいたな、という気がした。岩鼻の陣屋に戻り、八年前の山木大三郎の手紙を思い出した。

そうだ、田島享之介の人相に似ているのではねえか。

為松は思った。

江戸より触れ廻されている田島享之介の人相書を確かめ、江戸の山木大三郎に手紙で問い合わせることにした。八州の無宿渡世の三一図之介という侠客は、八年前、江戸から姿をくらました田島享之介ではないかと。

七蔵は手紙を折り封にくるみ、山木の膝のほうへ戻した。すると、

「この手紙は、おぬしが持っていてくれ」

と、山木はまた七蔵のほうへ進めた。

「萬《まん》さんはどう思う」

久米が七蔵をのぞきこむように、裃の上体を傾けた。

「おそらく、田島享之介に間違いないと思われます。なるほど、この八年、八州の無宿渡世に身をくらませていたのですね」

「わたしも、田島享之介だと思った。三一図之介などと、ふざけた名をつけおって。まるで、北町のわれらを嘲笑っておるようだな」

「嘲笑っておるのですよ。おれはここにいるぞ、いつでも捕まえにこいと」

「萬さん、お奉行さまのお指図だ。岩鼻へいってくれるか。手代の為松久五郎に会えば、もっと訊ける事情があるはずだ。無宿渡世ということは、田島は八州の貸元の一宿一飯《いっしゅくいっぱん》の恩義を受けておるのだろう。貸元を辛抱強《しんぼうづよ》くたどっていけば、

足どりがつかめるのではないか」

「期限は、いつまで」

「萬さんに任せると言いたいが、できれば今月中。というのは無理でも、この春中に。それで方《かた》をつけられないか」

江戸から両毛《りょうもう》へいくのに、三、四日はかかる。八州の果てまで田島享之介を追うなら、その道中だけでも、長い旅になるのはわかっていた。

しかし、七蔵は久米に言った。

「承知いたしました。まずは、岩鼻へいって為松さんに会い、それから福島河岸の貸元の団右衛門にあたります」

「決まりだ。岩鼻でいろいろと便宜《べんぎ》を図ってもらえるよう、わがお奉行さまと、それから勘定奉行さまの書状も持たせる」

「萬、田島享之介をもっとも知るのは、萬だ。この役目が務まるのは、萬しかいない。これでだめなら……」

山木が顔を曇らせた。

「これでだめなら、また、八年がたつのを待つしかあるまいな。もっとも、われらは老いぼれて、生きておるかどうかわからんがな」

久米が、自嘲と皮肉をない交《ま》ぜにした口ぶりで言った。

「それからな、数日前、ある舟饅頭の噂を聞いた。田島享之介には、かかり合いのない一件だ。六、七年、もしかしたら八年ぐらい前かもしれん。江戸からいつの間にか姿を消した舟饅頭の夫婦がいたらしい。亭主が船頭で、女房が客の相手をした。箱崎あたりで客引きをして、三俣をひと廻り三十二文だったそうだ。女房の名は、お桑。上州吾妻郡、雪深い長野原村《ながのはらむら》の、湯《ゆ》ノ平《たいら》の生まれと聞いた。江戸から姿を消す前でさえ、もう四十をすぎていたようだがな。亭主は忠次というが、どこの男かわからん。舟饅頭ごときが知らぬ間に消えていくのは珍しくない。ただちょっと気にかかって、そのうちに萬さんに伝えようと思っていた」

「舟饅頭の、お桑と忠次ですか」

「言っておくが、田島享之介と姿を消した舟饅頭とは、別かもしれないよ」

掩蓋に垂らした筵の隙間から、白粉顔《おしろいがお》がのぞいていた。定かな顔つきは思い出せなかった。だが、あの女を見ればわかる。そんな気がした。上州吾妻郡の湯ノ平は、今ごろは深い雪だろう。

「あたってみる値打ちは、ありますね」

「萬、わたしのほうにも、おぬしに会わせたい者がおる」

山木が七蔵に言い、久米と目配せを交わした。

「良助《りようすけ》、こちらへ」

と、間仕切ごしの次之間に声をかけた。

七蔵が内座之間にくる前から次之間に控えていたらしく、はい、と若い声がかえった。間仕切が引かれ、まだ前髪を落とさぬ童子の幼さを残した男子が、部屋に入ってきた。

小柄な身体に、萌黄《もえぎ》の裃を大人びて着けていた。山木と久米のほうへ、畳に手をついて深々と辞儀をし、次に七蔵へ膝を向け、同じく辞儀をした。

「萬、殿山竜太郎の倅の良助は、知っておるな」

「八丁堀で、お見かけしたことがあります」

浅黒い顔に潤んだきれ長な目が、父親似だった。そして、兄・享之介にも似ていた。両親を亡くしたあと、後見役の縁者の下に姉とともに引きとられていた。

「八年前は六歳の童子だった。年が明けて十四歳に相なり、来月、元服する。わたしが烏帽子親を務める。三月から見習いで出仕し、見習いを終えれば殿山竜太郎の番代わりで役目に就くお許しを、お奉行さまよりいただいておる。良助が、両親の仇討ちの旅に出るわけにはいかん。萬、田島享之介を召し捕えて、良助がこうむった屈辱をそそいでやってほしい」

「萬さん、田島享之介を召し捕り、首を獄門台にさらして、何とぞわが父と母の無念を、晴らしてください。よろしくお頼み申します」

良助が甲高い声をあげ、頭を垂れた。中庭の雀が良助の声に驚いたように鳴き騒いだ。ふと、すなわちおれはこの子のじつの兄を追うのだな、と七蔵は余計なことを思った。良助を凝っと見つめ、

「力をつくします」

と、それだけをこたえた。

四

まだ暗い翌早朝、七蔵は亀島町北の組屋敷を出た。

従うは樫太郎《かしたろう》ひとりである。

七蔵は鈍い栗色の綿入《わたい》れに、小楢《こなら》の黒染細袴を着け、二刀を帯びている。手甲をつけ、膝頭まで絞った黒脚絆、黒足袋の草鞋掛、黒紺の引廻し合羽《がっぱ》を羽織り、菅笠をかぶった。

樫太郎は柳葉色《やなぎはいろ》のこれも綿入れを尻端折りにして、鼠色の股引、手甲脚絆や草鞋掛の足袋の黒が若々しい細身を引き締めていた。やはり菅笠をかぶり、こちらは紺縞の合羽である。

樫太郎は小葛籠《つづら》の両がけ荷物をかつぎ、二本差しの七蔵との二人連れは、旅の侍に従う従者のような扮装だった。

二人を寄付きの前土間まで見送ったのは、六十歳になったのか、まだなっていないのか、本人がいくつでしたっけととぼけているお梅と、七蔵の叔母・由紀《ゆき》の孫娘で、一昨年の文化四年より行儀見習と称して、七蔵の組屋敷に奉公を始めた十五歳のお文《もん》である。それと、深川からきた雌《めす》の白猫で、七蔵の家の中では一番生意気な倫《りん》が見送った。

この春十五歳のお文は、もう小娘ではない。そろそろお文の先のことを考えなきゃあな、と七蔵は気になっているのだが、つい先延ばしにしている。

お梅が、清《きよ》めの切り火の火花を七蔵と樫太郎にかけた。

「旦那さま、いってらっしゃいませ。かっちゃん、気をつけてね」

お文は言って、長旅とわかっているからか、目をほんのりと潤ませた。

倫はお文の足下から七蔵の胸元へ飛びこみ、甘ったれて鳴いた。

「おまえを、上州まで連れていくわけにはいかねえからな、お梅とお文に心配かけるんじゃねえぞ」

と、七蔵は倫をお文の腕の中に戻してやり、倫の小さな頭を撫でた。

じゃあね、と倫は深川の町娘のようにあっさりして、お文の腕の中で鳴いて、はや清々《せいせい》した風情が七蔵を笑わせた。

どこかで一番鶏はとっくに鳴いた。

だが、外は夜明けには間がある暗がりの中である。

七蔵と樫太郎は、八丁堀から日本橋通り南一丁目の大通りに出て、日本橋を渡り、室町一丁目と二丁目の大通りの境まできた。

冬の凍《い》てつく寒さの大通りには、七蔵と樫太郎の二人のほかに通りかかりはなく、表店のどこもまだ目覚めてはいなかった。

と、大通りの前方に道端の庇下から、人影が二つ、ゆるやかな大股で現れた。

ひとつは大柄で、ひとつは中背のずんぐりとした影だった。

「旦那、お待ちしておりやした」

近づいていった七蔵と樫太郎に、人影が言った。

「嘉助親分、よろしく頼むぜ。弁吉、しばらく見なかったたな。変わらねえかい」

七蔵がひっそりとかえした。

「へい。旦那、お久しぶりでございやす。このたびの務めに、あっしにもお声をかけていただき、身の引き締まる思いでございやす」

弁吉は、白い息をはずませて言った。

八年前、嘉助の下っ引きだった弁吉は、今は薬研堀《やげんぼり》の酒亭《しゆてい》の亭主である。下っ引きのころにいきつけていた薬研堀の酒亭の亭主と親しくなり、その亭主の娘と懇《ねんご》ろになって、何《なん》や彼《か》やはあったものの、嘉助が中立《なかだち》をして、弁吉は酒亭の婿《むこ》に収まり、下っ引き務めから足を洗っていた。

義理の父親の亭主が隠居したあと、酒亭は弁吉夫婦が営んでいた。七蔵は、嘉助のみならず、八年前の享之介を知る弁吉の手を借りたかった。

もしかしたら危ない仕事になるかもしれないが、それを承知で手を貸してくれねえか、と弁吉にも声をかけた。

田島享之介の件なら是非にと、弁吉は二つ返事で引き受けた。

嘉助と弁吉は、ともに菅笠と黒い引廻し合羽に、ふり分け荷物をからげている。

「嘉助親分、弁吉さん、よろしくお願いします」

樫太郎が昂《たか》ぶった声で言った。

「樫太郎、初めての上州だな」

嘉助が樫太郎に笑みをやった。

「はい。初めての上州です」

「おれも初めてさ。こっちこそよろしく頼むぜ」

嘉助は樫太郎に笑いかけ、すぐに七蔵へ向いて顔を引き締めた。

「それで、旦那、お甲《こう》は昨日の夕方、花川戸《はなかわど》から新河岸舟運《しゅううん》で、川越《かわごえ》城下へ向かいやした。お甲が言うには、お甲の父親の昔馴染みが、いろいろあって今は堅《かた》気《ぎ》で川越城下で暮らしておりやす。昔馴染みは六十に近い親仁《おやじ》ですが、上州の吾妻郡の長野原村が生国らしく、長野原村のお桑の身元を調べるのに力を借りられるかもしれねえからと、先に上州へ向かうそうでやす。旦那の居場所は、岩鼻の陣屋でわかるようにしておいてほしい、ということで」

川越から上州へは、熊谷《くまがや》街道で高坂《たかさか》、松山《まつやま》をへて熊谷宿に入り、熊谷から中山道を高崎《たかさき》へと向かう。岩鼻の陣屋は、高崎の岩鼻村である。

「そうかい。お甲は先に発ったのかい。手廻しがいいな。山の向こうは越後と信濃だ。お甲、頼むぜ」

七蔵は暗い道の彼方に言った。

お甲は七蔵の手先、すなわち御用聞のひとりである。掏摸《すり》の熊三《くまぞう》が父親だった。熊手と言われた名人の技を持つ、掏摸の熊三が父親だった。熊三に仕こまれ、女掏摸になった。名人の熊三が捕えられたとき、お甲もお縄になった。熊三が牢屋で病死してから、北町奉行小田切土佐守内与力・久米信孝の恩情により、お甲は解き放たれ、それから、久米の指図により、町方の手先として働くことになったのが二十歳のときだった。

七蔵の御用聞を務め始めたのは、文化元年だった。歳は明けて二十九になった。

「旦那、吾妻郡の山は、今ごろは深い雪でしょうね」

樫太郎が七蔵の背中に言った。

「ああ、深い雪だろうな」

と、七蔵の背中がこたえた。

「お甲姉さん、大丈夫ですかね」

「お甲は、名人の熊三に鍛《きた》えられたんだ。そんじょそこらの男より、性根は据わってる。大丈夫さ、樫太郎」

八年前、七蔵が定町廻りに就いたとき、七蔵の御用聞を務めた嘉助は、文化三年の正月から、下っ引きの樫太郎に七蔵の御用聞を譲った。今年六十一の嘉助は、そのとき五十八歳だった。

元々、五十を二つ三つすぎ、町方の御用聞から身を退くつもりだったのが、七蔵に是非にと声をかけられ、もうひと働きすることにした。

五十八歳になり、御用聞の務めがきつく感じるようになったのは確かだった。

樫太郎は、木挽町《こびきちょう》の文香堂《ぶんこうどう》という地本問屋の倅で、将来は町方の手先の経験を元に戯作《げさく》を書くつもりで、嘉助の下っ引きを始めた、見た目はまだほんの若蔵だった。

それでも、嘉助は樫太郎の気が利く頭の良さと、樫太郎の見た目ではわからない腹に仕舞った男気が気に入って、七蔵に「あっしに代わって樫太郎を」と、御用聞に勧めたのだった。

今度こそ、と嘉助は生業の髪結に戻ったつもりだった。が、根っからの御用聞の気質が、嘉助を髪結の親方に収まらせておかなかった。

「手を貸してもらえねえか」

と、七蔵からひと声かかると、御用聞気質がむくむくと頭をもたげた。

東の空の果てに青みと朱の帯のような明るみが射し始め、やがて夜明けの明るみが空を覆うころ、七蔵と嘉助と弁吉、樫太郎の四人は、中山道の主駅である板橋宿をすぎ、戸田《とだ》の渡船場《とせんば》を渡った。

その日中に熊谷までいき、翌日、冷たい風の吹きすさぶ中山道をとって、夕方七ツ（午後四時）すぎ、高崎城下外れの岩鼻村の陣屋へ着いた。

陣屋の中間に案内され、表門から中門をへて玄関まで通った七蔵らを、為松久五郎が玄関の間で出迎えた。黒羽織と縞袴に小刀のみを帯びた為松久五郎は、壮《そう》年《ねん》の上州男らしい屈強な体軀の手代だった。

「江戸よりの長旅、お疲れさまでございました。まずは、茶などを進ぜますゆえ、おあがりください」

と、上州訛《なまり》のある言葉つきで言った。

陣屋の執務《しつむ》の刻限は八ツ半（午後三時）で終り、為松のほかに役人の姿は見えず、のどかなほど静かだった。通されたのは、十数畳はある広い湯呑所だった。

大きな囲炉裏《いろり》がきってあり、炭火が熾《おこ》って部屋をほどよく暖めていた。自在鉤《じざいかぎ》に鉄瓶がかかって、薄い湯気を心地よさそうにのぼらせていた。

久五郎が自ら茶の支度をして、七蔵と後ろに控えた嘉助と弁吉、樫太郎にふるまった。

寒風の中の長旅で凍えた身体を、一服の熱い茶が解きほぐした。

七蔵ら四人のほっとした様子を見守り、久五郎は、日に焼けた顔つきに純朴そうな笑みを浮かべた。そして、白い歯を見せて言った。

「お代官さまは、ただ今江戸屋敷におられ、元締さまがご挨拶をなされますが、本日はすでに屋敷のほうへ退散なされました。ご挨拶は明日改めてということにいたし、今宵の宿はいかがなされますか。高崎城下に宿をご用意いたしますが、それでよろしゅうございますか」

「よしなにお願いいたします。で、その前に三一凶之介なる渡世人の話を、お聞かせ願いたいのです」

「はい。さようですな。そのために早々と江戸より見えられたのは、思ったとおり、よほどの事と承知しております。わたし自身、三一凶之介の風貌を人伝に聞き、ふと、八年前に触れ廻された田島享之介の人相書が似ている気がしてからは、曖昧で不確かながら、気になってならなかったのです。似ているというだけで、別人であったなら申しわけないのですが、人相書が触れ廻されたすぐあとに届いた山木大三郎さまの、北町奉行所の面目を施したいと切実に願われている手紙を覚えておりましたので、わたしの一存にて山木さまに手紙を差しあげた次第です。

ですが、その話は宿に入られて旅の垢《あか》を落とし、大層な物はありませんが、宿の飯を食って疲れを癒されてからにいたしましょう。上州の山から吹きおろされる冬の風は、身体に応えます。身体を壊しては、よき働きができません。よろしければ、今宵、ころ合いを見計らってわたしが高崎の宿へうかがいますゆえ、話はそのときにというのでは、いかがですか」

「わかりました。そのようにいたしましょう」

五

陣屋の中間の案内で、吹きすさぶ寒風の中、高崎城下に戻った。

宿に入り、旅の荷を解いた。

宿の据風呂の大きな五右衛門《ごえもん》風呂に四人でゆっくり浸かって身体を温め、湯から出るとすぐに晩の膳《ぜん》が出た。

宿の膳は、白く太い葱に、人参《にんじん》牛蒡《ごぼう》椎茸《しいたけ》、蒟蒻、それに猪《いのしし》の肉をぶつ切りにして入れ、醬油と酒と味《み》りんでこってり甘辛く煮た煮物に、よく肥えたいわなに塩をふった焼魚、山菜《さんさい》の膾《なます》、漬物などで、みそ汁も辛すぎるのが麦飯《むぎめし》に合った。

空腹もあって、四人の飯は進んだ。

「姐《ねえ》さん、ここら辺の宿はどこでも猪を食わすのかい」

嘉助が猪の塊《かたまり》を箸でつまみ、中働きの女に話しかけた。

女はいかにも上州生まれ上州育ちらしく、色白だが丸い頬が赤く、給仕《きゅうじ》をしながらの口ぶりも、大らかで男勝りだった。

「へい。どこの宿でも猪の肉は食わすだで。猪ばかりではねえ。鹿《しか》も熊《くま》の肉も、おれらだって食うだで」

「上州は、猟師《りょうし》が多いんだな」

「へい。おれは上山郷の生まれだが、上山郷には百姓仕事の傍ら、猟師鉄砲を預かっている人は大勢いるだでな。猟師鉄砲を預かっている人の中でも、百姓仕事をせずに鉄砲渡世だけの人は、五十人以上いるし、おれの父ちゃんも鉄砲渡世だった。だから、わらべのころにはもう猪も鹿も熊も食ってた」

「そうかい。わらべのころから食ってたかい。百姓仕事をせずに鉄砲渡世だけだと、不猟のときはお飯《まんま》の食いあげだな」

「そのときは仕方がねえから、通りかかりの旅人を狙うしかねえだで」

樫太郎が吃驚して飯を噴きそうになり、口を押さえた。

七蔵と嘉助と弁吉が、女と一緒になってどっと笑った。

「冗談だよ、兄さん。兄さんは痩せてるから、狙われねえよ」

あはは……

と、男勝りの上州女に、樫太郎は口を押さえて咀嚼しつつ、目を白黒させた。

「お客さん方は、江戸のお役人さまかね」

女が七蔵に話を向けた。岩鼻の陣屋の客と、わかっていたからだろう。

七蔵は女へ曖昧に笑みを向け、ふと、訊いてみた。

「姐さん、先月、鏑川でやくざ同士の大きな喧嘩があった話は聞いてるかい」

「聞いてるも何も、ここら辺の人は今でもあの喧嘩の話になったら、話がつきねえだでな。あの喧嘩では、倉賀野河岸と川井河岸と新河岸の、船人足の人寄せ稼業を牛耳ってた親分衆が三人とも斬られて、子分衆らがばらばらになっているところへ、喧嘩に勝った福島河岸の団右衛門親分が、烏川の河岸場に縄張りを広げる魂胆があるとかで、またもめ事とか喧嘩が始まるのではねえかと、みんな気にしてるし、河岸問屋の旦那衆も心配だろうね」

「先月の喧嘩で、団右衛門一家に凄腕の助っ人がいて、ひとりで烏川の親分衆の首を刎ねたそうだが、その助っ人の噂をここら辺の人はしていないかい」

「してるよ。沢山人を斬ったって、大騒ぎになったからね。渡世人の間では、三一凶之介って名の、凄腕で知られた恐ろしい助っ人なんだってね。喧嘩が終ったらぷいと姿を消して、どこへ消えたかわからないみたいだけど」

「三一凶之介がどこそこへいったとか、今はどこにいるとか、そういう噂は流れていないのかい」

「さあ、聞いたことはないね。お役人さま方は、三一凶之介を捕まえるために、江戸から見えられたのかね」

七蔵はそれには答えず、飯を終えて茶を飲んだ。

晩飯が終ってほどなく、為松久五郎が酒の徳利を提げて宿を訪ねてきた。

「日が暮れて、冷えこみがいっそう厳しくなりました。少しぐらいならよかろうと思いましてな。上州は米があまり穫《と》れませんが、越後や信濃の峠《とうげ》を越して運ばれてくる米で、案外に酒造りが盛んなのです。味も悪くない」

と、一升徳利をおき、また純朴な笑顔を見せた。

久五郎は、陣屋の手代の黒羽織ではなかった。寛《くつろ》いだ綿入れの半纏《はんてん》に、寒さよけの蓑《みの》と笠をつけ、腰には黒鞘の二刀を帯びていた。

陣屋に詰める代官の属僚《ぞくりよう》は、手代と手付という役職で呼ばれた。

職務は、地方が年貢徴税、人別《にんべつ》、普請、救恤《きゆうじゆつ》などの農政一般にあたり、警察、裁判を公事方《くじかた》が扱い、為松久五郎は公事方の手代であった。

久五郎との談合は、宿の亭主の計らいで、暖かな囲炉裏を囲んで、栗やどんぐり、焼餅、干したやまめなどを焙《あぶ》って、燗酒を呑みながらになった。

夜風がうなり、宿の板戸をがたがたと震わせていた。

久五郎は、先月の鏑川の出入りで、三一凶之介と呼ばれていた渡世人がどれほどの働きをしたか、三一凶之介の年ごろ、風貌、噂、さらには八年前、江戸の奉行所より触れ廻されていた、田島享之介の人相書に似ていると気づいた経緯を、子細に語って聞かせた。

七蔵は、田島享之介が北町奉行所年番方与力・殿山竜太郎に、若党として侍奉公をしていたのが、主人夫婦と町方同心の田辺友之進を殺害して江戸より出奔した経緯、また、貸元の岩ノ助、お店者の羽左衛門の首斬りにも、田島享之介がからんでいると思われる事情を、久五郎に詳しく伝えた。

しかし、七蔵の話で久五郎を何より驚かせたのは、田島享之介が主人の殿山竜太郎と使用人の下女おいずの子であって、四歳まで母親の里の上練馬村で暮らし、それから殿山家に引きとられ、若党として使われていた事情だった。

久五郎はしばし唖然とし、やがて純朴な顔つきを曇らせた。

「なんと、そうでしたか……」

と、溜息を吐くように呟いた。

「わたしは、人相書の田島享之介が、おそらくは欲に目が眩《くら》んで主人夫婦や田島享之介を追った町奉行所の役人を殺害して、江戸から逃れ、三一凶之介と名を変え八州を逃げ廻っている、ただのならず者とばかり思っておりました。田島享之介がねじれた陰には、表に見えていない謂《いわ》れが、もしかしたら隠れているのかもしれませんな」

「田島享之介は三一凶之介と名乗り、給金《きゅうきん》が三両一人扶持の侍奉公を自分で貶《おとし》めているのです。三両一人扶持が侍なら、千石万石の侍も同じ侍。おのれの姿を見てみよ、何が違う、どこが違う、と嘲っているのです」

「萬さん、明日、元締にご挨拶をしていただいたあと、倉賀野河岸の河岸問屋へご案内します。それから、鏑川の福島河岸の団右衛門にも会って、萬さんが直に話を訊いてください。わたしではわからない三一凶之介の行方の手がかりが、新たに聞けるかもしれません。それと、先月の出入りでは、吾妻郡の五郎七が、子分や助っ人を率いて団右衛門に加勢したのです。どうやら、三一凶之介は五郎七の雇った助っ人だったようです。五郎七の縄張りは吾妻川の川戸村です。五郎七の話を訊きにいかれるなら、ご案内いたします」

「ありがたい。五郎七の話は端から訊きにいくつもりでした。三一凶之介がどこからきたのか、少しでも手がかりがほしい」

七蔵は久五郎に改めて訊いた。

「ところで、為松さんは、三一凶之介の名前は前からご存じだったので」

「三一凶之介の噂は、むろん聞いてはいました。どうやら、元は武士らしく、喧嘩場の助っ人稼業の、死神と言われるぐらいの凄腕と聞こえていましたが、どんな渡世人か、詳しい素性はほとんど知りませんでした。容貌魁偉《ようぼうかいい》の鬼《おに》みたいな男という噂もあれば、にやけた優男《やさおとこ》とも聞いた覚えがあります。先月の出入りのあと、初めて、三一凶之介のまともな風貌がわかったのです。それがわかっていたら、田島享之介の人相書にもっと前に気づいたのに。しかしながら、それほど名の知られた渡世人が、八年も人相書のお尋ね者と気づかれずにいたのは、かえって奇妙ですな。それに、無宿なら八州の親分衆の一宿一飯の恩義にありつかないわけがありません。普通は、三一凶之介をどこそこの貸元のいる宿場町やら賭場やらで見かけた、という噂か差口が陣屋にも聞こえてくるので、もっと以前に、わたしでなくても誰かが気づいていてもおかしくなかった。田島享之介は、本途に助っ人稼業の無宿渡世で、八州を放浪していたのでしょうか。そうなら、八年もよく食いつないだものだ」

「旦那……」

と、酒が入ってほんのり顔を赤く染めた樫太郎が言った。

「樫太郎、何か気づいたのかい」

「そんなに名を知られていて、三一凶之介を見かけた噂や差口がないのは、やつは無宿者じゃなくて、どこかに隠れ家かねぐらがあるんじゃありませんか。ぷっつりと姿を消して影も形も見えねえのは、隠れ家かねぐらでは別人に成りすまして暮らしているから、誰も気づかないとか」

「樫太郎、田島は主人夫婦を斬ったとき、主人の金箱を奪っていったんだ。金箱には数百両はあったらしい。数百両ものまとまった金があれば、別人に成りすまして、隠れ家を持つことぐらいできるかもな」

樫太郎がしきりに頷いた。

久五郎は腕組みをし、しばらく凝っと考えていたが、頭の中でまだ整理がつかないかのように、七蔵に問いかけた。

「萬さん、倉賀野河岸の河岸問屋や福島河岸の団右衛門らの訊きとりでわかったのは、三一凶之介に斬られた親分衆は、三人ともあっという間に首を斬られたということです。それを見た子分らの敵も味方も、その光景に呆気《あっけ》にとられ、双方ともに鼻白《はなじろ》んで刀を引いたそうです。それも、田島享之介が江戸でやった首斬りと同じなのでしょうか」

「田島享之介は、自分の生《お》いたちと境遇の中で、子供のころから怒りをずっと腹の中に溜めて生きてきた。それがあるとき、自分の腹の底からこみあげる怒りを抑えられなくなった。子供から大人になるまでの年月をかけて、田島享之介は、一旦、怒りに捉えられたら抑えることのできない化《ば》け物になった。三一凶之介が田島享之介なら、たぶん、いや間違いなく、親分衆の素っ首を一刀の下にちょん切って、うめき声さえあげさせずに息の根をとめたのは、あの男の腹の中の怒りがそうさせたのです」

七蔵の脳裡を、田島享之介の姿がかすめた。七蔵は嘉助と弁吉へ向き、

「田島享之介は何も変わっちゃあいねえ。間違いねえ。三一凶之介は、八年前の田島享之介だ」

と言った。

「間違いありやせん。田島享之介は、てめえの命さえずいぶん粗末に扱っていやがる。そんなふうに感じられます」

嘉助も力強く首肯して、こたえた。

「化け物か。恐ろしいだでな。なんてやつだ」

久五郎が杯をひと息にあおって、七蔵に言った。吹きつける風が、がたがたと宿の板戸を鳴らしていた。

六

翌日は、倉賀野河岸の河岸問屋と、鏑川の福島河岸の団右衛門に話を訊いた。

団右衛門は、川戸村の五郎七が率いていた子分や助っ人らの中に三一囟之介がいたことをあとで知ったと、七蔵にこたえた。だが、三一囟之介がいつの間にか姿を消してどこへいったのか、手がかりになる話は聞けなかった。

「あっしの素っ首が繋がっているのは、あの男の鬼人《きじん》のごとき働きのお陰なんでございやす。あの男はあっしにとっては命の恩人も同然で、仮令《たとい》、知っていてもお役人さまに話すつもりはありやせんが、幸いなことに本途に知らねえんで、話すことはございやせん。本音を申しあげやすと、こののちもずっと、三一凶之介が、お上にお手数をかけねえよう姿をくらましてくれることを、願っているばかりでございやす」

老親分の団右衛門は、外連なく七蔵に言った。

翌々日、久五郎の案内で、七蔵らは倉賀野河岸から棹と櫓をとる船頭二人の艀《はしけ》に乗りこみ、烏川を一旦上利根の本流の五料河岸へくだった。

船留定杭《ふなどめさだめぐい》をたてた五料河岸は、元船が何艘も停泊し、河岸場の人足が荷を上げ下ろしし、うずたかく荷を積んだ荷馬やいき交う人々で賑わっていた。

艀は、その五料河岸の賑わいを背に、吾妻川の川戸村を目指して上利根を漕ぎのぼっていった。

昨日までは吹きすさぶ風が凍てつく荒れた天気だったのが、その日は風も止んで、青空に白い雲が浮かび、上州の彼方の山々が見わたせた。

上利根を漕ぎのぼるにつれ、東方には澄んだ空を背に赤城山《あかぎやま》がくっきりと望め、西方の空には榛名山《はるなさん》の頂《いただき》が鮮やかだった。

川面は冬の青空を映して、北の越後や信濃と上州を隔《へだ》てる三国山嶺《みくにさんれい》の、白い雪に閉ざされた奥利根深くへとさかのぼっていた。白鷺《しらさぎ》が艀の周りを飛翔し、川面をかすめ、枯れ草に覆われた川原の水辺あたりで、くぃー、くぃー、とおし鳥《どり》の声も聞こえてくる。

樫太郎は、江戸から遠く離れた上州の、北と東西の三方に山々がつらなる景色が珍しく、はあ、と声をあげた。

「旦那、江戸じゃあ、東の町家の屋根から朝日がのぼって、西の町家の屋根の向こうに日が沈むのに、ここは、東の山々から西の山々へお天道さまがわたっていくんですね」

「まったくだ。おれも、江戸からこんなに遠くまで旅をしたのは、初めてだ。はるばるきたなって、なんだか物悲しい気分だ。これが旅情《りょじょう》ってもんなのかね」

七蔵が言い、嘉助と弁吉もしみじみとして周りの景色を見廻した。

艀は、福島、真正《さねまさ》、大渡《おおわたり》の関所前を抜け、渋川《しぶかわ》宿に近い中村《なかむら》の河岸をすぎ、上利根の支流の吾妻川へと入っていった。

七蔵らが吾妻川の川戸村の貸元・五郎七の話を訊くため、吾妻川をさかのぼっていた同じ日の昼間、吾妻郡長野原村の集落を離れ、吾妻川沿いの堤道を北へ歩む二つの人影があった。

長野原村は、三国山嶺の麓《ふもと》、山間の小さな村である。真っ白な雪を頂いた白《しら》根《ね》や赤石《あかいし》、白砂《しらすな》の山々が、枝川に沿った小さな集落を見おろしていた。

昨日一昨日、山麓の長野原村にも雪が降り、山の木々やわずかに固まった茅葺《かやぶき》屋根の集落や、川沿いに長く続く田畑に降り積もって、青い空の下に耀く白一色で閉ざしていた。

長野原村の山の向こうには、草津《くさつ》の湯治場《とうじば》がある。

二つの人影は、その長野原村の小さな集落を抜けて川沿いを、なおもさかのぼっていった。

人影は菅笠を目深にかぶり、蓑を着け、足元は藁《わら》で編んだ深沓《ふかぐつ》を履《は》いていた。

山ほど深くはないものの、雪道は歩きにくそうだった。

ひとりは雪道に慣れた様子だが、ひとりは女らしく、小袖の裾と朱の蹴出《けだ》しを手繰《たぐ》った下に、固く締め廻した紺の脚絆がのぞいている。女は、旅の杖《つえ》を突いていても遅れがちだった。

歩みは遅く、白い吐息の乱れが菅笠の下に見えた。

日は射していても、重く静かな寒気がおり、二人のほかに雪道を通りかかる村人の姿はなかった。山も川も集落も、空の鳥も川の魚も山の獣も、すべてがひっそりと息をひそめて、あたりは静まりかえり、ただ二人の呼気《こき》ばかりが、かすかに聞こえていた。

長野原村の集落を抜け、さらに四半里《しはんり》(約一キロメートル)ほど川沿いをいき、やがて、川沿いから樹林の間の細道へとった。

湯の匂いがかすかに漂う細道が開け、山肌の木々を背に、茅葺屋根の一軒家が見えた。細流《せせらぎ》が雪の下で小さな音をたて、積もった雪が古びた切妻《きりづま》の屋根や木々を白化粧で隠していた。

「お甲、あれだ」

前をいく十太《じゅうた》がお甲を見かえって、白い息を吐いた。

お甲は十太に頷き、胸を小さくはずませた。

庇下の煙出《けむりだ》しから灰色の煙がわずかにのぼって、庇の雪の上で消えていた。

細流に渡した丸木橋を、足をすべらさないように慎重に渡り、雪に足跡がいくつか残った軒下の戸前まできた。

戸は板戸に人が出入りできるほどの隙間《すきま》があって、腰高障子が閉ててある。

十太は板戸を敲《たた》き、太く低い声をかけた。

「ごめんなさい。布助《ぬのすけ》さん。ごめんなさい、布助さんはいらっしゃいますか」

応答はなく、山はしんとして、木々の上に広がる青い天空に丸めた餅のような雲が浮かんでいる。細流の音だけが、途ぎれずに続いていた。

十太がまた声をかけようとしたとき、障子戸ごしに足音がした。

「へい。布助だが、どなたかね」

障子戸ごしに、男の声が訊ねた。

「十太と申します。あっしは湯ノ平の生まれで……」

「湯ノ平の十太?」

「へい。十太です。今から四十年以上前の十五のとき、江戸へ出稼ぎに出て、郷里の親兄弟を忘れたわけではありませんが、事情があってそのまま江戸暮らしを始め、今は武州の川越という城下で暮らしております。あっしより五つ年下だった布助さんのことは覚えております。ご両親は源蔵《げんぞう》さんと民代《たみよ》さんで、布助さんの下に弟と妹が、名前は、ええっと」

十太が思い出そうとしていると、障子戸が引かれ、内庭の暗い土間を背にした布助が、十太と十太の後ろにいるお甲を見つめた。

「おめえ、十太さんか。こりゃ驚いた。ふうむ、その顔、なんとなく見覚えがあるだで。そうだ、十太さんだ」

布助は、浅黒い顔に白髪交じりの無精髭《ぶしょうひげ》をのばし、痩身に熊の毛皮の袖なしを着け、下は筒袖の野良着《のらぎ》に膝の破れをつくろった股引を穿いていた。

「あっしも、布助さんと今顔を合わせて、若いころの覚えが甦ってきますよ。布助さん、お久しぶりだでな」

「まこと、久しぶりだな、十太さん。狭いところだが、まずは入れ。そちらのお連れさんも」

布助は言いかけて、蓑をまとい菅笠をかぶった連れが若い年増《としま》とわかり、意外そうな顔つきになった。

お甲は十太の後ろから、戸口の布助へ辞儀をした。

十太はお甲の父親・熊三の掏摸仲間だった。熊手と呼ばれた父親の熊三ほど腕はよくなかったが、熊三より歳がいくつか上で、掏摸仲間でも兄貴分だった。

四歳か五歳のお甲が、熊三に掏摸の技を厳しく仕こまれていたころ、深川清住《きよずみ》町《ちょう》の裏店にしばしば訪ねてきた、優しい十太おじさんだった。

熊三は十太を、兄さん、と呼んでいたので、お甲は、十《じゅう》にい、と呼んだ。

お甲が八歳のとき、十太は仕事でどじを踏み、小伝馬町《こでんまちょう》の牢屋敷へ送られた。

入墨《いれずみ》をされて解き放ちになって娑婆《しゃば》に出てきたが、

「おれは熊手の熊三のようにはいかねえ」

と、きっぱり熊三とも掏摸仲間とも縁をきった。

十太はお甲や熊三の前から姿を消した。

それから十二年をへたお甲が二十歳のとき、熊三がお縄になり、小伝馬町の牢屋敷で病死した。

ある日、お甲がひとり暮らしをしている神田《かんだ》の裏店《うらだな》に、十太が訪ねてきた。

「熊三が亡くなったと聞いてね。どうしても、線香を供《そな》えたかった。お甲がどうしているのかも、気になった」

十太は、お甲も熊三と一緒に捕えられ、北町奉行所の久米信孝の恩情により牢から出され、それから町方の御用聞になったことも知っていた。

「お甲、それでいいんだ」

とも言った。

十二年前、江戸から姿を消した十太は、たまたま運のよい廻り合わせで、川越城下外れの河岸場の人足相手に始めた一膳飯屋《いちぜんめしや》の亭主に収まっていた。

女房もいて、三人の子供の父親になっていた。

十太は、十二年がたっても、お甲が童女のころの、十にい、だった。

「大した力にはなれないが、おれにもできることがあるかもしれないので、手助けがいるときは遠慮なく声をかけてくれ」

と言い残し、川越へ戻っていった。

それからまた、九年の歳月が流れていた。

十太はすでに五十代の半ばをすぎ、店を倅に任せて隠居の身だった。

長野原村や湯ノ平に縁者はいるが、とっくに縁がきれて、名も顔も知らず、親兄弟はすでにいなかった。だが、お甲の頼みを喜んで引き受け、ともに雪の長野原村の布助を訪ねてきたのだった。

布助はお甲と十太を、粗朶《そだ》の燃える囲炉裏の傍へ坐らせ、熱い白湯《さゆ》と、女房が里に用があって今はいねえだでこんなものしか出せねえが、と干柿《ほしがき》をふる舞った。

内庭の土間には、藁束や薪《たきぎ》が積んであり、板間の土壁には、火縄を砲身に巻きつけた鉄砲がたてかけてあった。

お甲は、江戸の町奉行所の御用聞を務めている素性と、御用の筋でお桑の行方を探していることを隠さなかった。

ただ、八年前に江戸であった田島享之介の事件や、そのころ、お桑と亭主の忠次が舟饅頭を生業にしていて、田島享之介の逃亡を手助けしたと疑われている事情は伏せた。

「お桑さんとご亭主を、追っているんじゃないんです。町奉行所がある男の行方を捜していましてね。もしかしたら、お桑さんとご亭主が、その男の行方を知っているかもしれないんです。それで、お桑さんにその男について知っていることを、聞かせてもらいにきたんですよ」

「それでわざわざ、江戸からこんな田舎まで、きたのかね」

布助は粗朶を折って囲炉裏の小さな炎の中にくべた。そして、

「お桑はおれの従妹《いとこ》だ。あれも五十近い婆さんだで」

と、話し始めた。

「お桑も、十太さんと同じだ。十太さんが十五歳のときに出稼ぎに江戸へいって、そのまま生まれた村を捨てちまったように、お桑も江戸のお店に奉公に出て、それきり行方知れずになってしまったんだ。そりゃあ、山の暮らしは楽ではねえ。面白いことも何もねえ。江戸の華やかな暮らしに馴染んで、郷里を忘れてしまうのは仕方のねえことかもしれねえ。お桑のお父《どう》もお母《かあ》も、とっくに亡くなった。お桑は江戸へ奉公に出て、そのまま行方知れずになっていたから、知らせようが

なかったんだ。お桑の弟がいたが、こんな貧しい暮らしはいやだと、おっちゃんとおばちゃんを残して、ろくでもねえ渡世人になっちまった。十年以上前、弟は野州のどっかで怪我か病気が元で亡くなったと風の便りに聞いた。でたらめかまことか、確かめようもねえだで」

布助は、囲炉裏の炎から日に焼けた顔をあげ、十太へ向いた。

「山の獣は、お父でもお母でも兄や姉や弟や妹でも、親類縁者でも幼馴染みでも、死んじまったら打ち捨てていく。けど、人はそういうわけにはいかねえ。人は山の獣じゃねえ。仏さんをちゃんと弔《とむら》うのが人だ。親を捨て故郷を捨て、自分勝手に生きたいように生きて、誰にも知られずに死んじまって打ち捨てられるんじゃ、山の獣と変わらねえ。だから、お桑とこのおっちゃんもおばちゃんも、仏になったんだ。放っとくわけにはいかねえ。おっちゃんとおばちゃんの墓は、村に残ったおれら親類が、守ってやるしかねえ。そうだろう、十太さん」

「そのとおりです、布助さん。じつは、あっしは入墨者なんですよ」

布助は十太を見つめ、沈黙した。

「江戸へ出たのは小百姓の冬稼ぎのはずが、どうしてそうなっちまったのか、自分でもよくわからないというか、いや、仰ったとおり、自分勝手に生きた所為で、いつの間にか自堕落《じだらく》な暮らしが身についちまって、気がついたら、親兄弟を捨て故郷を捨て、山の獣のように死んでも打ち捨てられるだけの江戸暮らしを始め、他人の物に手をかける身に落ちぶれ果てたんです。その挙句に……」

十太は、綿入れの袖から出た手をそろえ、お縄になる仕種をして見せた。

「それが、どういう廻り合わせか、江戸の小伝馬町の牢屋敷を出てから、ささやかな働き場を見つけることができましてね。女房と所帯を持ち、子供ができ、六十の声がだんだん近くなった今は、倅に生業を任せ、どうにか隠居暮らしです。でも、布助さんの仰った山の獣とは違う、人らしい死に方がどうやらできそうです。でもね、それはたまたまだった。ほんのちょっとしたきっかけだった。この歳になって、つくづく思うんですよ。人の一生に運不運はあるなって。運のいい生き方もあるし、運の悪い山の獣のような死に方もある。みじめな一生を送った人に、あんたの所為だと、傍《はた》からのひと言では片づけられない、当人にしかわからないし、当人にもどうにもならない運不運があるんじゃないかとね」

布助は、また粗朶を折ってくべると、ぽつりと言った。

「親兄弟を捨て故郷を捨て、自分勝手に生きた人を悪く言うつもりはねえ」

お甲が、布助に訊ねた。

「布助さん、お桑さんが村に戻っていなくても、今、どこに住んでいるのか、ご存じではありませんか」

「お桑は村には戻っちゃいねえが、そうだな、あれは八年ほど前だった。亭主と一緒に、村に戻ったというより、たち寄ったことがあった。亭主の見た目はなんだか貧相《ひんそう》な男で、相州《そうしゅう》の生まれで、忠次という名だった。お桑の言いなりで、あれで案外、似合いの夫婦だったかもしれねえ。お桑は、生まれた家も畑もなくなっていたから、おれんとこへ訪ねてきたんだ。両親の墓参りをして、お父とお母が世話になりましたと、金をおいていこうとするので、金を稼ぐために、おめえのお父とお母の墓を守っているんじゃねえと言ったんだが、また墓参りに戻ってきたいのでどうしてもと、無理矢理金をおいていった。だから、金に困っている様子には見えなかった。身形も悪くはなかった。けど、あれ以来、一度も墓参りに戻ってきたことはねえ。あれから音沙汰《おとさた》もねえ」

「お桑さん夫婦は、そのときに、どこへいくか、言わなかったんですか」

「お桑と亭主は、今は北牧宿《きたもく》で暮らしてると思う。八年前のことだから、ちゃんとは覚えてねえが、北牧宿で旅籠を営んでいると言ってた」

「旅籠？　お桑さんとご亭主が北牧宿で旅籠を営んでいると、仰ったんですか」

布助は首肯した。

「お桑さんとご亭主は、どうやって旅籠を手に入れたんですか。旅籠の屋号は、何屋さんなんですか」

「そこの事情は知らねえし、何屋かも聞いてねえ。こっちも、確かめる気はなかった。そうかい、達者でなと見送っただけだ」

だが、そう言ったあとで、物憂げに言い添えた。

「あのとき、お桑は旅籠を手に入れるほどの元手をどうやって稼いだのか、宿場役人にかけ合ったりするむずかしい仕事はどうやったのか、怪しいと思ったのは覚えてる。お甲さん、今さら何を言っても手遅れかもしれねえが、万が一、御用の筋でお桑と亭主にお上のお咎めがくだされるようなことになったら、ちょっとは大目にみてやってくれねえか。親類縁者に咎めがくだされて、自分らにも咎めが及ぶかもしれねえと、恐れて言うんじゃねえよ。当人にもどうにもならねえ運不運があるってえのは、おれもそのとおりだと思う。もしも、お桑がお上の咎めを受けるようなことをしていたなら、お桑はそんな生き方しかできなかったんじゃねえかと、そんな運しかなかったんじゃねえかと、思えてならねえんだ。そうじゃねえかな、十太さん」

十太は頷いた。

布助は粗朶を折って囲炉裏にくべた。粗朶が炎の中ではじけ、乾いた音をたてた。細流《さいりゅう》のせせらぎが、家の外の凍てつく静寂をわずかに破っていた。

お甲は、囲炉裏の粗朶の小さな炎を凝っと見つめた。

# 第四章　地の果て

## 一

　中山道の高崎城下から北へとる上州路は、三国峠を越して、越後、佐渡《さど》へといたる三国街道である。その三国街道に横たわる吾妻川の、南岸の金井村《かないむら》と対岸の北牧宿に渡船場があった。

　その渡船場の北側、旅籠が瓦葺屋根をつらねる北牧宿の街道筋から、小野子村《おのこむら》のほうへ曲がって半町ほどの間道沿いにも、これは板葺屋根の古びた旅籠が、宿場の人家からはずれて一軒建っていた。

　表戸の両引きの腰高障子に、《お宿　竹屋《たけや》》と屋号が記されている。

　間道へ向いて開かれた表戸から、一間（約一・八メートル）幅の前土間が奥へ通っていて、前土間の右手にある寄付きの窓の腰付障子も、通りへ向けて開け放してある。

北牧宿から一里（約三・九キロメートル）ほど吾妻川上流の小野子村にも、対岸の祖母島村《うばしまむら》に渡す渡船場があって、街道筋ではない間道ながら、竹屋の前の人通りは少なくなかった。

人通りはあっても、竹屋は一階二階を合わせた部屋数は少なく、飯盛《めしもり》もおいていないあまり流行らない平《ひら》旅籠だった。

吾妻川は、吾妻郡を西から東へとくだって渋川宿付近で利根川に合流する。

しかし、吾妻川は吾妻郡の山間部を源流としていて、洪水《こうずい》で川があふれることが多く、しばしば川留《かわど》めになった。

そういうときは、竹屋も部屋の間仕切をとった相部屋にして客で埋まった。

お桑と忠次という四十すぎの中年夫婦が、江戸から上州へ流れてきて、北牧宿を中心に、周辺の五、六ヵ村を縄張りにする百右衛門《ひやくえもん》の店に現れたのは、八年前の晩秋《ばんしゆう》のころだった。

百右衛門はお桑と忠次をしばらく店に逗留《とうりゆう》させたのだが、ちょうどそのころ、折よくと言うべきか、竹屋を営んでいた老夫婦が、跡とりもいないので売りに出したのだった。

百右衛門は、売りに出ていた竹屋を買いとり、お桑と忠次夫婦にあとをやらせることにした。

お桑の郷里はどうやら、上州の草津の湯治場に近いどこかの山村で、娘のころに江戸のお店へ奉公にあがり、やはり江戸へ出稼ぎにきていた相州生まれの忠次と懇ろになって、江戸で所帯を持ったらしかった。

ただ、百右衛門の子分らは、お桑と忠次の詳しい素性や、二人が江戸でどんな暮らしを送っていたのか、何があって江戸暮らしをきりあげ、北牧宿の百右衛門を頼って上州へ流れてきたのか、聞いていなかった。

子分らの中で、百右衛門とお桑忠次夫婦の因縁を知っているのは、頭《かしら》だった二、三の者らだけで、三下《さんした》らは、百右衛門がお桑忠次夫婦と昔ちょっとした親しい間柄だった縁、というぐらいにしか知らされていなかった。

ともかくも、お桑忠次夫婦はそれから八年、宿場周辺の百姓女を二人か三人ほど通いで雇い、流行りもせず、さりとて閑古鳥《かんこどり》が鳴くほどでもない竹屋を、それなりに営んできた。

北牧宿の問屋場《といやば》の役人と旅籠組合の旦那衆の寄合には、お桑が百右衛門の代人として出た。

お桑は百右衛門から竹屋を任されている使用人にすぎないが、宿場と周辺の村々を縄張りにする百右衛門の代人なら、役人であれ旦那衆であれ異議を申したてることはなく、この八年、お桑は竹屋の女将と変わらぬ扱いを受けてきた。

百右衛門は博奕渡世のやくざながら、北牧の宿場と周辺の村々に睨みを利かし、治安を保っている親分だった。

大体、上州はどこも渡世人や無宿者が多く放浪する土地柄である。

吾妻川対岸の渋川宿の南牧《なんもく》に高崎藩の関所はあるものの、藩の役人は二、三人しかおらず、地元の有力三家が関所の定番を世襲して勤めているのみで、役人の支配が北牧宿に及ぶことはなかった。

すなわち、北牧の宿場と周辺の村々は百右衛門が治安を保っており、その意味で、百右衛門は土地の顔利きだった。百右衛門が言えば多少の無理は通ったし、多少の違法、例えば、ご禁制の賭場も見逃された。

「いたって人柄のいい夫婦でごぜいやす。あっしが請《う》け合いやすので、どうか仲間に入れてやっておくんなせい。そのうちに落ち着いたら、人別をとり寄せると、本人らも申しておりやすので」

土地の顔役の百右衛門が、そう請け合うのだから、問屋場の役人も旅籠の旦那衆も、お桑忠次夫婦の素性や過去を詮索《せんさく》しなかった。二年三年とたつうち、

「あの夫婦も、まずまずじゃないか」

と、問屋場の役人や旅籠の旦那衆が言い、殊に、お桑が女将としてよくやっている、竹屋はお桑で持っているね、とも評判になって、いつしか、竹屋は《お桑の宿》で通じるほどになっていた。

八年がたって、お桑も忠次も未だ人別をとり寄せてはいなかったものの、八年もたって今さら、お桑忠次夫婦の素性を、誰も気に留めなかった。忘れていた、というより、気に留めるほどの不審は見られなかった。

ただ、一度だけ、宿場でちょっとした噂になるような出来事があった。

お桑と忠次が竹屋を任されて半年ほどがたった、享和二年の春の終りころだった。ひとりの旅人風体の男が、竹屋を訪ねてきた。

三度笠《さんどがさ》の陰の中から、青白い細面の整づた目鼻だちながら、潤んではいても険しいきれ長な目を凝っと向ける若い男だった。

背が旅籠の低い軒につきそうなほど高く、痩せた身体に鉄色の上着を尻端折りにして、黒の角帯《かくおび》をぎゅっと締め、灰色の股引、黒の手甲脚絆、黒足袋草鞋掛に縞の引廻し合羽で痩身をくるんでいた。

肩に柳行李《やなぎごうり》の両がけ荷物をからげ、背中の行李には、茣蓙《ござ》でくるんだ二尺

（約六一センチ）余の長どすを思わせる得物が、しっかりとくくりつけてあった。

その旅人風体が、身体を折って表をくぐり、竹屋の前土間に長い足をゆっくりと踏み入れたのは昼前だった。男は前土間に両足を踏み締めて凝っと佇み、声をかけず、宿の者が気づくのを待っていた。

使用人の女が、前土間の異様な気配に気づき、三度笠の旅人風体を認め、朝のこの刻限に客ではねえなと思いつつ、草履を引き摺って応対に出た。男の前へ出ると、見あげるほど背が高かった。

「兄さん、ご用かね」

女は男を見あげて、声をかけた。

「宿のお客なら、支度がまだできてねえから、ちょっと待ってもらわねばならねえだで。それでもかまわねえか」

男はこたえず、女の後ろを指差した。女がふりかえると、前土間と奥の勝手の土間の引戸の敷居のところに、お桑が立って男を見つめていた。

「女将さん、こちらのお客さんが……」

言いかけたが、お桑が男を見つめたまま、何かしらおずおずとした様子で男のそばへ近づき、

「あんた、ぶ、無事だったんだね」

と、ささやいたのが聞こえた。

「言っただろう。待ってたんだよ」

お桑は両腕を広げて言い、男の痩身を抱き締めた。

小柄なお桑は、見あげるほどの男にすがりつくような恰好になりながら、よかった、よかった、と呪文《じゅもん》を唱えるように繰りかえした。

男は、お桑のするままに凝っと身動きせず、三度笠の下からお桑を見おろしていた。お桑の頰に、涙がいく筋も伝った。

やがてお桑は、泣き笑いの顔を、お桑のふる舞いに戸惑っている女に向けた。

「この子はね、あっしと亭主の、たったひとりの大事な倅なんだよ。わけがあって、一緒に住めなかったんだ。ようやく会えた」

「はあ、女将さんの……」

「名前は正吉だからね。覚えておきな。さあ、正吉、お父っつあんも待ちかねてたよ。おいで。疲れたろう」

お桑は正吉の手を引いて、土間の奥へ連れていった。

前土間を格子の引戸で仕きった勝手があって、勝手から奥の部屋へ通り庭が続いていた。一階の客用の間仕切した部屋が通り庭に沿っていて、通り庭が裏庭へ通じている一番奥の部屋を、お桑と忠次夫婦の居間と寝間に使っていた。

部屋は裏庭側に濡れ縁があり、囲いもない裏庭の向こうは、畑を隔てて吾妻川の崖道《がけみち》に出た。切岸《きりぎし》が吾妻川の川原にくだっていた。

忠次は奥の居間で、ある道具の手入れに余念がなかった。

「あんた、開けるよ」

お桑が言った。

「おう、ひとりか」

忠次は手入れの手をとめず、通り庭側の腰付障子へ訊きかえした。

腰付障子を引くと、板縁に腰かけた縞の合羽の後ろ姿が見えた。後ろ姿は身体をかがめて、草鞋の紐を解いていた。傍らに、三度笠と両がけ荷物をおいていた。

お桑が忠次を見て、

「ほらあんた、正吉だよ」

と、お桑が目をしょぼしょぼさせて言った。

「あっ、おめえ……」

と、忠次は手入れをしていた鉄砲をつかんだ恰好のまま、縞の合羽の後ろへにじり寄った。

正吉は身体をかがめた肩越しに忠次へ見かえり、薄笑いを見せた。

「なんだね、あんた。そんなもの、仕舞っておきな」

お桑が声を抑えて忠次をたしなめた。

忠次は鉄砲をつかんでいることに気づいて、慌てて行李の中へ戻した。行李の中には、もう一挺《ちょう》、鉄砲が寝かせてある。

「そうかいそうかい、無事だったかい。てえしたもんだ」

忠次は、縞の合羽に触れそうなほど、震える両手を差し出した。お桑はまた、頬を伝う涙をぬぐいつつ言った。

「すぐに、すすぎを持ってくるからね」

だが、お桑と忠次夫婦の倅という旅人風体の男が竹屋に現れた話は、すぐに宿場に伝わり、貸元の百右衛門の耳にも届いた。

その日の宵、百右衛門は数人の子分を従え、竹屋に乗りこんできた。

その日は二階にひとり、旅の行商の客がいるだけだった。朝が早いので、宵の明るいうちに夕飯を食って、さっさと寝床についていた。通いの使用人らももう帰って、宿は静まりかえっていた。

そこへ、百右衛門と子分らが通り庭の土間に草履を騒々しく鳴らし、居間へあがりこんだ。百右衛門は、お桑と忠次が畏まっている前へどんと腰を落として胡坐をかいた。子分らは百右衛門の後ろに居並んだ。

夫婦の居間は十畳あるが、六畳と四畳に間仕切し、正吉は四畳で布団にくるまっていた。午前に竹屋へ現れてから、ずっと眠っていた。若く健《すこ》やかな寝息が間仕切ごしに聞こえていた。

「お桑さん、忠次さん、倅がきたそうだな。奥にいるのかい」

百右衛門が不審そうに、間仕切の襖《ふすま》へ顎をしゃくった。

「きてからずっと寝てます。長旅で疲れているんです」

お桑が寝息をたてている倅を起こさないように、小声で言った。忠次は肩をすくめて俯いている。

「貧弱なあんたらに、似てもつかねえ背の高え男だそうだな。まこと、あんたらの倅かい。それとも、捨て子を拾ったのかい」

「よしてくださいな、親分さん。あっしらの倅に間違いありませんよ。人それぞれじゃありませんか。見た目は似てなくても、神さま仏さまが、ちゃんとあっしらに授けてくださったんです」

「十二年前は、そんな倅はいなかったじゃねえか」

「あのときは、あっしはああいう務めでしたから、人に預けていたんです」

百右衛門は、唇を歪めてお桑を睨んだ。百右衛門は中背ながら、胸板の厚いたくましい身体つきだった。

「渡世人かい」

お桑は頷いた。そして、

「親がかまってやれなかったもんですから、ぐれましてね」

と、膝の上で皺《しわ》の多い手の甲を擦りつつ言った。

「まさか、凶状持《きょうじょうも》ちじゃねえだろうな」

「いえ、決して、そんな子じゃありません。ただ、ひとところに凝っとしていられない性分で、旅暮らしに染まっちゃいましてね。時どき、親の顔を見に、ふらりと姿を見せるんです」

「そうかい。ならいい。お桑さん、忠次さん、十二年前、あんたらから受けた恩義は忘れちゃあいねえ。おれは人情に厚い義理がてえ男なんだ。だからこうやって、素性も知れねえあんたらの面倒を見てやってるんだ。だがな、ここは江戸じゃねえ。ここは先代の親父から引き継いだ、おれの命よりでえじな縄張りなんだ。

命よりでえじな縄張りに、泥を塗られちゃ困るんだ。妙な野郎に土足で踏みこまれて、縄張りを台無しにされちゃあ困るんだ。相手が誰だろうと、縄張りを荒しにきやがったら、ただじゃおかねえ。事と次第によっちゃあ、生かしちゃおかねえ。そういう場合も、なきにしもあらずってことだ。そこんとこをわきまえてくれよ。でねえと、あんたらをこの宿場においておくわけにいかなくなるんだぜ」

「承知しております。親分さんのご恩は、片ときも忘れたことはございません。うちの人と毎日欠かさず、掌を合わせております」

「ふん、掌を合わせてくれてるのかい。その言葉、忘れるんじゃねえぜ。なあ」

百右衛門は子分らを見廻し、子分らはにやにやした。

「倅を起こせ。顔を見ておきてえ。挨拶ぐれえ、させろ」

「今は気持ちよく寝てますので、親分さん、今夜じゃなくても」

「昼間っから寝ていやがるんだろう。そろそろ起きてもいいころだ。おい、起こしてやれ」

百右衛門が子分に命じ、「あっしが」とお桑が止めるより早く、子分は間仕切を無造作に引き開けて、四畳の暗がりに敷いた布団に、後ろ向きに寝ている倅を荒っぽく起こした。

「起きろ。おい、ほら、起きやがれ」

うん？　と倅が目を覚まして子分を見あげ、行灯の明かりが倅の中高《なかだか》な尖った横顔に射した。

「正吉、起こして済まないね。お世話になっている百右衛門親分さんに、ちょっとご挨拶を、しておくれでないかい」

お桑がとりつくろって言った。

倅は六畳の百右衛門らのほうへ顔を向け、大きな溜息をついた。やおら、帷子ひとつの恰好で起きあがり、四つん這いで六畳にきて、お桑と忠次に並んで帷子の裾を整えた。青白い細面の尖った顎に、うっすらと髭が覆っている。

「おめえが、倅か。正吉ってえのかい」

正吉はうな垂れた恰好で、首を頷かせた。

百右衛門は、正吉を穴の開くほど見つめた。

「ずいぶんでけえな。お桑さんと忠治さんの倅には見えねえぜ。どっからきた」

正吉はこたえなかった。ただ、首を小さく左右に震わせた。

「どっからきたのか、訊いてんだ。どちらの親分さんの世話に、なってたかってな。どっからきたか、わからねえのかい」

　正吉は黙って、顔をそむけた。それから、生あくびをした。

「この野郎、親分にこたえねえか」

　子分のひとりが叱りつけた。

「親分さん、正吉は口下手なんです。不愛想に見えますけど、そうじゃなくて、上手く話せないから、こんなふうなんです。悪気はないんです。こんなふうだから、まともに奉公先が務まらなくて、江戸の暮らしに見きりをつけて、旅暮らしを始めただけなんです。大目に見てやってください」

　お桑がおろおろして言った。

「なんでい。まともに他人と話ができねえのかい」

「そうなのかい。阿呆《あほう》なんだな」

　子分らが言い合い、せせら笑った。

「いいえ。正吉は阿呆じゃありませんよ。正吉は、神さまと仏さまがあっしらに授けてくださった、とても利巧《りこう》な子です。他人と馬鹿話をするのが面倒で、いやなだけなんです」

「馬鹿話だと。厚かましく親分の世話になっていながら、よく言うぜ」

「神さま仏さまじゃなくて、地獄の閻魔《えんま》さまだったりしてな。正吉、お桑さんと忠次さんの倅だから大目に見てやる。けどな、この宿場で面倒を起こすんじゃねえぞ。わかってるな」

正吉は黙って頷いた。

「まあ、よかろう。いくぜ」

百右衛門と子分らは立ちあがり、どやどやと引きあげていった。お桑と忠次が百右衛門らを表戸まで見送り戻ってくると、正吉は間仕切を閉ざして、また布団に入ってはや寝息をたてていた。

二

享和元年のあの夜、茶船は両国大花火で賑わう大川から綾瀬川《あやせがわ》へ進路を変え、古隅田《ふるすみだ》をへて中川《なかがわ》へ入った。

忠次が艫で櫓を漕ぎ、お桑が舳に出て棹を使った。

享之介は、竹網代の掩蓋の中で船縁に凭《もた》れ、ひとりで考え事に耽っていた。

お桑はとき折り、筵の隙間から暗い掩蓋の中をのぞいて、享之介の様子を探った。享之介の影は、細長い首が折れそうなほど、力なく垂れていた。

櫓の軋《きし》りとしばしば魚の跳《は》ねる水音が、川面を覆う静寂を破った。

希《まれ》に、土手を提灯をゆらした人影が通ることもあったが、川筋に浮かぶ茶船の黒い影に呼びかけてくることはなかった。

夜空高く懸かった満月の白光が銀色に耀かせる川面を、ひたすら漕ぎのぼり、中川が下総《しもうさ》の庄内古川《しょうないふるかわ》となってなおも北へ進んで、利根川からの分流地である栗橋《くりはし》の河岸場近くで、夜明け前の白みを迎えた。

夜明けの近づく白々とした西の空に、淡く透きとおった満月が、まるで幻《まぼろし》を見るように浮かんでいた。

庄内古川から利根の本流へ漕ぎ入り、栗橋の河岸場と離れた背の高い、深い葭《よし》に隠れた川原に船を泊めた。朝の川風が葭をなびかせ、よしきりが川原のどこかで鳴いていた。

お桑は舳のほうから、忠次は艫のほうから、薄暗い掩蓋へ入り、船縁に背を凭せかけた享之介の左右に片膝をたてて坐った。忠次は、上目遣いに享之介を見つめていたが、何もきりださなかった。お桑が、享之介を問いつめた。

「あんた、これからどうすんのさ。ゆくあてがあるのかい」

「ゆくあてなどない。よって、おれはどこへでもいける。勝手気ままだ」

「町方与力の主人夫婦と同心を斬って、あんたの人相書が触れ廻されるんだ。死ぬまで追い廻されるお尋ね者だよ。おまけにあっしらまで巻きこんで。江戸に戻れなくなっちまったじゃないか。どうしてくれるのさ」

「江戸に何の未練がある。江戸のごみ溜の中で、暮らしたいのか。おまえらを江戸のごみ溜から救い出してやった。違うか。だが、それもここまでだ。ここからはおれの勝手にする。おまえらも勝手にしろ。ここまでの船賃だ」

享之介は大刀を肩にかつぎ、長い両足を投げ出した傍らに、ひと抱えの木箱をおいていた。町方に追われて箱崎まで逃げてきたとき、わきに抱えていた。それを、お桑のほうへ無造作に押し出した。

お桑は訝《いぶか》って、箱の蓋をとった。

すると、掩蓋の薄暗がりの中でも、金貨や銀貨の固まりが鈍い耀きを放っていた。間違いなく、数百両はあった。一瞬、お桑は呆気にとられた。忠次が、なんだい、という顔つきをお桑に向けていた。

「こ、これは……」

お桑は享之介に言った。

「数えたが、面倒臭くなってやめた。六百両以上ある。おまえらにやる。全部、持っていけ。町方与力の利権だ。商人らから袖の下をたっぷりとって、蓄えた疚《やま》しい金だ。やつらはおれが成敗《せいばい》してやった。だから、もう持ち主はいない。これからはおまえらの金だ」

亨之介が煩《わずら》わしそうに言い捨てた。

お桑は震えた。この男は頭がどうかしている。普通じゃないと思った。だが、すぐに普通なわけがないじゃないかと思った。そうして、あっしらも普通じゃないからこうなったんじゃないか、と頭の中で辻褄《つじつま》を合わせた。

「よし、いくとするか」

亨之介は、抱えていた大刀の鐺《こじり》を板子に鳴らした。

「あんた、あっしらは上州に逃げる。亨主と前から話してたんだ。江戸を出て、上州へいこうってね。あっしらは、吾妻川の北牧宿を縄張りにしている百右衛門という貸元を頼るつもりさ。十年くらい前、百右衛門に貸しがあって、きっとかくまってくれる。だから、あっしらは北牧宿にいる。逃げ場に困ったら、訪ねておいで。あっしらの倅ということにすれば大丈夫だよ」

「おれが、おまえらの倅になるのか」

亨之介は薄笑いを暗がりに投げた。お桑は亨之介の自嘲に気づかず、

「倅の名前は……」

と、真顔で考えた。

「正吉だ。おれの子供のころの名だ。元服するまで、そう呼ばれていた。主人の殿山竜太郎は、下女働きの女に産ませたおれを、倅にする気などないのに母親から引き離して引きとった。三一侍の家来にして、死ぬまで飼い殺しにするつもりだった。ゆえに、思い知らせてやった。父親が倅を貶《おとし》めた罰を、与えてやった。忠次、おまえの着物を貸せ。おれの着物は、あいつの薄汚いかえり血で汚れている。おまえの着物で、無宿の渡世人に生まれ変わる。今からおれは心のまま、ほしいまま、自由気ままだ」

お桑も忠次も、昂揚《こうよう》して言う享之介を見つめていた。

享之介は、忠次のぼろの着物を尻端折りにして、殿山から奪った大小を筵にくるんで肩にかつぎ、利根の川原に飛びおりた。東の空に朝焼けが広がっていたが、日はまだのぼっていなかった。

沈みかけた満月は、薄絹のように透きとおっていた。

「正吉、死ぬんじゃないよ。無事で。あっしら、また会う日を待ってるよ」

お桑は掩蓋から出て、享之介に声を投げた。お桑の頬を、なぜか涙が伝った。

忠次も這い出てきて、享之介を見送った。

享之介がふりかえり、お桑と忠次に言った。

「そうだな。もしいつか、三一凶之介という渡世人の噂を聞いたら、そいつはおれだと思ってくれ」

「さんぴん、きょうのすけ？」

「凶状持ちの三一凶之介だ。その噂が聞こえたら、おれがまだどっかで無事ってことさ。じゃあな」

享之介は踵をかえし、葭の繁みの彼方へたちまち姿をくらました。川風の騒ぎとよしきりの鳴き声だけを、川原に残していった。

お桑と忠次は五料関所のある五料河岸の手前、平塚《ひらつか》河岸付近で船を捨て、徒歩で上州吾妻郡を目指した。

自分たち夫婦は江戸で食いつめ、着の身着のまま、昔、縁のあった北牧宿の百右衛門という親分を頼っていくところだと、わざとみすぼらしい夫婦姿に窶《やつ》して同情を誘い、街道をさけ、村から村へとわき道をいき旅を続けた。

北牧宿の百右衛門の命を、お桑と忠次は救ったことがあった。

十一年前の寛政二年（一七九〇）だった。

百右衛門はそのころ、親父の先代親分から北牧宿と周辺の村々の縄張りを継ぐ前の、三十に手の届かぬ若い渡世人だった。

親父の縄張りを継ぐ前に、一度、八州の親分衆の縄張りをめぐって挨拶し、江戸にもいって見聞を広めてきたらいいと親父に勧められ、子分二人と旅に出た。

江戸へきたとき、百右衛門は深川の永代寺門前町の岡場所の土橋《どばし》で遊んだ。

ところが、その土橋で女を廻って客と口論になり、相手に田舎者と罵られ、かっとなった百右衛門は、相手を瀕死《ひんし》の目に遭わせた。若いころの百右衛門は血気盛んで、喧嘩っ早い男だった。

瀕死の目に遭わされた相手は、深川の貸元の手下で、仲間らが大勢で仕かえしに駆けつけた。百右衛門は命からがら逃れ、入船町の岡場所にもぐりこんだ。そのときの女がお桑だった。

お桑は、追われて怯えている若い百右衛門に同情し、かくまってやったうえに、忠次にこっそり伝えて、船で千住大橋まで逃がしてやった。

入船町の《貸し船》に雇われた船頭だった忠次は、お桑の馴染みだった。身請けはできないが、お桑の年季が明けたら、夫婦になる約束を交わしていた。

百右衛門を、忠次の船にこっそり乗せてやったとき、百右衛門はお桑の手をにぎり締めて言った。

「この恩は一生忘れねえ。千年も万年も忘れねえだで。おれは、上州吾妻郡の北牧宿の貸元の倅だ。もしも、あんたが江戸にいられないような困った目に遭ったら、いつでも、北牧宿の百右衛門を頼ってきてくれ。決して、悪いようにはしねえ。心から礼を言うぜ」

百右衛門が江戸から逃れた翌年の寛政三年九月、洲崎に高汐が襲い、一帯は壊《かい》滅《めっ》し、入船町の町家も流された。

あれから十一年がたっていた。

お桑と忠次が、長い放浪をへて北牧宿の百右衛門を訪ねたとき、上州は享和元年のもう冬になっていた。

それからさらに八年がたった文化六年の一月下旬、お桑には気になることがあった。三日ほど前だった。江戸の職人の夫婦が、郷里の布施《ふせ》の親類に用があって帰郷し、江戸へ戻る途中、旅籠の竹屋に投宿した。若い夫婦だった。

夫婦は翌日の早朝発つはずだったのが、女房の具合が急に悪くなり、宿泊を延ばさざるを得なくなった。

宿場の医者を呼んで診せたところ、風邪だな、寒さが応えたのだろう、二、三日寝ておれば治る、薬をとりにくるように、と診たてて帰っていった。

夫婦は三晩宿泊を続け、女房の具合も回復し、今日の早朝、宿を発った。

その夫婦が、なぜ気になるのか、じつは、お桑にもよくわからなかった。いやだね、と不安な予感がした。

小太りの職人の亭主は愛想がよく、あまり職人らしくなかった。蠟燭作りの職人と言っていた。女房が二階の客部屋で臥《ふ》せっている間、ひとりで階下へおりてきて、雇いの女らと戯言《ざれごと》を交わし、屈託《くったく》のない笑い声をたてていた。

「女将さん、ちょいと、ぶらぶらしてきやす」

とお桑に笑いかけ、二刻ほど出かけることもあった。忠次には、蠟燭作りの話を聞かせ、忠次が吾妻川で釣りをするので、気楽な釣り談議で暇を潰していた。

具合の悪い女房は、あまり気にならないふうだった。

女房のほうも、具合はすぐによくなっていた。部屋では横になっておらず、大事をとって宿泊を延ばしているだけだった。

こちらもやはり、職人の女房には見えなかった。整った目鼻だちに見せる笑顔は穏やかだったが、身体の奥に一本芯《しん》が通っていて、お桑は、この女房は元は堅気じゃなさそうだね、と思った。

そうして何より、夫婦は生まれも育ちも江戸者のような気がした。夫婦のどちらにも、上州者の重い気配が感じられなかった。お桑は、郷里の上州を捨ててから、上州で生まれた者と江戸者との違いを感じるようになっていた。

これが、と言えるのではないけれど、虫が何かを知らせていた。

今朝早く、夫婦が宿を発って少しほっとした。大した懸念ではなかった。お桑はもう、考えないようにした。

だが、お桑の気になることは、もうひとつあった。

お桑は昨日、宿場外れの百右衛門の店にいった。

「親分が呼んでるだで、顔を貸せ」

と、若い衆が呼びにきた。

百右衛門の住居は、主屋のほかに納屋があって、大きな百姓家のようだった。

お桑は、囲炉裏のある土間続きの部屋に通された。

「親分、ご用をうかがいにきました」

お桑が言うと、「まあ、あがって温まれ」と、百右衛門が物憂そうに目を剝いた。お桑が囲炉裏の座につくと、百右衛門がいきなりきり出した。

「竹屋だがな、そろそろかえしてもらえねえか」

はあ？　とお桑は百右衛門を囲炉裏ごしに見やった。囲炉裏に火は燃えているが、百右衛門の店は冷え冷えとしていた。子分らが、土間と部屋に散らばり、みなむっつりとして、お桑と百右衛門を見守っていた。

「竹屋をあんたら夫婦の好きなようにさせてやって、ひいふうみい……もう足け九年だ。その間、あんたらの面倒は、十分見てやったでな。お桑の宿とか言われてよ、主人夫婦みてえにふる舞って、使用人も使って、食う物《もの》にも困らず、物乞《ご》い同然のあんたらが、おれを頼ってきて、たっぷりいい思いをしてきただろう。世間じゃ、そんな夢みてえなことはあり得ねえぜ。おれが、全部お膳だてして、あんたらの世話をしてやったってわけだ。本来なら、竹屋の儲けはおれのもんだが、それもあんたらの勝手にさせてやってきた。おれは自分の懐が痛んでも、困っておれを頼ってきたあんたらのためなら、それぐれえのことはなんでもねえ。おれはそういう男だ。うちの若え衆に、親分、人のいいのもいい加減にしなせえと、よく言われるんだ」

お桑は平然とした素ぶりを装っていたが、不快な思いがこみ上げてくるのを抑えていた。百右衛門は長煙管に刻みをつめ、囲炉裏の火をつけた。ふうっ、と煙を吹かして言った。

「お桑さんは、また遠い昔の古い恩義を持ち出すんだろうが、普通、二、三年も世話になりゃあ、長々とお世話になりました、これだけお世話になったらもう十分ですから、おかえししますってえのが、世間の道理じゃねえか。それを、未だに古い恩義を盾にとって、八年も居座ったうえに、稼ぎのほうもてめえらの懐にちゃっかり入れて、知らんぷりしてるのは、どうかと思うぜ」

「親分さん……」

と、お桑は言った。

「これまでの、竹屋の稼ぎを差し出せって仰るんですか」

「そうじゃねえんだ。あんなぼろ旅籠の稼ぎなんぞ、高《たか》が知れてるのはわかってる。お桑さんの好きにしてかまわねえ。けどな、ぼろ旅籠の竹屋はそろそろ、かえしてほしいんだ。こう言っちゃあなんだが、おれはあんたらから受けた恩義の何倍もかえしてやったはずだぜ。それぐれえ、ちょっと考えりゃあわかるだろう。さすがに、そろそろじゃねえかってな」

「竹屋をかえせって仰いますけど、八年前、竹屋を買いとる代金はあっしらが出したんじゃありませんか。親分さんのお力のお陰はそのとおりですけど、親分さんは一文だって、自分の懐を痛めていらっしゃらないじゃありませんか。そのうえ、親分の口利き料もお支払いしたじゃありませんか」

「おいおい、お桑さん、世間知らずもほどほどにしねえか。おれの口利き料が、あんな端金《はしたがね》で済むと、本気で思っていたのかい。冗談じゃねえだでな。第一よ、あんたらあの金は、どうやって手に入れた。どういう筋の金だ。場末《ばすえ》の女郎屋《じよろうや》の安女郎と、貸し船のしがねえ船頭に、どうやったらあんな大金が手に入る。岩鼻の陣屋にいって斯《か》く斯く云々《しかじか》と訴えりゃあ、もしかしたら、あんたらの首はとっくに素っ飛んでいたんじゃねえのかい。おれは何も訊かずに、何も詮索せずに、ずい分と危ない橋を渡っているのを承知で、お上の目からあんたらを、かくまってやったんじゃねえのかい」

お桑は百右衛門を凝っと見つめた。

「あっしらを、追い出したいんですね」

「そうじゃねえ。居たきゃ居ていい。使用人として雇ってやるだで。ぼろ旅籠を小綺麗にして、一階を賭場にして、二階には女をおく。博奕をしてもいいし、女らと戯れてもいいし、酒を呑んで騒いでもいい。ぼろ旅籠が、男衆の楽しい遊び場に生まれ変わるんだ。問屋場のお役人と旅籠仲間の旦那衆らには、あんまり目だたねえように気をつけてな、と内々にいい返事はもらってるだで」

百右衛門は、煙管を囲炉裏の縁に打ちあて、吸い殻《がら》を落とした。

かえすもかえさないもなかった。百右衛門は勝手に、もう話を進めていた。お桑も忠次も、五十近い歳になっていた。このまま竹屋を営んで、もっともっと歳をとって、何事もなく、穏やかに消えていくとは、思っていなかった。

そんなわけないよ、と思っていても、そうであってほしいと、内心に少しはそういう希《のぞみ》もないではなかった。

なんて恩知らずな男なんだ、所詮、やくざだね。

お桑は溜息を吐いた。

「親分さん、亭主にも話さないといけませんので、少々暇をくださいな」

「ふん、あのなまくら亭主に話しても、いい知恵が浮かぶはずもねえがな。まあいいだろう。ただし、そう長くは待たねえぜ。それから、先月から倅の正吉もいるんだってな。あの風来坊《ふうらいぼう》が、今度はずい分、長居してるじゃねえか。お桑さん、正吉にも言っときな。さっさと草鞋を履《は》いて好きなところへ消えなって。ここにはもうおまえの居場所はないから、二度とくるんじゃねえよってな」

百右衛門はにやにや笑いをお桑へ投げかけ、様子をうかがっていた。

帰りがけ、百右衛門の店から出るときだった。

「三一凶之介……」

と、店のどこかで男らが言葉を交わしている話の中に聞こえて、お桑の足が止まった。ほんの束の間、お桑は男らの声に耳をそばだてた。お桑の胸が高鳴った。

だが、三一凶之介の名前が聞こえたのは、一度だけだった。

お桑は歩みを進め、百右衛門の店を出た。

三

江戸に帰る職人夫婦が早朝に発ったその日は、朝から冷たい空《から》っ風が吹いた。雪を戴《いただ》いた北の山嶺に、厚い雲がのしかかっていた。黄色い砂を巻きあげた空に、お天道さまがかすんでいた。

風のうなりが、旅籠の外に聞こえていた。

閉てた戸の中は、通いの女らがきて、部屋や据風呂の掃除、洗濯物、客部屋の畳をばたばたとゆらす物音などが騒がしかった。

お桑は、台所の隣の内証《ないしょう》で帳簿を見た。大体、渡船場の川留めのとき以外、竹屋の客は二組かせいぜい三組で、人数は多くて六、七人だった。帳簿を見るのに、長くはかからなかった。

内証を出て、台所から勝手の土間におり、表戸のほうへいきかけたところへ、朝早くから釣りに出かけていた忠次が、表戸の腰高障子を引き、空っ風と一緒に前土間に入ってきた。菅笠をかぶり、寒さよけの蓑を着けていた。

「お帰り。寒かったろう。竈の火であったまりな」

お桑は、忠次の釣り竿とびくをとった。びくの中をのぞくと、小さなたなごが二尾と、これも小ぶりのおいかわが一尾、入っているだけだった。

「おや、今朝は不漁だったね」

「風が強くて、川が荒れてだめだ。晩飯によ、もうひと皿出せるように粘ったんだが、凍えちまった」

忠次は、竈の焚き木の炎に手をかざして言った。

「しょうがないね。川がだめなら、山へいって猪でも撃とうかね」

「この空っ風じゃあ、山は吹雪《ふぶき》だぜ。山で吹かれりゃ、猪を撃つ前にこっちがお陀仏《だぶつ》だ」

「ふん、あんたもすっかり上州男になったね」

お桑は流し場にびくと釣り竿を持っていき、笊に魚を入れ、水で洗った。そして、竈にかけた鉄瓶の湯で茶を淹れ、忠次に湯呑を差し出した。

「済まねえ」

忠次は竈の火の前にかがんだまま、湯呑で両掌を温めるように包み、少しずつすすった。二階で女らが掃除をする物音が聞こえた。

「魚はどうする」

「それじゃあ、客には出せねえが、みそ汁の実ぐらいにはなるだろう。あとでおれが捌いとく。茶を呑んだら、先に薪《まき》割りをやる。正吉はどうしてる」

「起きてるよ。でも、朝飯もまだ食ってないんだ。さっき、朝飯だよって声をかけたら、あとにするって言ってたけど、出てこないね。ちょっと見てくる」

お桑は勝手の土間から、通り庭の土間をいき、奥の十畳へあがった。

十畳を六畳と四畳を間仕切した襖ごしに声をかけた。

「正吉、朝飯はまだいいのかい」

ああ、と正吉のゆるい声がかえった。

「開けるよ。いいかい」

うん、とまたゆるくかえってきた。

襖を引き、あっ、とお桑は戸惑った。裏庭側の腰付き障子に日の射した明るい四畳で、正吉が長どすの手入れをしていたからだった。そばには柳行李の両がけ荷物や手甲脚絆、予備の草鞋や革の手袋、矢立《やたて》、畳んで重ねた肌着、壁には菅笠と縞の引廻し合羽が、衣紋かけにさげてあった。

「旅に、出るのかい」

お桑は、意外に思って言った。

正吉はお桑を見あげ、かすかに笑みを浮かべた。

「長居をした。明日、暗いうちに発つ」

「あったかくなるまでいると思っていたのに、そうなのかい」

正吉は長どすへ目を戻し、刀身を鞘に納めて、ぱちん、と鍔を鳴らした。

「もっと前に発つつもりだった。けど、あんたらの世話になっていたら、妙に居心地がよくなっちまってな」

裏庭側の障子を震わす風のように、低いささやき声で言った。

ふと、お桑は今話さなきゃあと思った。四畳間に入り、後ろ手に襖を閉めた。

正吉の傍らに坐って、

「少しだけ、いいかい、享之介さん」

と、八年前の仲間の言葉つきに戻ってきり出した。

享之介は、何があった、というふうにお桑を見かえし、束の間、沈黙した。

納屋のある中庭のほうで、忠次が薪割りを始めた。斧が薪を打ち割る乾いた咳のような音が聞こえた。

「昨日、百右衛門に呼ばれてね……」

お桑は、昨日の百右衛門の話をした。話しながら、膝においた皺だらけの手に手を重ねて擦り合わせた仕種に、悔しさをにじませた。

「竹屋を買う金を出したのはあっしらでも、表向きは百右衛門が主人だから、あっしらからとりあげて、ここを賭場やら女郎屋にして、もっと儲けようって魂胆さ。あっしらに命を助けられたときは、あっしの手をにぎり締めて、この恩は一生忘れねえと、目に涙を浮かべて言ってたのに、任侠《にんきよう》も男だても、人の情けのかけらもありゃしない。強欲で、嘘つきで、自分勝手で。やくざなんて、所詮そんなものなんだね。仕方がないのかね。もう二十年近く前のことだから」

「これから、どうする」

享之介は腕組みをし、無精髭の生えた尖った顎に掌をあてた。

「わからない。郷里の長野原村に従兄がいるから、長野原村へ帰ろうかな。あっし亭主が帰ったら、従兄はきっと手を貸してくれると思う。不愛想だけど、親類は親類だし。あんたにもらった金も、少しは残っているし」

「いっそ、江戸へ舞い戻ったらどうだい。おれはお尋ね者だが、あんたらのことは知られていないと思うぜ。江戸の場末の裏店なら、案外、もぐりこめるんじゃないか。あんたら二人だけなら、誰も怪しまないさ」

「よく言ってくれるよ。あんたの所為で、ことになっちゃったんだから」

「悪かったかい」

「ふん、そう悪くはなかった。舟饅頭で稼いでいるより、ずっとましだった」

お桑はしみじみとした口調になった。

「享之介さんは、どうするつもりだい」

昨日、三一図之介の名前を百右衛門の店で聞いたことを思い出した。

「これまで通り、おれは勝手気ままにやるだけだ」

享之介はお桑にかえしたが、ふと、風に震えている障子戸へ目をやった。

忠次の薪割りの音が続いていた。

享之介は障子戸へ目を向けたまま、物憂げに言った。

「先日、忠次の朝釣りにつき合った。吾妻川の切岸をおりて、川縁の岩場に忠次と並んで釣り糸を垂らした。するとな、朝焼けの川面に忠次とおれが映っているのが見えたんだ。初めは、忠次と並んでいる老いぼれを誰だと思った。つい、周りを見廻して、自分の阿呆さ加減が笑えた。忠次と並んでいるのは、ほかならぬこのおれだ。なんということだ。こんな老いぼれになっていたのかと、気づかされた。そのとき、潮どきかなと思った」

「まだ二十七だろう、そんな歳じゃないよ」

言ったとき、ああ、とお桑はかすかに声をもらした。

胸を衝《つ》かれ、それ以上は言葉が出なかった。まだ二十七歳なのに、享之介の顔つきは、荒《すさ》んだ暗みに包まれた年老いた男のように見えたからだ。

・

その早朝、竹屋を発ったお甲と弁吉は、北牧宿の渡船場を対岸の金井村へ渡って、三国街道を渋川宿へとった。金井村から渋川宿まで南へ二十八町（約三キロメートル）、その途中の南牧に杢ケ橋《もくがばし》関所があった。

高崎藩が管轄《かんかつ》する関所は、実情は地元の有力三家が関所の定番を世襲している。

お甲と弁吉は、関所木戸の番人に、江戸北町奉行所の萬七蔵の手の者と伝え、取次を頼んだ。すぐに樫太郎が、関所の木戸へ駆けてきて、

「お甲さん、弁吉さん、お待ちしておりやした」

と、二人を出迎えた。

樫太郎の案内で、番所の表戸をくぐり、通路のような土間を通って奥へ入ると、土足のまま腰かけられる畳敷きの囲炉裏端があった。その一室は手広く、何人もの男らの姿があった。

「お甲、弁吉、ご苦労だった。まずは火にあたってひと息いれろ。それから首尾《しゅび》を聞かせてくれ」

七蔵が囲炉裏端から立ってきて、お甲と弁吉に言った。

「お甲、弁吉、こっちへ」

と、囲炉裏端の嘉助が手招いた。

岩鼻の陣屋の手代・為松久五郎もいて、ほかに陣屋の中間や小者らが六人いた。みなが囲炉裏端の周囲に集まり、お甲と弁吉の首尾に耳を傾けた。

お甲は、川越の十太の助けを借りて、お桑の里の吾妻郡長野原村へ向かい、お桑の従兄の布助を訪ねて、お桑と忠次が今は三国街道の北牧宿で、旅籠を営んでいると訊き出し、急いで岩鼻の陣屋に戻り、七蔵に知らせた。

七蔵は久五郎の助力を得て、まずはお桑と忠次を捕え、二人から田島享之介の足どりをつかむべく、北牧宿へ向かったのだった。

ところが、竹屋へ乗りこむ直前になって、竹屋のお桑と忠次には、いかなる事情でかはわからないものの、旅人暮らしを送っている正吉という倅がいて、その倅が、先月より竹屋に逗留していることが知れた。

正吉は、田島享之介が産みの母親おいずに名づけられ、元服するまで名乗っていた名だった。正吉という倅が、田島享之介の見こみは大いにあった。

嘉助の下っ引きだった弁吉は、八年前の田島享之介の顔を知っている。だが、弁吉と享之介が八丁堀で出会ったことはなかった。

「でえ丈夫です。こういうのはあっしの得意なんです。ばれやしません。やつの正体をあばいてやりますよ」

と、弁吉は言った。

七蔵は、お甲と弁吉を旅の夫婦者にして竹屋に宿をとらせ、お桑と忠次の倅が田島享之介に間違いないことを探らせたのだった。

竹屋に逗留している倅は、奥の部屋に閉じこもって、昼間はほとんど姿を見せなかった。夜明け前か夕暮れぐらいにならなければ、部屋から出なかった。

宿の使用人の女らにそれとなく聞いても、まともに倅の顔を見たことはないし、言葉を交わしたこともなかった。倅の世話は、すべてお桑がやっていた。使用人の女らに、倅の世話をやらせなかった。

「まるで、暗いうちしか巣を出ねえ獣みてえなやつです」

弁吉は言った。倅がどんな風体かを確かめるまで、女房役のお甲が急に具合が悪くなったことにして、宿泊を三晩に延ばした。

「昨日の夕方、やつが竹屋の裏手から、吾妻川のほうへ散歩に出かけるのを見かけやした。あっしもそぞろ歩きのふりをして追いかけ、吾妻川の切岸を川縁へおりてぼんやりしている倅といき合ったんです。竹屋の若旦那さんですね、と近づいていったら、会釈をして顔をそむけ、さっさと戻っていきやしたが、間違いありやせん。倅の正吉はお尋ね者の田島享之介です」

弁吉が言うと、囲炉裏端にざわめきが起こった。

「ぐずぐずしては、いられねえだで」

と、手代の為松久五郎が指揮をとり、竹屋へ踏みこむのは今夕と決まった。

高崎藩や岩鼻の陣屋の人数がそろうのを待つ余裕はなく、久五郎は、周辺の村役人や番太ら、渋川宿の問屋場の役人、また、北牧宿の問屋場にも知らせを送って捕物の人数を集めるようにと、指図した。

「物々しい動きを竹屋に気づかれないよう、支度は慎重にな。今夕の七ツ（午後四時）すぎに、北牧宿の問屋場に集結し、日が落ちてから竹屋に踏みこむ」

杢ヶ橋関所は、騒然となった。

七蔵と嘉助、お甲と弁吉と樫太郎は、久五郎と陣屋の手の者らとともに杢ヶ橋関所を出て、空っ風の中の荒れた吾妻川を渡船した。

久五郎や陣屋の手の者らに、ひりひりとするような高揚が漲《みなぎ》っていた。空の雲が東へ東へと流れていた。

「旦那、九年ごしの思いを遂《と》げるときが、いよいよきました」

渡し船の中で、嘉助が七蔵に言った。

「おかしな気分だよ、親分。さっきから、懐かしい感じがしてならねえ」

七蔵は嘉助にかえした。

「わかりやす。あっしもさっきからそうなんです。なんだか、わけのわからねえ愛《いと》おしさがこみあげて、胸がつまされやす」

「八年のときが廻った。それが、寂しいのかな」

樫太郎が弁吉に訊ねた。

「弁吉さん、八年ぶりに見た田島享之介は、どんな風貌でした」

「これがあの享之介かと思うぐらい、八年前の田島享之介とは様子が違ってた。だから驚いたぜ。おれよりずっと若え、まだ三十前のはずだが、ちょっと見にはくたびれた年寄に見えた。夕暮れの黄昏《たそがれ》どきで、菅笠をかぶって顔を隠し、背中を寒そうに丸めてさ。旦那、やつは病みあがりみてえに、弱って見えやした」

弁吉は七蔵に言った。

「そうかい。病みあがりみてえにな」

七蔵は弁吉に言い、弁吉から樫太郎とお甲へと見廻した。

田島享之介、あっという間の八年だった。今からいくぜ。

と、七蔵の腹の底から熱い感情がこみあげた。

四

日暮れが近づくにつれ、晴れていた空に北の山嶺を越えた厚い雲が広がって、風の中に細かな雪が舞い始めた。

竹屋に踏みこむ捕り方は、岩鼻の陣屋より久五郎が率いてきた中間小者ら六名のほかに、杢ヶ橋関所の周辺の村々より集めた十数名。北牧宿の周辺の村々より集めた十数名の人数がかり集められていた。

しかし、北牧宿が集めた者らは、鉄砲を携えた鉄砲渡世の者が五名に、襷がけを尻端折りに、手甲脚絆、長どすを帯び竹槍まで手にした、渡世人風体の者らが十名以上だった。

指揮をとる手代の久五郎は、まるで出入り支度に拵えたような男らを訝ったが、北牧宿の問屋場の役人は、むしろ得意げに言った。

「お尋ね者の田島享之介は、八州では自ら三一凶之介と名乗り、渡世人の間で死神と呼ばれているほどの凄腕と聞きました。まことに恐ろしい相手でございますので、こちらでは鉄砲渡世の者を五名、集めました。ほかに、この宿場と周辺の村の安泰《あんたい》に、日ごろ努めております百右衛門と申す者にも、捕り方に加わるよう命じました。手下を十人ほど率いて、すでに駆けつけております。極悪非道のお尋ね者の田島享之介を、この宿場にのさばらしておくわけにはまいりません。百右衛門の手の者はみな、命知らずの腕利きばかりでございます。鉄砲五挺《ちよう》と命知らずの百右衛門らがかかれば、いかに田島享之介といえども、ひと溜りもありますまい。なんなりと、お申しつけください」

「仕方あるまい。だが、間違えるな。喧嘩場にいくのではねえだでな。田島享之介をお縄にして、江戸へしょっ引くのだ。むやみに長どすや竹槍をふり廻してはならん。必ず、わたしの指図に従うように言うておけ」

久五郎は役人に釘を刺した。

踏みこむ手はずは、竹屋の正面に、久五郎が杢ヶ橋関所周辺の村々より集めた十数名と、陣屋の中間小者六名、ほかに五挺の鉄砲が展開し、搦手《からめて》の竹屋の裏手へは、百右衛門と手下らの十名以上が廻ることになった。

久五郎は七蔵に言った。

「搦手の人数の少ないのが気になります。萬さんはお身内を率いて、百右衛門の後詰めをお願いします」

「承知した」

しかし、それを聞いた百右衛門が、ふてぶてしく笑って口を挟んだ。

「ご心配にはおよびませんて。正面は為松さま、搦手は不肖《ふしょう》百右衛門が引き受けやす。田島享之介を正面と搦手から挟み撃ちにして、息の根をとめてやりやす。あっしらが方《かた》をつけやすので、江戸のお役人さん方はゆっくり見物して、上州者の働きぶりを土産《みやげ》話にでもしてくだせえ」

「そうかい。おめえの手並みを、ゆっくり見物するぜ」

七蔵は百右衛門に言った。

「ところで百右衛門、八州の渡世人の間では名の知られた三一凶之介が、お桑と忠次の倅の正吉だと、気づかなかったのかい」

「まったく、恩知らずのお桑と忠次めに、すっかり騙《だま》されやした」

「八年も騙されていたのかい。そいつは迂闊だな。迂闊なおめえに教えといてやるぜ。三一凶之介は、先月、鏑川の川原の倉賀野の九兵次一家と福島の団右衛門一家の出入りの折り、団右衛門の助っ人にたって、九兵次ばかりか、川井河岸の源太郎と新河岸の稲吉の、三人の親分衆の首をちょん切ったんだ。迂闊にも、九兵次一家は、三一凶之介が団右衛門の助っ人とは気づいちゃいなかった。首をちょん切られてから気づいても、あとの祭だぜ。おめえも、うかうかして首をちょん切られねえように、気をつけるんだな」

百右衛門は、木っ端《こぱ》役人がとでも言いたげに、ふん、と鼻であしらった。

吹きすさぶ風に雪の舞う凍るような寒気が、夕方の薄暗い宿場を覆ったころ、捕り方は問屋場の提灯をかざし、突棒《つくぼう》、刺股《さすまた》、袖搦《そでがらみ》、六尺棒《ろくしやくぼう》、掛矢、捄具、梯子などの得物を手に手に問屋場を発《はっ》し、竹屋へ向かった。

七蔵は朱房の十手を二刀と並べて帯び、嘉助、樫太郎、弁吉、そしてお甲にも十手を持たせた。お甲は着物を裾短に着け、襷がけに紺の手甲脚絆草鞋の支度と気迫は十分である。

宿場の往来に、鼠色の空に雪がちらつき始めてから旅人の姿は消え、旅籠の客引きの留女《とめおんな》の声も聞かれなくなっていた。旅籠中がはやしんと静まり、捕り方らの吐く白い息が提灯の明かりに照らされ、躍《おど》っていた。

宿場の往来から間道へ折れた先に、竹屋の屋根影が、暗い鼠色の空にくっきりとした輪郭《りんかく》を描いていた。表側の板戸を閉じた隙間から、侘《わび》し気な細い明かりが所どころに漏れていた。

「みな、いくぞ」

久五郎のかけ声に捕り方らはどっと駆け出し、竹屋の周りに展開した。

その夜、竹屋には珍しく、三組の客が宿泊していた。

午後遅くになって雪がちらちらと舞い始めたため、お桑は、曇り空にまだ明るみの残っているうちから板戸を閉じ、雇いの三人の女に客の夕飯の支度を急がせた。

客部屋の火鉢の炭火を見て、すぐ夕餉になりますのでと伝えて廻り、階下の寄付きと台所の間の廊下へおりた。

入れ替わりに、女たちが飯の膳やお櫃《ひつ》、一本をつけた銚子《ちょうし》と杯の盆を持って、碗や鉢の触れる音をたてながら二階へあがっていった。

お桑は台所へいき、間仕切の襖を引いて内証の忠次に話しかけた。

「あんた、正吉の飯の支度をするから、あんたも一緒に早めに食うかい」

忠次は火鉢のそばで、釣り竿と糸の具合を確かめていて、

「わかった」

と、生返事をかえして糸を引き、竿の先をひょいひょいと動かした。

「明日は起きたら、雪景色かもしれないよ。魚は寒くて、ねぐらから出てこないんじゃないのかい」

「川の中に雪は降らねえ。いつものように、朝飯を食いに起きてくるさ」

忠次は、ひょいひょいと竿を動かしている。

お桑は台所から勝手の土間におり、竈にかけた大鍋の蓋をとった。甘辛い湯気がたちのぼり、お桑の顔をくるんだ。

そのとき、往来のほうで多数の人の足音が聞こえた。かすかな地響きも足下に伝わってきた。お桑は、薄暗い前土間の先の表戸へ目をやった。表戸は両引きの

腰高障子が閉めてあり、さっき、板戸も閉てた。

なんだろう。

ちょっと、胸騒ぎがした。勝手の土間続きの前土間に草履を鳴らし、表戸へいった。腰高障子を引いて板戸に耳をあて、外の足音を数えた。数えきれないくらいの足音が走っていた。

だが、足音が急に立ち消えた。大勢が、竹屋の店の前で止まったのだ。

お桑は板戸の小窓を開け、宵の薄暗がりが迫った外をのぞいた。

途端、小窓をすぐに閉じた。

小窓からは、問屋場の提灯を携え得物を手にした人影が、外の間道に表戸をふさいで隙間なく立ち並んでいるのが見えた。

お桑の身体に戦慄《せんりつ》が走った。

お桑は板戸を背にして、目を瞠《みは》って瞬《まばた》きひとつせず、土間の先を睨んだ。

ちょうど、雇いの女のひとりが階下へおりてきた。

お桑は土間を駆け、階段をおりる途中の女の前に立った。

「いいかい、よくお聞き。すぐに役人が戸を打ち破って大勢踏みこんでくる。本途に大勢だ。戦《いくさ》が始まる。二階の客に荷物をまとめて逃げ出すように言うんだ。

あんたらも一緒に、今すぐにだ。一刻の猶予もないよ。ぐずぐずしてたら、あっしらのとばっちりを食って、命を落とすことになるよ」

お桑が目を剝いて女に言った。

女は階段の途中で立ち止まり、啞然としていた。

「すぐにだあっ」

お桑の声が甲走った。

女はお桑のただならぬ剣幕《けんまく》に、やっと恐ろしさに気づいた。急に身体をぶるぶると震わせた。悲鳴をあげ、二階へ駆けあがった。

絶叫と喚声が交錯《こうさく》し、天井がどすどすとゆれ出した。

内証の間仕切を勢いよく開けて、忠次が地黒の顔をいっそう黒くして、土間のお桑を睨んだ。だが、その顔に怯えはなかった。ただ、

「役人か」

と、腹の底から声を絞り出した。

「あんた、鉄砲の支度だよ」

おお、と忠次は怒声を発した。

そこへ二階の客が、荷物や着物を抱き締め、階段を転げ落ちそうになりながら

走りおりてきた。みな、帷子や浴衣の、裸同然の薄着だった。雇いの女らも一緒に慌てふためき、叫んでいた。

お桑は再び表戸へ走り、二枚の板戸を引いた。

颪と雪が吹きこみ、びっしりと並んだ捕り方のかざす提灯明かりが、お桑を煌々《こうこう》と映し出した。

咄嗟にわきへ退き、大騒ぎで逃げる客らを送り出すと、すかさず板戸をぴしゃりと閉じた。かたん、と固く閂をおろした。

即座に通り庭へ走って、居間へ駆けあがった。

忠次が納戸の柳行李を引き摺り出し、中の鉄砲をつかみ出した。享之介が忠次のつかみ出した鉄砲をとり、火薬と玉を籠《こ》めようとした。

享之介は長どすを帯び、袖を肩までたくしあげ、着物を尻端折りにした喧嘩支度だった。お桑の声が聞こえ、状況を察したのだ。

お桑は享之介の鉄砲を奪った。

「享之介、何をぐずぐずしてるのさ。逃げる支度をして、さっさとお逃げ」

と叫んだ。

「お桑、無理だ。裏手も提灯だらけだ。すっかりとり囲まれた。どうやらここがいき止まりだ。こうなったからには、やつらにひと泡噴かせて、仕舞いにしてやろうじゃねえか」

「冗談じゃないよ。あんたは化け物なんだよ。化け物がこんなところでくたばって堪るもんか。ここでくたばるのは、あっしらだけで沢山だ。化け物は、地の果てまで逃げて、もっともっと世間にもお上にも歯向かっておやり。とことん、逆らっておやり。あっしらは先に地獄へいって、あんたがこの世で暴れ廻るのを、見守っているからね」

「お桑っ、鉄砲を寄こせ」

すると、もう一挺の鉄砲をつかんだ忠次が、震える声で言った。

「いけ。享之介」

お桑は、柳行李の中からひとつかみの袋をとり出し、享之介の懐へねじこんだ。

「享之介にもらった金だ。これを持っておいき。表からくるやつらは、あっしらが食いとめてときを稼ぐ。あんたは裏手の囲みをきり開いていくんだ。享之介ならできる。斬って斬って、斬りまくっておやり。吾妻川をどこまでもさかのぼって、雪の深い高い山を越えたら信濃だよ。信濃へいって……」

言いかけたとき、表の板戸が激しく叩かれた。

「開けろっ、お上の御用だ。田島享之介、忠次、お桑、神妙に出てこい。さもなくば、戸を打ち破るぞ。開けろっ」

板戸を不気味に震わしながら、捕り方が大音声《だいおんじよう》をあげた。

お桑は、息がきれたように唾《つば》を呑みこんだ。

「享之介、あんたにもらったこの七年と半年は、まずまずだった。あっしらには上々だった。あっしらはもう歳だし、終りにしていいころさ。けど、あんたはどこまでも生き抜いておくれ」

お桑は忠次にふり向いて叫んだ。

「あんた、いくよ」

「よしきた」

お桑と忠次は、一挺ずつ鉄砲と玉袋に火薬袋を手にして勝手の土間へ走った。

勝手の土間に、お桑は片膝突きに、忠次は立ち姿で、表戸へ向いた。落ち着いて薬室《やくしつ》に火薬と玉を籠め、火皿に点火薬を盛った。そして、竃で燃える焚き木を一本抜きとり火縄に火をつけ、火挟《ひばさみ》に挟んだ。

表戸を震わす大音声が消え、一瞬、静まった。

竃で燃える焚き木のはじける音が聞こえた。

次の瞬間、表の板戸に掛矢が打ちこまれた。たちまち、板戸が打ち破られ、木片が飛び散った。

二人は、勝手の土間から前土間ごしの表戸に狙いを定めた。

「あんた、震えているのかい」

お桑が狙いを定めたまま、忠次に言った。同じく忠次も狙いを定めたまま、

「武者震《むしゃぶる》いだ」

と、こたえた。

裏手に廻った百右衛門の子分らが裏庭から突入し、居間の裏庭側の板戸を蹴破ったのは、表戸へ掛矢が打ちこまれた同じときだった。

子分らは雄叫びをあげ、四畳と六畳に間仕切した居間に飛びこんだ。

享之介は長どす一本を腰に帯び、長い腕を肩まで袖まくりにして、男らの突入を間仕切の六畳側で迎え撃った。

真っ先に飛びこんできた二人のうちのひとりを、瞬時にすっぱ抜きにした。

絶叫が走り、血飛沫が煙を巻いた。

かえす刀で今ひとりを袈裟懸に叩き斬って、一瞬遅れた竹槍の突きが肩をかすめるのもかまわず、相手の腹へ長どすを突き入れ串刺しにした。

竹槍の悲鳴が薄暗がりを引き裂いた。

享之介はすかさず、串刺しにしたまま裏庭側へ一気に押しかえし、提灯の明かりの中に風雪の舞う裏庭へ、二体ともに躍り出た。そして、串刺しにした男を蹴り飛ばし、長どすを引き抜いた。

「やれえ、やっちまえ」

百右衛門が喚き、享之介の周りから子分らが一斉に襲いかかった。

五

お桑と忠次の鉄砲が火を噴いた。轟音《ごうおん》が店を震わせ、表戸を叩き割って突進する捕り方の度肝を抜いた。柱にあたった玉が木片を散らし、もうひとつの玉は踏み出した捕り方のすぐそばの土間に、土煙《つちけむり》をたてた。

「わあっ」

と、捕り方の先頭の数人が飛び退いたので、後ろの捕り方とぶつかりもつれ、重なり合って倒れた。

「様《ざま》あ、見やがれ。今のは脅しだ。次は外さないよ」

お桑は新しい玉を籠めながら、捕り方へ投げつけた。

だが、火皿へ点火薬を盛って再び鉄砲をかまえたときだった。

表戸の外に五挺の鉄砲が、前土間を隔てた勝手のお桑と忠次へ銃口を向けていた。三人が前で片膝突き、後ろに二人が立ち姿にかまえ、火縄の薄い煙がゆらゆらとゆれていた。

あっ、と思った瞬間、凄まじい銃声とともに放《はな》たれた。

ひゅうん、ぱしぱし。

お桑の身体を玉がかすめた途端、肩に大きな石がぶつかったような衝撃を受けた。小柄なお桑の身体がねじれ、くるくる廻りながら土間の片側へ横転した。

顔をあげると、忠次が銃口を下へ向け、両膝を折って土間へぐったりと坐りこんだところだった。

「忠さんっ」

お桑は叫び、懸命に起きあがった。痛苦よりも、燃えるような熱さを肩に感じた。玉がかすめた頰には、血が垂れていた。それでも、お桑は動かぬ腕を銃身に添えて、鉄砲を表戸へ向けた。

表戸では、五人の男らが、玉を装塡《そうてん》していた。

引き金を絞り、火挟が火皿に落ちて点火。瞬間、お桑の鉄砲が火を噴いた。

戸口の五人はかまえを乱し、腰を抜かしたり、逃げまどったりした。

その隙に、お桑は四つん這いで忠次のそばへいき、ぐったりと坐りこんだ忠次の肩を抱いた。

「しっかりおしっ」

と、声をかけた。

忠次の腹と胸に穴が開いて、穴の周りに血が見る見る大きく広がっていた。

「お桑、や、やられちまったぜ……」

忠次はうな垂れ、かすれ声でようやく言った。

「いいよ。あとは、あっしに任せな」

お桑は忠次の鉄砲をつかんだ。

戸口へ銃口を向けた途端、態勢を立て直した五挺の鉄砲が再び放たれた。

轟音と同時に、お桑は身体のあちこちに玉を浴び、仰のけにはじき飛ばされた。

気が遠くなり、自分がどうなっているのかわからなかった。

不意に気がつき、お桑は頭を動かし、忠次を探した。

お桑の傍らで、忠次は仰のけになって、空《うつ》ろな目を煤《すす》けた天井に向けていた。

瞬きも、身動きもしなかった。

「忠さん、先にいったんだね。あっしも、すぐにいくから」

お桑は言った。自分の身体が感じられず、痛いのか、苦しいのか、つらいのか、それとも、もう何も感じなくなっているのか、よくわからなかった。

何もかもが、ぼうっとしていた。

それでも、鉄砲の台尻《だいじり》を突いて身体を起こし、尻をべったりと土間についた。お桑がまだ鉄砲を抱えてゆらしているので、戸口の五挺の鉄砲は、次の装塡にかかっていた。

そのときお桑は、勝手の土間の片側に明かり用の油壺が並んでいるのに気づいた。何も考えなかった。ただ、身体が勝手に動いた。鉄砲を油壺に向け、引き金を絞った。轟音とともに火を噴いた鉄砲が、壺のひとつを砕いた。

砕けたかけらとともに、油が飛沫を散らし、だらだらとこぼれ出て、土間に広がり始めた。

お桑は土間に広がる油へ、鉄砲を投げ捨てた。

火縄の火が油へ戯れかかるように移った。淡い花びらのような炎が、油の上をゆらめき広がっていった。

お桑は、天井を睨んでいる忠次へ見かえった。そちらへ手を差し伸べ、身体を傾けた。そこへ、五挺の鉄砲が一斉に轟音をあげ、お桑を撃ち抜いた。

戸口の捕り方らは、目の前を覆った硝煙《しようえん》が消え、勝手の土間で仰のけの忠次にお桑が覆いかぶさるように俯せているのを見た。

二人の果敢ない抵抗は終っていた。

捕り方らは、前土間へなだれこんだ。

と突然、油を舐める炎の花びらが急に勢いを増して燃えあがり、渦巻く炎が横たわったお桑と忠次の身体を包んだ。

「火事だあっ」

捕り方らの喚声があがった。

その瞬間、残っていた油壺が炎の中で破裂した。巻きあがる熱風がいきなり吹きかかってきて、捕り方らは燃えあがった炎に煽られた。踏みこむどころではなかった。

「逃げろ」

と、口々に叫びながら竹屋から逃げ出した。

炎は旅籠中に瞬く間に広がっていき、お桑と忠次の亡骸と竹屋の建物の何もかもを焼きつくしていった。

百右衛門は、端から喧嘩慣れした十人の子分らで、三一凶之介を四方八方よりとり囲み、滅多斬りにして始末する腹だった。

八州の渡世人らの間で名の知られた三一凶之介を倒したなら、百右衛門は八州で男をあげるのは明らかだった。しかもそれが、八年前、江戸から姿を消したお尋ね者、お上に追われる凶状持ちの田島享之介となれば、なおさらだった。

もう北牧宿の百右衛門じゃねえ。八州の大親分衆の仲間入りだ。それに、お桑と忠次の後ろ盾になった落ち度も、この凶状持ちを始末して手柄をたてれば帳消しだ。

まったく、食えねえ奴らだで。

百右衛門は、三一凶之介を生かしたまま捕える気などなかった。

竹屋の裏庭に子分らが、いくつもの提灯を明々とかざして展開し、真っ先に三人の子分らが板戸を蹴破って突入した。

百右衛門の抱える子分らの中で、もっとも腕利きの命知らずだった。三人が束になってかかれば、いかに三一凶之介だろうと敵うわけがない。こちらへ追い出されてきたところを袋の鼠にして、寄って集って叩き潰す手だてだった。

だが、三人が突入した直後、どどっ、と店がゆれ、絶叫や悲鳴が夜を引き裂き、続いて串刺しにされた子分のひとりを押し出しつつ、享之介が裏庭へ躍り出てきたのを見た百右衛門は、声を失った。

もくろみどおりではなかった。手だてとは違っていた。

享之介は、串刺しにした男を蹴り飛ばして長どすを抜き、頭上へかざした。

と、竹屋の中で銃声がとどろいた。

それを合図にするかのように、享之介は百右衛門を目指して駆け始めた。

「やっちまえ」

百右衛門は慌てて喚き、子分らが雄叫びをあげ、群がるように享之介へ襲いかかった。

正面から斬りかかった相手に、享之介は大きくわきへ飛び退いて宙を舞い様、うなじへ刃を叩きこむと、すかさず引き斬って、前後左右へ長どすをふり廻し、斬り廻った。血飛沫と怒声がまじり、叩き伐《き》った竹槍がくるくると飛んでいき、顔面を割り、腕を斬り飛ばし、腹をえぐり、一刀両断にした男の提灯が、まるで人魂《ひとだま》が彷徨うように夜空へ飛んだ。

一刀両断にされたひとりが、四肢《しし》をひろげて仰のけに倒れたとき、享之介の後ろには、男らが悲鳴をあげて転がり、血を噴いてのたうち、虫のように這い、そして、力つきてうずくまっていた。

竹屋の中でとどろいた銃声が途絶えるまでの、あっという間だった。

気がつけば、残りは子分二人と百右衛門だけになっていた。

百右衛門はどすを抜いたが、怯えて後退った。二人の子分も震え、腰が引けて、もう斬り合う気迫は失せていた。

「やや、やれえ」

子分らに言った声が、調子はずれに裏がえっていた。

そのとき、竹屋から火の手があがり、破裂音が続いた。たちまち、渦巻く炎が竹屋の二階の屋根の上までに達した。

二人の子分は、それ以上は堪えられなかった。怯えに憑りつかれ、「わあっ」と叫んで左右へ逃げ散った。

ひとり残された百右衛門に、顔も着物も血まみれの享之介が迫っていた。

後ろに後詰めの役人がいるはずだった。

こいつは化け物だ。冗談じゃねえ。あとは任せるしかねえ。

と、咄嗟に反転した。

裏庭から畑を隔てて、吾妻川が切岸の下を流れている。

しかし、百右衛門の首は、享之介が後ろから駆け抜いていった一瞬、畑の中へころころと転がっていった。百右衛門は首のないまま二、三歩踏み出し、まるで自分の首を追いかけるようにくずれ落ちた。

七蔵は、竹屋から突然噴きあがった炎が、明々と照らし出した享之介を、一瞬も目をそらさず見つめていた。

享之介は着流しを尻端折りにして、剥き出した長い素足は跣《はだし》だった。雪まじりの夜風に伸びた月代が震え、白い息を荒々しく吐いていた。

長どすは血脂にまみれ、着物はかえり血が赤黒い斑《まだら》模様に染まっていた。

享之介は足を止め、百右衛門の首のない亡骸を見おろした。それから、片手に長どすを無造作にさげ、吾妻川のほうへ外連なく向かってきた。吾妻川の崖道にまだ残る七蔵を、目指していた。

田島享之介。おまえをこの先へいかせるわけにはいかねえんだ。

七蔵は思った。

両わきに垂らした掌をにぎり締め、そして開いた。

燃え盛る竹屋の炎が、風雪に吹かれ、まるで赤い旗のようにはためいていた。宿場の半鐘《はんしょう》が、激しく打ち鳴らされ始めた。

「田島享之介、御用だ。神妙にしろ」

七蔵が先に声を投げた。

享之介は、吾妻川の崖道に立ちはだかる男が誰か、気づいていなかった。それが誰であろうと、邪魔だてする者は打ち払い突き進む一念しかなかった。しかし、なおも歩みを止めず、歩みながら長どすをふって血糊を払った。

「箱崎以来だな、享之介」

と、再び声をかけると、歩みを止めた。わずかに前へ首をかしげ、訝しげに七蔵を見守った。それから、ああ、と声をもらした。

享之介は、ぞんざいな口調でようやく言った。

「おまえ、八丁堀の萬七蔵か」

「やっと気づいたかい。八州じゃあ、三一凶之介、だったな。死神と渡世人らに呼ばれているとも聞いた。この八年、八州でも人の首をちょん切って、憂さを晴らしていたのかい」

「江戸を出てから、切った張ったのやくざ渡世が身についた。これがおれの性に合ってるとわかって、やめられなくなった。江戸の腐れ役人の三一奉公よりは、ずっとましな八年だった」

「八丁堀の犬猫の首切りから始まって、今じゃやくざ相手に首斬り渡世かい。精が出るな。だが、それも今夜限りだ。ここが田島享之介のいき止まりだ。田島享之介、箱崎の決着をつけるときがきたと言いてえが、おれは町方だ。おめえを江戸へしょっ引いて、ちゃんとした裁きを受けさせてやる」

「ちゃんとした裁きだと。おまえらの都合のいい裁きがちゃんとした裁きだと。笑わせるな。口幅《くちはば》ったい。萬、抜け。おれを裁きたいなら、おまえの刀でやれ。刀の裁きは生きるか死ぬかだ。刀はおまえらのように嘘はつかぬ。腐れ役人の端くれでも、二本差しだろう。正々堂々と、かかってこい」

「そうかい。仕方がねえ。田島享之介、刀で決着をつけてやる」

七蔵は鯉口《こいぐち》をきり、静かに抜刀した。

正眼にかまえると、ひと呼吸をおき、やおら踏み出した。

同じく享之介も歩み始め、長どすをかつぐように肩へ載せた。

「享之介、おまえは四歳のとき、上練馬村の母親のおいずの元から引き離され、殿山家へ引きとられた。殿山竜太郎はおまえの父親にもかかわらず、おまえを倅とは扱わなかった。おまえは長い年月をかけ、たっぷりと悔いしさと怒りを溜めこんだ。八年前の十五夜の夜、おまえが父親の殿山竜太郎と妻を斬り捨て、田辺友之進の首をちょん切った子細は、あれから調べてわかった。おまえが人斬りの化け物になったわけがわかったぜ」

七蔵と享之介との間には、まだ、十分な間があった。

「笑止《しょうし》。おれは物わかりがいいんだぜと、自慢しにきたのか。知ったふうなことを。おまえに何がわかる。殿山は、貧しい百姓女の産んだおれを、倅と認めたくなかった。他人には隠しておきたい自分らの醜い痣《あざ》のように扱った。おれは長屋の下男部屋で、年老いた下男夫婦に養われた。おれを他人の目から隠しておくために、飼い殺しにする腹だった。隠しても隠しきれぬのに、それがわからぬ愚かな男だった。殿山の馬鹿な嫁は亭主と一緒になって、おれを忌み嫌い、蔑み、侮り、嘲った。だから、思い知らせてやった。おまえらが何ほどの者かと、気づかせてやった。同心の田辺友之進は、弱い者いじめしかできない腐った破落戸だ。無宿渡世のやくざのほうが、ずっと善人だ。あんなやつは、いなくなったほうが世のためになる。世のために、逃げるついでに首をちょん切ってやった。あいつは、ついでだった」

「貸元の岩ノ助と檜屋の番頭の羽左衛門を斬ったのも、おまえの仕業だな。首を一刀の下にちょん切って、懐の金を奪った。破落戸の追い剝ぎの真似が、どんな世のためになった」

「大島町の岩ノ助も檜屋の羽左衛門も、殿山にへつらい、媚《こび》を売り、腐れ役人の臭いを嗅ぎまわって集る汚い蠅だ。あいつらを見ていると、虫唾《むしず》が走った。あいつらの顔を見るのも、声を聞くのも不快だった。ところがあいつらは、殿山の奉公人のおれを、まるで自分らの使用人のように扱った。三一ごときが、とおれを見くびり、偉そうに指図すらした。あいつらには、我慢がならなかった。賭場に借金があった。ちょうど金が要ったんだ。野良犬と野良猫の首をちょん切ったとき、気持ちがすっとした。また、首をちょん切りたくて、うずうずしていたときだった。いい機会だったのだ。野良犬、野良猫、三度目が岩ノ助だ。確か、懐に二十六両以上はあった。半分はお桑と忠次に分けてやった。その半分で、賭場の借金を綺麗にするのに、十分だったからな」

「四度目が羽左衛門か。お桑と忠次を、なぜ巻きこんだ」

「なぜだと？　洲崎で岩ノ助の首を刎ねたあと、舟饅頭の客に化けて逃げるのが、具合がよかったからさ。新網町の羽左衛門のときもそうだ。手伝わないかと声をかけたら、金次第だと、お桑が震えながら言ったのだ。おれは、お桑の正直なのが気に入った。お桑は、お袋ほどの歳だが、おれの初めての女だ。箱崎の永久橋の船泊から、三俣をぐるっとひと廻りして三十二文の女だった。だが、悪くなかった。嘘も蔑みもなかった。あんなに気が楽だったことはなかった。お桑も忠次も、もう冥土《めいど》へいっただろうがな」

五間（約九メートル）ほどを隔て、どちらからともなく歩みを止めていた。

宿場の半鐘が鳴り続け、大勢の叫び声や喚声が聞こえていた。竹屋はまだ燃え続けていた。

「享之介、人には人の悔しさありだな。怒り、憎しみ、愁いありだな。おれは江戸町方同心だ。これがおれの性に合ってるのさ。町方の役目を果たすぜ。おまえをここから先、どこへもいかせねえぜ」

七蔵は、正眼のかまえから上段にとった。

「そうかい。できるならやってみるがいい。その前に、おまえは首なしになるがな」

風雪が二人の間を舞っていた。

七蔵が再び踏み出すと、享之介は肩にかついでいた長どすの柄を両手でにぎり、右わきへおろして歩み出した。

初めはゆるやかな歩みが、次第に速足となり、やがて両者は風雪を巻きあげる突進となった。

うおお……

互いに雄叫びを投げ合った。

たちまち肉薄した一瞬、七蔵が放った上段からの一撃を、享之介は横へ身を転じるように空へ躍りあがりつつ、四肢を広げて身をひるがえしながら、七蔵のうなじへ片手上段の長どすを打ち落とした。

うなる一撃を七蔵はぎりぎりで応戦し、空中の享之介を斬りあげた。

両者の鋼《はがね》が火花を散らし、高らかに鳴った。

鋼から伝わる享之介の圧力に、七蔵の身体がはじかれた。

一方の享之介も、一歩二歩とはずむように退いた。

だが、享之介の動きは獣のように俊敏だった。

即座に攻撃に転じ、先手をとって鋭く斬りかかる。

七蔵はわずかに遅れた。それをかろうじて打ち払ったが、打ち払うのが精一杯だった。体勢を立て直す間も、打ちかえす間もなかった。

享之介は長どすを縦横にふり廻し、斬りかえす隙を与えなかった。瞬時もおかず、刃の雨を繰り出してくる。

打ち払い薙ぎ払い、一歩、また一歩と引き退きつつ、七蔵は享之介の攻撃の隙を、ほんのわずかなゆるみを探した。

かん、かん……

鋼が鳴り、火花を散らし、攻める享之介にも防ぐ七蔵にも、一瞬の抜かりが命とりになるぎりぎりの乱戦が続いた。

と、そのとき、周囲から享之介に人影が迫った。

「御用だ、田島享之介」

嘉助が享之介へ捄具を投げた。

それをよけた享之介の、体勢が乱れた。

そのわずかな乱れに乗じ、咄嗟に放った七蔵が袈裟懸を、享之介は躱し損ねた。袈裟懸の切先が、享之介の胸をかすめたのだった。

ただ、致命傷ではなかった。

享之介は素早く数歩後退し、即座に七蔵を迎え撃つ体勢を整えた。享之介の前襟が裂け、血が布地ににじんで赤く浮きあがった。

享之介は、七蔵のほかに周りを囲んでいる嘉助とお甲、樫太郎と弁吉ら四人に気づき、見廻した。

「なるほど、手先がいたか。見た顔がいるではないか。おまえとその女、今朝まで竹屋にいた夫婦者だな。おまえら、犬だったのか。おまえは昨日、吾妻川の川原でおれに馴れ馴れしく話しかけてきた男だな。おれを知っていたのか」

享之介が七蔵へのかまえをくずさぬまま、弁吉を睨みつけた。

「八年前、八丁堀の田島享之介は知っていたさ。おまえは全然、気づいちゃいなかったのは、わかっていたぜ。迂闊だったな」

弁吉が、威勢よく十手を突きつけた。

「そっちの爺さんは、見た覚えがある。その顔、今思い出した。萬七蔵の御用聞で、町方には名の知られた、確か……」

「嘉助だ。田島享之介、懐かしいな。やっと会えた。もう箱崎のようには、逃がさねえぞ」

「わたしはお甲だ。覚えておきな」

「あっしは樫太郎だ」

お甲と樫太郎が、十手をかざして言った。嘉助は捄具を、ひゅんひゅんと夜空に鳴らしている。

「木っ端役人の手先どもが。女だろうと餓鬼《がき》だろうと容赦はしない。邪魔だてする者らは、みな首を刎ねてやる。束になってかかってこい」

享之介は、長どすを後方下段へ引き、前後に踏み締めた長い足を、蟹《かに》のように折った。奇怪なかまえだった。

「間違えるな、享之介。相手はおれだ。いくぞ」

享之介は七蔵へ見かえった。かえり血と竹屋を包んで風雪にはためく炎が、享之介の顔面を不気味に隈どっていた。

「萬、最後だ」

享之介が言った。

七蔵が先にしかけ、突撃した。

即座に、享之介が応じた。

両者はたちまち肉薄し、衝突するかに見えた。

七蔵の上段よりの袈裟懸が、先手になった。

一瞬、享之介の痩軀が横っ飛びに夜空へ躍った。

空中で身をひるがえし、袈裟懸を躱され前へ流れた七蔵の素っ首へ、片手上段の長どすを浴びせかけた。

しかし、七蔵はそれを読んでいた。

流れたと見えた七蔵の体軀は、享之介が空中で身をひるがえすよりも一瞬早く反転を終え、享之介の撃刃を待ちかまえていたのだった。

享之介の片手上段よりの打ち落としと、七蔵の斬りあげた一刀が相打ちになったかに見えた。

二人は身体を交錯させ、互いの位置を入れ替えて、背中合わせに静止した。

享之介の剣は下段にあり、七蔵の剣は夜空にあった。

嘉助ら四人は、息を呑んで二人の結末を見守っていた。

やがて、享之介が先に痩軀を持ちあげた、七蔵から離れるように、数歩をゆっくり歩んでいった。前方に吾妻川の崖道がある。

斬って斬って、斬りまくっておやり。吾妻川をどこまでもさかのぼって、雪の深い高い山を越えたら信濃だよ。信濃へいって……

享之介は、お桑の言葉を呟いていた。

数歩進むと、燃え盛る竹屋のほうへふり仰ぎ、長どすを突いて身体を支えた。

その瞬間、享之介の脾腹《ひばら》より、ぶっ、と血が噴きこぼれた。

享之介は支えきれず、仰のけにふわりと倒れていった。突きたった長どすだけが残った。

七蔵も、嘉助ら四人にも、言葉はなかった。

ただ、風雪の中の厳かなひとつの命の顚末《てんまつ》を、果敢ない人の一生を、凝っと見守っていた。そのとき、

「萬さん……」

と、捕り方を指揮する手代の久五郎が、いくつもの提灯を従え、七蔵を呼びながら駆けつけてきた。

# 結　箱崎まで

文化六年一月の末、七蔵は箱崎二丁目の堤道を永久橋のほうへ向かっていた。

世間の正月気分もようやく抜けたころの、高曇りの空が広がる午後だった。

町家の日々の暮らしが続く限り、定廻り、臨時廻り、隠密廻りに、正月休みはない。

ただし、隠密廻りの七蔵は、白衣に黒羽織の定服ではない。

青竹色の綿入れの着流しに軽々と二刀を帯び、むろん十手などは差さず、菅笠をかぶって、袖を冷たい川風になびかせていた。

七蔵に従っているのは、御用聞の樫太郎ひとりである。

樫太郎もこの春、二十歳になった。早いものだと、歳月は果敢なくすぎていくと、七蔵は思う。

堤道の先に、堀川に架かる永久橋があって、永久橋の橋詰に稲荷の祠が見えている。稲荷の先に堀川が大川へ流れ、大川との境あたりに、三俣の浮洲が枯れた蘆荻に覆われている。

大川は、高曇りの空の下に鉛色の川面を見せていた。川向こうの深川の岸辺には、漁船が帯になって並んでいる。

永久橋の袂の船泊《ふなどまり》に、数艘の茶船が舫《もや》って、あたりに人影は見えなかった。あの船泊に、お桑と忠次の舟饅頭の、竹網代の掩蓋つきの茶船が寄せてあったのは、丸七年と半年ほど前だが、七蔵にはもっともっと遠い昔の出来事だったような気がしていた。

「旦那、箱崎に、どなたかお訪ねですか」

七蔵の背中に樫太郎が声をかけた。

「ちょっと、きてみたくなっただけだ。夕べ、ふと田島享之介のことを思い出してな。どうしようかなと、思っていることがあるのさ」

「へえ。田島享之介のことで、どうしようかなって、思ってることがですか？」

「ふとな……」

七蔵は袖を川風になびかせた。

「萬さん、ご苦労だった」

と、久米信孝に言われた。年番方与力の山木大三郎も言った。

「九年ごしの雪辱ですな。北町の面目が、これでようやく施せた。殿山家の者らも、安堵している様子だった。殿山良助も、これで心おきなく見習いに出仕できるだろう。萬、お手柄だな。さすがだ」

「お奉行さまからも、褒美がくだされるぞ」

傍輩の同心らは、田島享之介と刃を交わした子細を聞きたがった。

八丁堀界隈でも、ついに七蔵がお尋ね者の田島享之介を退治した、と評判になった。

「やれやれ。これで萬もどうにか恰好がついたな。田島享之介をとり逃がした失態を、とりかえしたじゃねえか。ときがかかりすぎたぐらいは、大目に見てやろうじゃねえか」

そうだそうだと、言い合う者らもいた。

紙一重の差だったがな、と七蔵は思っていた。享之介と対峙し、刃を交わしたときの、ぎりぎりに尖った感情は、まだ和らいではいなかった。

七蔵は堀川の堤道から永久橋に差しかかった。ゆるやかに反った橋の上まできて、堀川の先の三俣と大川を見やった。大川をゆく船はなかったが、川向こうの深川の空に小さな鳥影が飛び廻っていた。

あの十五夜の、船が大川へ漕ぎ出していく光景が甦った。

樫太郎が七蔵に並びかけ、手摺に両手をかけて、大川のほうを眺めた。

「静かな春だな。旦那、あっしもね、田島享之介のことを時どき思い出して、胸が熱くなるんです。田島享之介はもういないのに、なぜですかね」

「なぜかな。形あるものは消えても、形のないものは消えない。だから人は死なないと、爺さまが死ぬ前におれに言ったのを思い出した」

「ええ、どういうことですか」

樫太郎が訝しげに七蔵へ向いた。

「おれにも、よくわからねえ。だが、おれの心の中には、爺さまも、おふくろも、親父も、確かにまだ生きてる。確かに、まだ死んじゃいねえ」

ふうん、と若い樫太郎は首をふった。それから、

「旦那、どうしようかなって、何を迷っているんですか」

と、また言った。

「上練馬村のおいずに、享之介のことを伝えたほうがいいのかな、それとも、放っておいたほうがいいのかなと、ふと思ったのさ」

「そうか。おいずは田島享之介のおっ母さんですもんね。自分の産んだ子が、どんなふうになったか、おっ母さんなら、やっぱり知りたいかもしれませんね」

「知りたくないかもな。大きなお世話だと、もう放っておいてほしいと、思うかもな」

それだけで話が途ぎれ、七蔵と樫太郎はまた大川へ向いた。

箱崎の船宿の屋根船が、永久橋をくぐって、堀川を大川のほうへと漕ぎ出ていった。と、屋根船の障子を閉てた屋根の下で、三味線が賑やかに鳴り出した。

のどかな静けさが破れて、ふふ、と樫太郎が笑った。

人は死なない。

七蔵は、爺さまの言葉を頭の中で繰りかえした。

光文社文庫

文庫書下ろし／長編時代小説

夜《や》叉《しや》萬《まん》同《どう》心《しん》 風《ふう》雪《せつ》挽《ばん》歌《か》

著者 辻《つじ》 堂《どう》 魁《かい》

2020年4月20日 初版1刷発行

発行者 鈴木広和
印刷 堀内印刷
製本 ナショナル製本

発行所 株式会社 光文社
〒112-8011 東京都文京区音羽1-16-6
電話 (03)5395-8149 編集部
8116 書籍販売部
8125 業務部



落丁本・乱丁本は業務部にご連絡くだされば、お取替えいたします。
ISBN978-4-334-79014-1 Printed in Japan



組版 萩原印刷

光文社時代小説文庫　好評既刊

奇剣柳剛　鳥羽亮
幻剣双猿　鳥羽亮
斬鬼嗤う　鳥羽亮
斬奸一閃　鳥羽亮
あやかし飛燕　鳥羽亮
鬼面斬り　鳥羽亮
幽霊舟　鳥羽亮
姫夜叉　鳥羽亮
兄妹剣士　鳥羽亮
ふたり秘剣　鳥羽亮
居酒屋宗十郎剣風録　鳥羽亮
獄門首　鳥羽亮
伊東一刀斎（上之巻・下之巻）　戸部新十郎
秘剣水鏡　戸部新十郎
秘剣龍牙　戸部新十郎
いつかの花　中島久枝
なごりの月　中島久枝

ふたたびの虹　中島久枝
ひかる風　中島久枝
それぞれの陽だまり　中島久枝
刀圭　中島要
ひやかし　中島要
晦日の月　中島要
夫婦からくり　中島要
ないたカラス　中島要
戦国はるかなれど（上・下）　中村彰彦
蛇足屋勢四郎　中村朋臣
忠義の果て　中村朋臣
野望の果て　中村朋臣
黒門町伝七捕物帳　縄田一男編
御城の事件〈東日本篇〉　二階堂黎人編
薩摩スチューデント、西へ　林望
裏切老中　早見俊
隠密道中　早見俊